Der Vogelfreie

ECON Historischer Kriminalroman

Zum Buch:

Schwester Frevisse muß auf dem Weg zu einer Taufe feststellen, daß Blut dicker ist als Wasser ..., aber ebenso leicht vergossen werden kann. Sie wird von einer Bande Geächteter überfallen und erfährt, daß deren Anführer ihr lange verloren geglaubter Cousin Nicholas ist. Er bittet Frevisse, ihm die Begnadigung für seine Verbrechen zu verschaffen, und bringt sie bei einem reichen Gutsherrn unter. Aber dann begeht jemand eine Tat, für die es keine Verzeihung geben kann: Mord.

Die Autorin:

Margaret Frazer lebt in Minneapolis, Minnesota, zwischen überquellenden Bücherregalen, Notizbüchern, Karteikarten, Kladden und den verschiedensten Tieren. Sie verbringt den größten Teil ihrer Zeit im England des 15. Jahrhunderts. Nach »Die Novizin« und »Die Magd« ist dies der dritte mittelalterliche Krimi bei ECON um die eigenwillige Schwester Frevisse.

Margaret Frazer

DER VOGELFREIE

Ein Kriminalroman
aus dem Mittelalter

Aus dem Amerikanischen
von Anke Grube

ECON Taschenbuch Verlag

Deutsche Erstausgabe

First published in the United States of America by THE BERKLEY PUBLISHING GROUP
Titel des amerikanischen Originals: THE OUTLAW'S TALE
Aus dem Amerikanischen übersetzt von Anke Grube
Umschlaggestaltung: Molesch/Niedertubbesing, Bielefeld
Titelabbildung: AKG, Berlin
Lektorat: Peter Klumbach
Gesetzt aus der Charlemagne und Bodoni
Satz: HEVO GmbH, Dortmund
Druck und Bindearbeiten: Ebner Ulm
Printed in Germany
ISBN 3-612-25108-2

O hateful harm, condicion of poverte!
With thurst, with coold, with hunger so confoundid!
To asken help thee shameth in thyn herte;
If thou noon aske, with nede artow so woundid
That verray nede unwrappeth al thy wounde hid!
Maugree thyn heed, thou most for indigence
Or stele, or begge, or borwe by despence!

»The Man of Law's Prologue«
Canterbury Tales
Geoffrey Chaucer

O herbes Leid der Armut! Mit den Schmerzen
Von Hunger, Durst und Kälte stets verbunden!
Betteln zu gehn beschämt dich tief im Herzen;
Und tust du's nicht, wird die verhüllten Wunden
Die Not entblößen und der Welt bekunden!
Was du auch tust, du mußt dein Brot mit Sorgen
Erbetteln, stehlen oder dir erborgen.

KAPITEL 1

Der grüne Schatten des Waldes war gesprenkelt von stetig wechselndem goldenen Sonnenlicht. In den Mustern aus Licht und Schatten saßen, standen oder lagen die zwölf Männer bequem an die gewaltigen Baumstämme und ihre dicken Wurzelknorren gelehnt. Nur ihr Anführer stand aufrecht, die Arme vor der Brust verschränkt. Ein Lächeln schnitt tiefe Falten in sein wettergegerbtes, nicht unattraktives Gesicht. »Also«, sagte er, »wir sind uns einig, daß wir an diesem Tag nicht zu Abend essen wollen, ohne einen unerwarteten Gast an unseren Tisch zu laden?« Seine Männer beantworteten seinen Scherz mit einem Grinsen.

Ihr Anführer musterte alle nachdenklich und erklärte dann: »Will Scarlet, Little John – und äh, Hal, Evan, ihr holt unseren Gast von der Greenwood-Straße.«

Will erhob sich, zog schwungvoll seinen schmuddligen roten Hut und machte eine Verbeugung, die weitaus eleganter war als sein abgerissenes grünes Hemd und seine geflickte braune Hose. »Meister Robin, es soll geschehen, wie Ihr sagt.«

Aber unter den anderen Männern, die sich erhoben hatten, waren zwei, die sich gegenseitig schubsten und versuchten, den anderen aus dem Weg zu drängen. »Diesmal bin ich Little John«, erklärte der kleinere der beiden. »Er hat mich angesehen.«

Der andere Mann, der kaum mittelgroß war, machte ein rüdes Geräusch. »Setz dich hin, Kleiner. John war der Große. Also war ich gemeint.«

Ein dritter Mann, breitschultrig, aber auch nicht größer als die beiden anderen, stieß sich von dem Baum ab, an dem er gelehnt hatte. »Da irrt ihr euch beide. Wenn irgend jemand hier Little John ist, dann ich. Und abgesehen von der Tatsache, daß ich eure Köpfe zusammenknallen lassen kann, wenn ich will, ich bin von uns allen am besten im Stockfechten.«

»Dafür wird es bei diesem ›Abenteuer‹ kaum Bedarf geben«, rief ein Mann, der immer noch an einem anderen Baum lehnte. »Komm schon, Nicholas. Bevor es zu einer Schlägerei kommt. Wer von ihnen ist Little John?«

Der Anführer deutete auf den mittelgroßen Mann. »Du.« Unter allgemeinem Gelächter und zahlreichen Kommentaren fügte er an den Breitschultrigen gewandt hinzu: »Du kannst zusammen mit Tom das Wildbret besorgen.«

Tom und der verschmähte Little John stöhnten auf, als sie das hörten, und von allen anderen kam Gejohle und Hohngelächter.

Der ausgewählte Little John gesellte sich zu Will und Hal, die am Rande der Lichtung warteten.

Der vierte Mann lag immer noch ausgestreckt auf dem

Rücken, benutzte eine Baumwurzel als Kopfkissen und genoß mit geschlossenen Augen den Sonnenschein auf seinem Gesicht. »Vielleicht solltest du jemand anderen schicken, nicht mich. Ich könnte erkannt werden. Sie ist nicht dumm und der Verwalter auch nicht.«

Nicholas dachte darüber nach und nickte. »Stimmt. Ganz recht. Wenn die Sache fehlschlägt, brauchen wir dich für später. Cullum, geh' du statt dessen.«

Mit einem erfreuten Lachen stand ein kleingeratener, sommersprossiger, muskulöser Bursche auf und schloß sich Will, John und Hal an. In einem hohen Falsett, das schlecht zu seinem breiten Brustkorb paßte, trällerte er die muntere Parodie des Feiertagsliedes einer Magd. »›Lang' gewartet hat die Jule: fort mit Spindel, Garn und Spule! Dreh' den Sorgen eine Nase; Spaß gibt's auf des Königs Straße!‹«

Die vier bogen in einen schmalen Saumpfad und verschwanden im schattigen Wald, begleitet von weiterem Gelächter. Ruhig sagte Evan, der immer noch unter seinem Baum lag: »Weißt du, Nicholas, gelegentlich übertreibst du es mit diesem Scherz. Ich glaube, es gibt Tage, an denen du wirklich glaubst, daß du der kühne Robin bist und wir deine munteren Gefährten.«

* * *

Im Jahre des Heils 1434 war der Winter grausam gewesen, voller Frost und Schnee, und der Frühling rauh und kalt. Die Leute hatten Angst gehabt, es würde noch ein weiteres Hungerjahr geben. Aber der Mai war gekommen und mit ihm schönes Wetter. Frevisse trug noch den Umhang, den sie umgelegt hatte, als sie in der Morgendämmerung aus dem Klosterhof geritten war, aber jetzt hatte sie ihn über die Schultern zurückgeworfen. Schwester Emma hatte ihren schon lange abgelegt. Sie hatte umständlich damit herumhantiert, ihn zusammengelegt und sich laut gefragt, was um alles in der Welt sie mit ihm anfangen solle, bis Meister Naylor ihn genommen und hinter seinem Sattel festgeschnallt hatte, wie auch seinen eigenen.

Die drei ritten ohne große Eile dahin, Seite an Seite, um nicht den Staub der anderen abzubekommen. Schon lange hatte Frevisse sich entspannt und genoß den Ritt und die Wärme des Tages, eingeschläfert durch den gemächlichen Trott ihres Pferdes und besänftigt durch die süß duftende Luft. Sie war sogar darüber hinaus, sich über Schwester Emmas Geplapper zu ärgern. Sommerblumen mit ihren satten Gelb-, Purpur- und Weißtönen schmückten das Gras am Wegrand und die Hecken, und manchmal waren rote oder himmelblaue Blüten zu sehen. Die Vögel sangen, als wollten sie den verlorenen Frühling wettmachen. Überall war Grün. Die Felder, die Weiden und die wildwuchernden Wegränder zeigten ihre frühsommerliche Pracht. Hier am Rande des Hochlandes, auf das die Straße hinaufgeklettert war, gab es Schafherden und hochbeinige, vergnügt dreinblickende Lämmer. Das hohe Geklapper ihrer hölzernen Glocken mischte sich in den Gesang der Vögel. Die nach Sommer duftende Luft lag warm auf Frevisses Gesicht, dort, wo es frei war von dem weißen Kinntuch und dem schwarzen Nonnenschleier. Sie hatte festgestellt, daß sie nach ihrem langen Eingesperrtsein hinter Klostermauern vergessen hatte, wie weit der Himmel sein konnte – heute war er tiefblau, und aufgetürmte, leuchtende Wolken zogen dahin. Und am Nachmittag würden sie durch einen großen Wald reiten. Wie lange war es wohl her, daß sie durch einen Wald geritten war?

Sie würden fünf Tage von St. Frideswide wegbleiben, dachte Frevisse. Oder mehr, wenn das Wetter umschlug und sie aufgehalten wurden. Die Freude, die dieser Gedanke in ihr auslöste, ließ sie sich ein wenig schuldig fühlen. Aber dann rief sie sich ins Gedächtnis, daß sie nicht hier war, weil sie sich darum bemüht hatte, sondern weil Priorin Edith sie als Begleiterin Schwester Emmas ausgewählt hatte.

Aber, wenn sie ehrlich war, mußte sie eingestehen, daß die Ehrwürdige Mutter wahrscheinlich sie dazu bestimmt hatte, Schwester Emma zur Taufe ihrer Nichte zu begleiten, weil Frevisses Winterrastlosigkeit noch gewachsen und nicht mehr zu verbergen gewesen war, als der Frühling kam.

Die Reise würde ihre Widrigkeiten haben. Schwester Emma war eine Plaudertasche, deren Zunge wie geölt lief, sobald sie vom Schweigegebot des Klosters befreit war.

Aber als die Priorin Frevisse den Befehl erteilt hatte, Schwester Emma zu begleiten, war ihre Wintersehnsucht aufgeflammt wie ein Feuer, das angeblasen wurde, und Schwester Emmas Geplapper war nichts gewesen gegen die Chance, aus St. Frideswide hinauszureiten in die Welt, die all die Zeit von der anderen Seite der Klostermauern nach ihr gerufen hatte.

Nun jedoch befand sie sich seit fünf langen Stunden in Schwester Emmas Gesellschaft, und die Freude des Reisens begann sich bereits zu trüben unter dem ständigen Dahinplätschern ihrer Stimme und dem Wissen, daß noch vier weitere solcher Tage vor ihr lagen. Sie würden das Haus von Schwester Emmas Cousine heute noch vor der Vesper erreichen und morgen gemeinsam mit der Familie zum Haus ihres Bruders in Burford weiterreiten. Am Tag danach würde die Taufe sein, und dann hatten sie zwei Tage, um nach St. Frideswide zurückzukehren. Frevisse schloß die Augen: Fünf Tage unablässiges Geplapper von Schwester Emma.

»Und es ist so heiß. Ich hätte nie gedacht, daß es so heiß sein würde. Und dabei haben wir erst Mai. Aber immerhin ist es gut für das Heu, glaube ich, und das ist ja schon etwas. Stehen die Wiesen des Klosters so gut, wie sie sollten, Meister Naylor? Wir Nonnen kümmern uns mehr um solche Dinge als Ihr annehmen würdet, wißt Ihr. Und wir bemerken, wenn es schlecht steht, und in der letzten Zeit standen die Dinge schlecht genug, nicht wahr? Aber jetzt hat sich doch alles zum Besseren gewendet, hoffe ich?«

Meister Roger Naylor, der Verwalter des Klosters, nickte. Er hatte sie begleitet, weil sie natürlich eine Eskorte brauchten, und wenn sie bei Schwester Emmas Cousine angekommen waren, würde er alleine weiterreiten, um in Oxford eine Klosterangelegenheit zu regeln. Nach der Taufe würde er zurückkommen und sie abholen. Selbst zu seinen besten Zeiten neigte er nicht zum Reden, und auf seinem langen, von Falten durchzogenen Gesicht zeigte sich selten mehr als Konzentration auf die vor ihm liegende Aufgabe. Frevisse argwöhnte, daß er schon seit einigen Meilen aufgehört hatte, Schwester Emmas Worten allzu große Beachtung zu schenken.

»Und der Staub! Wirklich, sollten die Straßen schon im Frühsommer so staubig sein? Hatten wir denn zu wenig Regen? Hat es in letzter Zeit nicht genug geregnet? Ich würde doch meinen, das hat es, aber wieso ist denn diese Straße so staubig? Und erst diese Hitze. Ich wünschte fast, es würde regnen. Es wäre angenehm, im Regen unterwegs zu sein. Findet Ihr nicht? Ein kühler, sanfter Regen.« Sie seufzte bei diesem wunderbaren Gedanken. »Und ich habe irgendwo gelesen, daß Regen gut für die Haut sein soll. Oder vielleicht hat meine Schwester mir das erzählt. Nicht meine Schwägerin, die jetzt das Baby bekommen hat – wieder ein Mädchen, aber sie haben schon zwei Jungen, also ist es nicht allzu schlimm –, sondern meine Schwester Bertille. Ja, ich bin sicher, daß sie mir erzählt hat, daß ein sanfter Regen gut für die Haut ist. Sie wäscht ihr Haar immer mit Regenwasser, und sie hat immer so schönes Haar gehabt. Ein Jammer, daß ihre Nase leuchtend rosa ist. Das liegt an den ganzen Erkältungen, die sie immer hat – nicht, daß ich mich nicht auch leicht erkälten würde, aber nicht so leicht wie sie. Ihr erinnert Euch doch an sie, Schwester Frevisse? Vorletzte Ostern hat sie uns besucht und mir neue Taschentücher mitgebracht. Ich brauche meine Taschentücher auf wie ein Verschwender, der sein Erbe durchbringt, und war so dankbar, neue zu bekommen. Aber zumindest besteht heute keine Gefahr, sich zu erkälten, es ist so heiß!«

»Im Wald wird es kühler sein«, bemerkte Frevisse.

»Ja, ja, das wird es. Ich liebe den Wald. Ich habe den Wald immer geliebt. Meine ganze Familie liebt den Wald. Oh, wie haben wir es geliebt, am ersten Mai in den Wald zu gehen, als ich noch ein Mädchen war. Alles war so wunderschön ...«

Frevisse tat ihr Bestes, nicht mehr hinzuhören.

Die Straße wand sich in langen, gemächlichen Serpentinen vom Hochland herunter, auf dem die Schafe grasten. Unten gab es ein Dorf, und sie hielten an, um Bier zu kaufen und etwas von dem Proviant zu verzehren, den die Küchenmeisterin ihnen eingepackt hatte. Das vertraute Klosteressen, ungebuttertes Schwarzbrot und ein paar verschrumpelte Äpfel vom letzten Herbst, die hier um so besser schmeckten, wo sie auf dem Rand eines fremden Brunnens saß. Nur wenige Dorfbewohner waren zu sehen, da zu dieser Zeit des Jahres alle auf den Feldern beschäftigt waren. Lediglich drei kleine Bengel in weiten Hemden, ohne Schuhe und Kopfbedeckung, kamen, um sich in sicherer Entfernung zu raufen und sie anzustarren. Sie rannten kichernd davon, als Frevisse sich umdrehte und zurückstarrte.

Als sie das Mahl beendet hatten, stellte Frevisse fest, daß sie gut und gern noch eine Zeitlang im angenehmen Sonnenschein hätte sitzen mögen. Es war eine ganze Weile her, seit sie zuletzt geritten war, und sie spürte bereits das erste Zwikken der Steifheit, unter der sie morgen leiden würde. Außerdem war der Rastplatz erfreulich, der Tag war kaum halb vorbei, und sie hatten bereits mehr als die halbe Strecke des Weges zu Schwester Emmas Cousine zurückgelegt.

Aber Meister Naylor stand auf und sagte – entschieden und vernünftig: »Wir wollen uns auf den Weg machen.«

»Weder Sonnenschein noch der Tag dauern ewig«, stimmte Schwester Emma zu, »also wandert, solange es währt.«

Irgendwann in ihrer Kindheit hatte sie ein Buch mit Sprichworten gelesen, und sie zeigte gern, an wie viele davon sie sich noch erinnerte. Jetzt sprang sie auf die Füße und machte sich daran, ihr schwarzes Ordensgewand in Ordnung zu bringen. Sie wischte tatsächlich vorhandene und eingebildete Krümel weg und zupfte ihren Schleier zurecht. Frevisse, die wußte, was jetzt kam, erhob sich langsamer. Sie hatten bereits heute morgen auf dem Hof des Klosters die Prozedur durchgestanden, Schwester Emma auf ihr Pferd zu helfen. Jetzt würde die Quälerei von neuem beginnen.

Schwester Emma beharrte aufgeregt darauf, daß Meister Naylor zunächst sämtliche Sattelgurte und das Zaumzeug ihres Pferdes überprüfte, um sicherzugehen, daß nichts lose war. Dann sollte er prüfen, ob das Pferd auch gut angebunden war und nicht ausbrechen konnte. Sie hatte sich für einen Damensattel entschieden, auf dem sie seitlich und damenhaft sitzen konnte, aber da sie etwas klein geraten und rundlich war, konnte sie ohne einen besonders hohen Aufsteigeblock nicht aufsitzen. In St. Frideswide hatte es einen gegeben, im Dorf nicht, und so würde Meister Naylor sie um die Taille fassen und in den Sattel heben müssen.

Frevisse erwartete, daß Schwester Emma sich längere Zeit mit mißglückten Anläufen, Maßregelungen, Instruktionen und Kicheranfällen wegen der Unschicklichkeit des Ganzen aufhalten würde, bevor sie Meister Naylor seine einfache Aufgabe ausführen ließ. Aber der umfaßte sie fest mit beiden Händen, hob sie schnell hoch und ließ sie wenig anmutig auf ihren Sattel niederplumpsen, noch bevor sie anfangen konnte, herumzuzappeln. Überrascht und leicht erschüttert starrte Schwester Emma ihn an. Für kurze Zeit fehlten ihr die Worte.

Meister Naylor wandte sich Frevisse zu, die neben ihrem Pferd stand und mit unpassender Heiterkeit zugesehen hatte. Sie schüttelte den Kopf. Ein Stalljunge hatte ihr die Zügel gehalten, als sie heute morgen aufgestiegen war, aber jetzt fühlte sie sich sicherer: Alte Fertigkeiten waren zurückgekehrt. Sie hatte um einen gewöhnlichen Sattel gebeten, einen, der ihr erlaubte, im Herrensitz zu reiten, wie sie in ihrer Kindheit geritten war und auch später, als sie in die Obhut ihres Onkels Thomas Chaucer gekommen war. Thomas Chaucer wußte mehr als die meisten anderen über die Manieren der hochgeborensten Personen Englands und fand ebenfalls, daß Sicherheit und ein guter Sitz auf dem Pferd wichtiger waren als die Mode. Frevisse nahm die Zügel in die Hand und schwang sich in den Sattel. Sie ignorierte Schwester Emmas Mißfallensäußerungen ebenso vollständig, wie sie es heute morgen getan hatte. Sie lächelte Meister Naylor an und entdeckte ein winziges Lächeln um seine Mundwinkel, als er ihr zunickte und zu seinem Pferd ging.

Der Wald war nicht mehr weit entfernt. Sie näherten sich ihm erfreut und waren dankbar für den Schatten, als sie hineinritten. Schwester Emma rief aus: »Was für ein Segen, aus dieser schrecklichen Sonne herauszukommen. Oh, es ist so schön hier, so grün und kühl. Reiten wir kurz oder lange durch den Wald, Meister Naylor? Was für ein schrecklicher Gedanke, daß wir es gerade angenehm haben und dann wieder hinaus müssen. Wie ist es, Meister Naylor?«

Mit Mühe raffte sich der Verwalter zu einer Antwort auf. »Wie ist was, Mylady?«

»Ist der Weg durch den Wald lang oder kurz? Ich möchte wirklich nicht mehr hinaus in die Sonne.«

»Wir werden bis fast zum Schluß durch Wald reiten.«

»Wirklich ein Segen«, fuhr Schwester Emma fort. »Dennoch, Mai kühl und naß, füllt dem Bauern Scheuer und Faß. Jedenfalls habe ich es so in Erinnerung ...«

Frevisse hörte nicht mehr zu. Da war der neue Reiz des Waldes zu genießen, und das tat sie. Wie das Gesetz es verlangte, war das Unterholz auf beiden Seiten der Straße entfernt worden, damit niemand, der eventuell Ärger machen wollte, sich dort verstecken konnte. Aber die großen Bäume hatte man stehen lassen, damit die Straße zum Wohle der Reisenden schattig blieb. Das Sonnenlicht war sanfter unter den grünen Zweigen, und der Hufschlag der Pferde und das Knarren des Zaumzeugs klangen gedämpft. Geißblatt rankte in dem langen Gras am Rand des Weges, und obwohl jetzt am frühen Nachmittag keine Vögel mehr sangen, flog dann und wann einer lautlos über den Weg, und es raschelte im Laub.

Sie waren einige Meilen in den Wald hineingeritten und hatten gerade einen Bach überquert, als Meister Naylor plötzlich aufmerksam den Kopf hob und nach seinem Schwert griff. »Da kommen Leute.«

»Oh, wie wundervoll!« rief Schwester Emma aus. »Bis jetzt sind wir so gut wie niemandem begegnet. Wird es nicht nett sein, andere Leute zu treffen und ihnen einen guten Tag und Gottes Segen zu wünschen? Wie man in den Wald hineinruft, so schallt es heraus, so heißt es.«

Frevisse seufzte über dieses unpassende Zitat und dachte, daß es auch hieß, ein kluger Mann verberge seine Weisheit, während ein Narr seine Dummheit laut herausrufe.

Eine Wegbiegung und Bäume hatten die anderen Reisenden vor ihrem Blick verborgen, bis sie fast vor ihnen standen, aber jetzt waren sie deutlich zu erkennen. Es waren vier Männer mit Bündeln auf dem Rücken, alle zu Fuß, Bauern, ihrem Aussehen nach zu urteilen. Sie stapften mühsam dahin, als wären sie bereits Meilen gelaufen und hätten noch viele Meilen vor sich. Wahrscheinlich hatte ihr Lehnsherr sie losgeschickt, um einen Auftrag zu erfüllen, der keine besseren Leute rechtfertigte, dachte Frevisse. Sie nahm Meister Naylors mißtrauischen Blick auf die Männer wahr, während er und Frevisse ihre Pferde an den Wegesrand lenkten, um ihnen nicht die Straße zu versperren. Die Männer wichen ebenfalls aus und gingen hintereinander im Gänsemarsch, die Köpfe immer noch gesenkt.

Schwester Emma, ohnehin eine schlechte Reiterin, was durch den unpraktischen Damensattel noch verschlimmert wurde, war zurückgefallen, als Frevisse ihr Pferd zur Seite lenkte, schaffte es aber nicht, den Männern den Weg freizumachen. Frevisse drehte sich im Sattel um und sah Schwester Emma stirnrunzelnd an, während der erste der Männer ihr Pferd passierte. Um an Schwester Emmas Tier vorbeizukommen, würde er an den äußersten Rand der Straße ausweichen müssen.

Aber plötzlich, zu schnell für jede Warnung, ließ er sein Bündel fallen, richtete sich auf und griff nach den Zügeln von Schwester Emmas Pferd. Fast im selben Augenblick warfen die drei anderen Männer ihre Bündel in den Staub und setzten sich abrupt in Bewegung; einer packte die Zügel von Frevisses Pferd, die anderen beiden machten einen Satz auf Meister Naylor zu. Frevisse riß den Kopf ihres Pferdes zur Seite und versuchte, es anzutreiben, um den Mann niederzureiten. Aber das Pferd war für das Nonnenkloster gezüchtet und übertrieben sanftmütig. Es scheute, bäumte sich auf, und der Mann hatte es am Zügel. Frevisse versuchte, nach ihm zu treten, aber ihre Röcke behinderten sie. Er wich aus, ohne seinen Griff zu lockern, und grinste zu ihr auf.

Meister Naylor, der mit zwei Gegnern zu kämpfen hatte, saß nicht mehr im Sattel. Einer der Männer hatte sein Bein gepackt, ihn mit einer einzigen Bewegung aus dem Sattel gewuchtet und ihn auf der anderen Seite des Pferdes zu Boden geschleudert, während der vierte Mann sich unter dem hochgeworfenen Kopf des Pferdes hindurchduckte und sich auf ihn warf. Schwester Emma, die die Augen geschlossen hatte und die Hände gegen die Wangen gepreßt hielt, begann mit schriller Stimme »Hilfe, oh Jesus, Hilfe, Hilfe, süße Jungfrau, Hilfe, Hilfe!« zu kreischen.

Der Mann, der Frevisses Zügel gepackt hielt, griff nach ihrem zutretenden Fuß und rief: »Ruhig, Schwester, ruhig! Wir wollen Euch nichts Böses! Ruhig, um der Gnade Gottes willen!«

Er war schlecht gekleidet und schmutzig, und sein roter Hut war speckig, aber seine Stimme verriet, daß er kein Bauer war. Deswegen, und weil er sie nicht mit einer Waffe bedrohte, zögerte Frevisse und hörte auf, sich zu wehren. Im selben Augenblick hörte Schwester Emmas Geschrei abrupt auf. Frevisse fuhr heftig herum und sah, wie sie schlaff aus dem Sattel rutschte. Der Mann neben ihr blickte voller Panik erst sie an und dann das Pferd, unsicher, ob er das Pferd loslassen sollte, um die Nonne aufzufangen. Etwas verspätet versuchte er beides zu tun, aber es war zu spät. Schwester Emma entglitt seinem Griff, fiel mit einem häßlichen, dumpfen Plumps zu Boden und lag still.

Der Mann neben Frevisse nutzte ihre Schrecksekunde aus, ließ ihr Pferd los, packte sie bei den Röcken und zog sie aus dem Sattel. Das befreite Pferd bekam endlich Angst, scheute und warf den Kopf hoch, um die Hufe von den Zügeln zu befreien. Frevisse klammerte sich an dem Mann fest, um nicht kopfüber vom Pferd zu fallen, kam auf die Füße, versetzte ihm einen Stoß und versuchte, ihn zu schlagen. Er packte ihre Handgelenke. »Steht still«, befahl er. »Wir haben den Verwalter und die andere Nonne. Wohin könntet Ihr laufen? Steht still!«

Frevisse blieb stehen und wappnete sich gegen seinen Griff. Schwester Emma lag regungslos mitten auf der Straße, Meister Naylor mit dem Gesicht nach unten am Wegrand. Ein muskulöser Mann saß rittlings auf ihm und verdrehte ihm den Arm. Der vierte Angreifer stand über ihm, Meister Naylors Schwert in der Hand.

»Gebt auf«, befahl der Mann, der Naylor festhielt. »Wir wollen Euch oder den Schwestern nichts Böses. Ergebt Euch. Ihr habt keine andere Wahl.«

Naylor, das Gesicht weiß und schmerzverzerrt, nickte. Der Mann lockerte seinen Griff, stand auf und stellte sich neben ihn. Naylor verzog das Gesicht, rollte sich zur Seite und setzte sich auf. Er betastete kurz seinen Arm, bevor er auf die Füße kam. Der bewaffnete Mann, der ihn gefangengenommen hatte, war einen halben Kopf größer als er, war mit etlichen Pfund mehr Muskeln ausgestattet und hatte zudem sein Schwert. Aber Naylor trat ihm mutig entgegen und fragte scharf: »Was wollt ihr? Das sind Nonnen, um Himmels willen. Ihr seid verdammt, wenn ihr ihnen ein Leid zufügt. Wir haben wenig, was sich zu rauben lohnt, und das Lösegeld, das ihr für uns bekommen werdet, ist kaum der Mühe wert.«

»Wir wissen, wer Ihr seid, und wir wollen weder Lösegeld noch Euch berauben.« Der Mann sah rauher aus und hatte ein gröberes Auftreten als jener, der immer noch Frevisse festhielt, aber es war nichts Bedrohliches in seinem Ton. Er grinste. »Alles, was wir wollen, ist, daß Ihr uns bei unserem Festmahl im grünen Wald Gesellschaft leistet. Unser Hauptmann hat uns gesandt, um Euch zu holen.«

Meister Naylors Miene spiegelte seinen Unglauben wider. »Und eures Hauptmanns Name ist vermutlich Robin Hood?«

Das Grinsen des Mannes wurde breiter. »Wenn es ihm paßt. Und das dort ist Little John, jener, der über der gefallenen Dame steht und nicht weiß, was er mit ihr machen soll. Und Will Scarlet hält die andere.« Er verneigte sich kurz und durchaus respektvoll vor Frevisse und wandte sich dann an den Mann neben ihm. »Hal, nimm ihm auch den Dolch ab, und dann laß uns von hier verschwinden.«

»Will nicht mal jemand kommen und nach der hier sehen?«

Die ziemlich klägliche Bitte des Geächteten, der immer noch Schwester Emmas Pferd hielt, bewog Frevisse, sich gegen den Griff des Mannes zu sträuben, der sie ergriffen hatte. »Laßt mich zu ihr gehen.«

Der Mann ließ sie prompt und mit einer angedeuteten Verbeugung los. Frevisse kniete neben Schwester Emma nieder und stellte fest, daß deren Atem verdächtig gleichmäßig ging und ihre Gesichtsfarbe normal war. Frevisse gab ihr einen Klaps auf die Wange, der etwas heftiger ausfiel als notwendig, und sagte forsch: »Aufwachen, Schwester. Wacht auf, oder es bleibt mir nichts anderes übrig, als Euch Wasser ins Gesicht zu schütten und Euren Schleier zu ruinieren. Ihr könnt nicht hierbleiben. Aufwachen.«

Unter leisem Stöhnen und viel Geklimper mit den Wimpern reagierte Schwester Emma, sah erst Frevisse an, die sich über sie beugte, und dann den Mann, der hinter ihr stand. Mit einem mitleiderregenden Stöhnen wandte sie das Gesicht ab und schloß wieder die Augen. »Oh, es ist kein Alptraum. Wir sind ruiniert, Schwester Frevisse. Ruiniert!«

Kurz und schroff sagte Frevisse: »Das bezweifle ich.« Was immer diese Männer vorhaben mochten, Vergewaltigung schien es jedenfalls nicht zu sein, nicht einmal Raub. Aber

Hal hatte jetzt Meister Naylors Dolch, und das Schwert war immer noch auf die Brust des Verwalters gerichtet, und keiner der Männer sah sonderlich geduldig aus. Der große Mann sagte: »Wir können nicht den ganzen Nachmittag hier auf der Straße zubringen. Helft ihr auf, und dann gehen wir.«

Frevisse nickte, erhob sich und zog Schwester Emma am Arm hoch. Little John – und Frevisse bezweifelte stark, daß das sein richtiger Name war – nahm Schwester Emmas anderen Arm. Sie schrak vor ihm zurück und gab kleine Laute der Verzweiflung und der Furcht von sich, wehrte sich aber nicht.

»Also kommt, Schwester«, sagte der Mann nicht unfreundlich. »Laßt uns gehen.« Er grinste und fügte hinzu: »Willkommen im Sherwood Forest!«

Kapitel 2

Der Mann namens Hal entschied, sich Meister Naylors anzunehmen. Er nahm dem Verwalter den Schwertgurt ab, schnallte ihn um seine eigenen Hüften und schob das Schwert mit befriedigter Miene in die Scheide. Aber den Dolch hielt er weiter auf Naylors Rücken gerichtet, während zwei andere Geächtete die Bündel, die sie fallen gelassen hatten, am Sattel eines der Pferde festzurrten und Little John die Frauen bewachte.

Da sie ohnehin nichts dagegen unternehmen konnte, stand Frevisse schweigend da, während Schwester Emma erst flehentlich darum bat, freigelassen zu werden, dann die Rache ihres Bruders auf jeden herabbeschwor, der sie anrührte, und die volle Härte des Gesetzes androhte, wenn man sie nicht augenblicklich weiterreiten ließ. Schließlich – als niemand ihren Worten Beachtung schenkte – begann sie laut zu weinen und klammerte sich trostsuchend an Frevisse.

Über Schwester Emmas Kopf hinweg sah Meister Naylor Frevisse fragend an. Sie schüttelte fast unmerklich den Kopf, eine winzige ablehnende Geste. In Begleitung von Schwester Emma gab es keine Hoffnung auf ein Entkommen: Sie würde sie belasten wie ein Korb nasser Wäsche. Und ebenso nützlich sein. Frevisse achtete darauf, daß keiner der Geächteten in ihre Richtung sah, und bewegte lautlos die Lippen: »Geht Ihr.« Wenn es überhaupt eine Aussicht auf Entkommen gab, hatte Naylor die besten Chancen.

Mit grimmigem Kopf schüttelte Meister Naylor den Kopf. Seine Pflicht verlangte von ihm, sie zu beschützen. Er würde sie nicht im Stich lassen, egal, wie wenig Hilfe er ihnen geben konnte. Und dann holte der Mann, der Frevisse gefangengenommen hatte, ein Seil aus einem der Bündel und fesselte Meister Naylor die Hände auf den Rücken, während Hal weiterhin den Dolch auf den Verwalter gerichtet hielt.

»Fertig, Cullum«, sagte der Geächtete.

Sie folgten der Straße nur ein kleines Stück und bogen dann in einen breiten grasbewachsenen Weg ein, der wahrscheinlich von Holzfällern benutzt wurde. Aber in dieser Jahreszeit fällte niemand Holz, und die Geächteten bewegten sich mit einer Sicherheit, die zeigte, daß sie nicht erwarteten, auf jemanden zu treffen. Als sie ein gutes Stück von der Straße weg waren, verschwand Will mit den zusammengebundenen Pferden im Unterholz.

»Bringt sie zurück«, jammerte Schwester Emma. »Er stiehlt unsere Pferde!«

»Sie bleiben in einem Versteck, bis Ihr sie wieder braucht«, erklärte Cullum kurz. »Ihr bekommt sie zurück. Jetzt laßt uns von hier verschwinden. Will wird uns später einholen.«

»Wir sollen zu Fuß gehen? Im Wald? Weißt du nicht, wie es im Wald aussieht? Wie kannst du von mir erwarten –«

Schwester Emmas Stimme war mit jedem Satz lauter geworden. Frevisse, die den Ausdruck auf Cullums Gesicht gesehen hatte, sagte hastig: »Still, Schwester. Seid still! Ihr werdet sie wütend machen. Ihr wollt doch nicht, daß sie wütend werden, oder?«

»Meine Brüder werden –« begann Schwester Emma lautstark, und dann begriff sie, was Frevisse sagen wollte. Sie hielt inne, stand einen Augenblick mit weit offenem Mund da und schloß ihn dann mit einem hörbaren Schnappen. Sie zog den Kopf ein und begann zu beten, die Hände fest unter dem Kinn gefaltet. Aber lautlos.

»Gut«, sagte Cullum. Neben ihnen verband Hal Meister Naylor die Augen. Will kam zurück und bedeutete Cullum mit einer Geste, daß alles in Ordnung war. Cullum nickte. »Dann wollen wir aufbrechen. Du gehst hinter mir, Verwalter, und Hal wird dich führen. Dann kommen die Frauen. Will und John werden sich um sie kümmern. Nicht mehr Lärm als notwendig, sonst werden wir dich knebeln müssen, an eine Stange hängen und tragen wie den Kadaver eines Rehs, verstehst du?«

»Vollkommen«, antwortete Meister Naylor mit ruhiger Stimme.

Frevisse verwechselte seinen Ton nicht mit Unterwerfung, aber Cullum war zufrieden. »Gut.« Er ging voran, und sie verließen den breiten Weg und kamen auf einen schmaleren Pfad, der tiefer in den Wald führte. Frevisse, die mit ihren Röcken und dem langen Schleier in den Zweigen und dem Unterholz kaum vorwärts kam, war dankbar, daß zumindest ihre Augen nicht verbunden und ihre Hände nicht gefesselt waren. So wie sie angezogen waren, konnten sie und Schwester Emma nicht durch das Unterholz zu beiden Seiten des Weges fliehen, und die Geächteten wußten das.

Und ganz gewiß dachte Schwester Emma auch nicht an Flucht. Sie war zu beschäftigt damit, über alles zu stolpern, was ihr im Weg lag, ihren verhedderten Schleier von fast jedem Zweig zu lösen, an dem sie vorüberkam, und leise jedes Gebet herauszuschluchzen, an das sie sich erinnern konnte, ob es zu ihrer gegenwärtigen Notlage paßte oder nicht.

Vor ihr schnellte ein Zweig an Cullums Schulter vorbei und peitschte Meister Naylor ins Gesicht. Er zuckte zusammen, gab aber keinen Laut von sich. Schwester Emma stolperte schon wieder. John griff nach ihrem Ellbogen, um sie zu stützen, aber sie riß sich indigniert los, strauchelte erneut und fiel mit einem jämmerlichen Aufschrei auf die Knie. Meister Naylor wollte sich umdrehen und begann scharf: »Was ...«, aber Frevisse sagte schnell: »Es ist alles in Ordnung. Sie ist nur gestolpert«, bevor Hal ihm etwas antun konnte. Meister Naylor drehte sich wieder nach vorn, aber Schwester Emma jammerte vom Boden her: »Es ist *nicht* alles in Ordnung! Ich *kann* das nicht!«

Bevor einer der Männer einschreiten konnte, zischte Frevisse: »Still! Sie werden Euch knebeln, wenn Ihr so weitermacht. Seid still!«

Schwester Emma schluckte, warf einen schaudernden Blick auf John, der neben ihr aufragte, und ließ zu, daß Frevisse ihr auf die Füße half.

Sie gingen weiter. Frevisse tat so, als wäre sie völlig davon in Anspruch genommen, sich und Schwester Emma auf dem schmalen Saumpfad voranzubringen. Aber sie versuchte auch, sich den Weg zu merken, den sie nahmen – links an einem ausgetrockneten Bachbett entlang, rechts an einem gestürzten Baum vorbei, der sich in der Gabel eines anderen Baumes verfangen hatte, wieder links an einem großen, verwitterten Baumstumpf vorbei. Sie machen Umwege, dachte sie, und sie hatte Zweifel daran, daß sie es schaffen würde, den Weg zurück zu finden, selbst wenn sie die Gelegenheit dazu bekommen sollte. Aber zumindest würde sie es versuchen.

Endlich erreichten sie eine große Lichtung. Sie war von hohen, alten Bäumen umgeben, das Sonnenlicht spielte in dem langen Gras, Blumen wuchsen, und der Duft brutzelnden Wildbrets durchzog die Luft. Ein halbes Dutzend grobgekleideter Männer war auf dem schattigen Grund verteilt. Einer saß auf einem großen Wurzelknorren auf der anderen Seite der Lichtung, klimperte leichthin auf einer Laute, offenbar so entspannt, daß er bei ihrer Ankunft nicht einmal aufsah. Die übrigen sprangen auf die Füße, unsicher, wie sie auf die Anwesenheit zweier Nonnen in ihrer Mitte reagieren sollten. Außer einem, der mit einer Selbstsicherheit auf sie zukam, die deutlich zeigte, daß er der Anführer war.

Er war vielleicht um die Vierzig. Er trug den einfachen grünen Rock eines Wildhüters, aber der Gürtel, sein Beutel und die Scheide des Jagdmessers, das an seiner Seite hing, waren aus feingegerbtem Leder. Er lächelte, und es war Charme in seinem Lächeln und in der Art, wie er zu Cullum sagte: »Nimm ihm die Binde ab. Das ist jetzt nicht mehr notwendig. Laß ihn selbst sehen, daß wir weder ihm noch diesen liebreizenden Damen etwas Böses antun wollen.«

Während er sprach, warf er einen schnellen, abschätzenden Blick auf Schwester Emmas ziemlich benommenes, feuchtes, von Tränen gerötetes Gesicht und dann auf Frevisse, die mit kalten Augen und gelassen neben ihr stand. Sein Lächeln vertiefte sich, und er ignorierte sowohl Meister Naylor als auch Schwester Emma und beugte das Knie vor Frevisse. »Liebe Cousine, ich bitte um Vergebung für die ungebührliche Art, auf der wir uns begegnen. Mir fiel keine bessere Alternative ein.«

Frevisse war auf eine Vielzahl von Möglichkeiten vorbereitet gewesen, aber auf diese nicht. Sie starrte ihn an.

Der Mann hob den Kopf. Ein wenig flehentlich sagte er: »Ihr erinnert Euch also überhaupt nicht an mich, Cousine?«

Frevisse begann den Kopf zu schütteln. Aber etwas an ihm – vielleicht der Übermut in seinen Augen, der nicht einmal während seines Bittens verschwand – weckte eine Erinnerung, und plötzlich war er ihr vertraut, so sehr er sich auch verändert hatte. »Nicholas!« rief sie aus.

Der älteste Sohn des älteren Bruders ihres Vaters und tatsächlich ihr Cousin, auch wenn sie sich fast zwanzig Jahre nicht gesehen hatten.

Er sprang auf die Füße und streckte ihr die Hände entgegen. »Du hattest immer mehr Verstand als drei andere Frauen zusammengenommen. Ich wußte, du würdest dich erinnern!«

In der Überraschung des Augenblicks streckte Frevisse ihm ebenfalls die Hände entgegen. »Natürlich erinnere ich mich! Es war bei Onkel Thomas. Du hast eine ganze Zeit in seinem Haushalt gelebt, von Michaelis bis nach Weihnachten.« Und er war in Ungnade fortgeschickt worden, erinnerte sie sich, wegen zu vieler Scherze und Frechheiten und des Versuchs, eine Dienstmagd zu verführen.

Ganz offensichtlich war dieser Skandal Nicholas nicht im Gedächtnis geblieben. Er grinste sie breit an und hielt ihre Finger in seinen harten, starken Händen. »Du warst damals ein so ernsthaftes Geschöpf, hast dich ständig in Onkel Thomas' Bibliothek versteckt, auch wenn Tante Matilda sich noch so große Mühe gegeben hat, dich da rauszuholen. Bist du immer noch so ernsthaft?«

»Bist du immer noch ein Schurke mit einer losen Zunge?« gab Frevisse zurück.

Nicholas warf den Kopf in den Nacken und lachte. »Ja! Ja, das bin ich in der Tat!«

»Und Ihr konntet keinen anderen Weg finden, ein Familientreffen zu organisieren?« fragte Meister Naylor trocken und mit harter Stimme.

Nicholas sah ihn erstaunt an, als hätte er vergessen, daß außer ihm und Frevisse noch jemand da war. Sein Verhalten änderte sich schnell und wurde entschuldigend. »Es war falsch von mir, Euch so zu vernachlässigen, Sir. Und Euch, gute Dame.« Er richtete sein Lächeln auf Schwester Emma, die, überwältigt von den Überraschungen des Augenblicks, in wortlosem und tränenlosem Staunen erst ihn angestarrt hatte, dann Frevisse und wieder ihn. Aber als er sich elegant vor ihr verneigte, erholte sie sich und wandte sich naserümpfend und mit zitterndem Kinn ab.

Nicholas Lächeln wurde reumütig. »Ihr seid in der Tat schändlich behandelt worden, edle Dame. Laßt es mich wiedergutmachen, ich bitte Euch.« Er trat zurück, richtete sich zu seiner vollen Größe auf und verneigte sich schwungvoll vor den dreien. »Mit Eurer gnädigen Erlaubnis, werter Herr, meine liebreizenden Damen, möchte ich Euch jetzt zu unserem Festmahl einladen. Wir dinieren nicht sehr elegant, aber das Essen ist gut, und ich schwöre Euch, Ihr könntet auch im hochgestelltesten Haus des Landes nicht respektvoller empfangen werden.«

Frevisse blickte betont auf Meister Naylors gefesselte Hände. Nicholas verstand und winkte Cullum herbei. »Binde ihn los. Er weiß jetzt, daß wir nichts Böses im Sinn haben. Ich habe meinen Eid darauf gegeben, und zudem bin ich Schwester Frevisses Cousin. Er wird uns keine Schwierigkeiten machen. Nicht wahr, Mann?«

»Fügt den Damen kein Leid zu, dann mache ich Euch auch keine Schwierigkeiten.«

Nicholas hob bereitwillig die Hand und schwor: »So wahr ich um Gottes Gnade bete, wird ihnen kein Leid geschehen, vor dem ich sie bewahren könnte.«

Meister Naylor rieb sich die Handgelenke, auf denen die roten Spuren der Fesseln zu sehen waren, und betrachtete ihn kalt. Nicholas wandte sich an Frevisse. »Das Festmahl wird bald bereitet sein. Wirst du dich mit mir unterhalten, bis es soweit ist?«

Anstatt zu antworten, blickte Frevisse an ihm vorbei auf den Lautenspieler, der immer noch auf der anderen Seite der Lichtung vor sich hin klimperte. Er saß über seine Laute gebeugt da, das Gesicht halb verborgen. Aber er machte den Eindruck, als würde er ebenso angespannt wie seine Kameraden alles verfolgen, was gesagt wurde.

»Ich kenne ihn von irgendwo«, murmelte Frevisse.

Nicholas drehte sich um, um festzustellen, wen sie ansah, und zuckte die Achseln. »Das bezweifle ich, es sei denn, Eure Priorin läßt gelegentlich fahrende Minnesänger für ihre Nonnen aufspielen.«

Das tat Priorin Edith nun ganz gewiß nicht. Aber Frevisse war die Schwester Hospitalaria des Klosters und für die Unterbringung der Gäste zuständig, die, wie es die benediktinische Klosterregel verlangte, in jedem Kloster aufgenommen wurden. Der Lautenspieler konnte gut irgendwann einmal die Nacht in St. Frideswide verbracht haben.

Das Gefühl war so stark, daß sie hingegangen wäre, um mit ihm zu sprechen, wenn Nicholas sie nicht zu einer Decke geführt hätte, die am Fuße des größten Baumes ausgebreitet worden war. Schwester Emma machte Anstalten, ihnen zu folgen, aber einer der Geächteten vertrat ihr den Weg. Einen Augenblick lang drohten Tränen, aber dann nahm Meister Naylor ihren Arm und sprach ihr schnell ins Ohr, während er dem Geächteten zu einem anderen Baum und einer anderen Decke folgte. Nachdem Frevisse sich überzeugt hatte, daß mit den beiden alles in Ordnung war, wandte sie ihre Aufmerksamkeit Nicholas zu.

Er machte eine einladende Geste. »Bitte setz dich doch.«

Dankbar sank Frevisse auf die Decke nieder. Es war einmal eine schöne Decke gewesen, dick und dicht gewebt, aber durch die starke Beanspruchung war sie schmuddelig geworden. Nicholas setzte sich neben Frevisse auf eine Baumwurzel, die Hände zwischen den Knien gefaltet. Einen Augenblick lang sahen sie einander an.

Frevisse erinnerte sich, wie er gewesen war, als sie jung waren. Er war groß gewesen und war es immer noch, obwohl er mittlerweile etwas gebeugt ging. Er war schlank gewesen, jetzt war er hager. Sein braunes Haar war immer noch dicht, aber sie konnte die Anfänge einer Stirnglatze sehen, und seine Locken waren von ein paar grauen Strähnen durchzogen. Immer war ein Lachen in seinen Augen verborgen gewesen, selbst in den Momenten, die seine ernstesten hätten sein sollen, und das Lachen war immer noch da. Aber da war auch Müdigkeit, und tiefe Falten um den Mund und die Augen herum. Er war älter geworden, und mit Ausnahme des heimlichen Übermuts in seinen Augen hatte er sich sehr verändert.

»Du siehst ernster drein, als du müßtest, Cousine.«

Früher hatte er genauso auf sie heruntergegrinst, wenn er sie neckte, damit sie nicht mehr wütend auf ihn war. Im Moment war sie nicht wütend auf ihn, und sie war auch nicht in der Stimmung, sich necken zu lassen. »Die Erinnerung an früher und daran, wie ein Vogelfreier aus dir geworden ist, reicht aus, um einen ernst werden zu lassen.«

»Ah.« Nicholas blickte zur Seite. »Ich habe Fehler gemacht, und dann noch mehr Fehler. Manche Leute – besonders mein Vater – haben immer gesagt, ich würde eines Tages zu weit gehen. Das habe ich getan. Ich bezahle seit langer Zeit dafür.«

»Fast sechzehn Jahre.«

»So lange?« Er sah ein wenig erschrocken aus, als er darüber nachdachte, und dann stimmte er ihr zu. »Ja. Das stimmt, nehme ich an. Du hast immer dazu geneigt, recht zu haben. Daran erinnere ich mich.«

Er war Anfang Zwanzig gewesen, Erbe der beiden reichen Landgüter seines Vaters, als er in Streit mit einem Edelmann geriet, der in der Nähe wohnte. Der Edelmann hatte irgendeine von Nicholas' Eskapaden nicht amüsant gefunden. Frevisse kannte nicht die ganze Geschichte, aber eine anfangs unbedeutende Angelegenheit hatte sich zu einem ernsthaften Konflikt und dann zu einer bewaffneten Auseinandersetzung ausgewachsen. Auf beiden Seiten hatte es Tote gegeben, und Nicholas' eigener Vater hatte sich geweigert, für ihn einzutreten oder sich gegen das Urteil eines Sheriffs aus Staffordshire zu stellen, der Nicholas zum Vogelfreien erklärt hatte. Als Antwort darauf war Nicholas in den Derby Hills verschwunden, und das war das letzte gewesen, was Frevisse von ihm gehört hatte. Bis heute. Von den Derby Hills war es ein weiter Weg ins südliche Oxfordshire.

»Dein Vater ist gestorben«, sagte sie.

»Ich weiß. Ich – habe früher einiges erfahren. Über die Familie. Aber das ist jetzt schon eine Weile her. Wie geht es Edward?«

»Es ging ihm gut, als ich zuletzt von ihm gehört habe. Das war vor ungefähr einem Jahr. Seiner Frau und seinen Kindern auch.«

»Er hat Kinder?«

»Zwei Söhne und zwei Töchter. Der älteste Sohn heißt Edward nach seinem Vater.«

»Und der Jüngere? Der heißt wahrscheinlich nicht Nicholas.«

»Wohl kaum«, stimmte Frevisse zu. »Er ist nach seinem Großvater benannt.«

Nicholas sah auf seine Hände herunter. Als er jung gewesen war, waren sie geschickt und anmutig gewesen. Jetzt waren sie breit und derb, rauh und vom Wetter gegerbt wie sein Gesicht. Mit einer Stimme, die kaum lauter war als ein Flüstern, sagte er: »Ich möchte nach Hause gehen, Cousine. Ich bereue meine Sünden, jede einzelne von ihnen. Ich möchte vom König begnadigt werden, damit ich nach Hause zurückkehren kann.«

Frevisse gab keine Antwort. Sie wußte nicht, was sie sagen sollte. Nicholas Hände waren so fest zusammengekrampft, daß die Knöchel weiß wurden. Er sah sie mit Tränen in den Augen an, und in seiner Stimme war ein Zittern, das er nicht kontrollieren konnte. »Es ist sechzehn Jahre her. Sechzehn lange Jahre. Ich will begnadigt werden, damit das hier ein Ende hat.«

Frevisse zögerte und fragte dann: »Sind wir deswegen hier? Bin *ich* deswegen hier? Weil du eine Begnadigung willst und denkst, ich könnte dir eine verschaffen?«

»Du warst Thomas Chaucers Liebling, als du in seinem Haushalt gelebt hast, und es heißt, daß er dich immer noch sehr gern hat. Er kommt dich sogar in deinem Kloster besuchen und interessiert sich für das Wohlergehen von St. Frideswide, weil du dort bist.«

»Ja.« Sie hatte keine Ahnung, woher Nicholas das wußte, aber sie konnte sich vorstellen, wie erfreut er gewesen war, als er es gehört hatte.

»Wenn du ihn fragen würdest – wenn du ihm sagen würdest, ich hätte mich wirklich geändert und würde wahrhaftig bereuen –, wenn du ihn in meinem Namen um ein königliches Pardon für mich und meine Männer bitten würdest, könnte er mir eins verschaffen. Das wäre ein leichtes für ihn, oder nicht? Bei den Leuten, die er kennt. Bei der hohen Stellung, die er in der Regierung innehat. Er könnte es schaffen, ohne zweimal darüber nachzudenken, und er würde es tun, wenn du ihn darum bitten würdest.«

»Er könnte, aber ...«

Frevisse dachte, daß das aus bestimmten Gründen nicht so einfach sein würde, wie Nicholas es gerne hätte, aber bevor sie diese Gründe formulieren konnte, beugte Nicholas sich vor und ergriff überschwenglich ihre Hände. Sie hinderte ihn nicht daran, erwiderte den Händedruck aber auch nicht und hörte mit ausdruckslosem Gesicht zu, als er ernsthaft fortfuhr: »Doch, Cousine. Für dich würde er es tun. Und zwar gerne. Für ihn wäre das nur eine kleine, geringfügige Sache. Kaum der Rede wert, bei den großen Staatsangelegenheiten, mit denen er zu tun hat. Aber für mich würde es das Leben bedeuten. Und für meine Männer.«

Frevisse blickte sich auf der Lichtung um. »Ihr scheint gut genug zu leben, du und deine Männer, Nicholas. So wie es aussieht, seid ihr frei, wohlgenährt und verhältnismäßig wohlhabend. Ich habe ehrliche Bauern schon schlechter leben sehen.«

Sie stachelte ihn nicht absichtlich auf, sie redete nur daher, während sie versuchte, die Möglichkeiten und Wahrscheinlichkeiten seines Ansinnens abzuwägen. Aber er ließ abrupt ihre Hände los, sprang auf und sagte scharf: »So wohlhabend nun auch wieder nicht. Abgetragene alte Kleidung, zufällig ergatterte Mahlzeiten, und nie wissen wir, ob wir zwei Nächte hintereinander am selben Ort schlafen können, oder ob heute der Tag sein wird, an dem wir mit jemandem zusammentreffen, der gewillt ist, uns einen Pfeil ins Herz zu jagen.«

Frevisse merkte, daß sich auf der Lichtung nichts mehr regte und alle Stimmen verstummt waren. Trotz aller Heftigkeit hatte Nicholas mit leiser Stimme gesprochen; niemand außer ihr hatte gehört, was er gesagt hatte. Aber sein plötzliches Aufspringen und die Intensität seiner Gesten sagten genug. Alle sahen zu ihnen herüber. Und einen kurzen Augenblick lang, als Nicholas begriff, daß er sein bestes Argument vorgebracht hatte und sie ihm nicht bereitwillig zustimmte, sah Frevisse seine Unsicherheit.

Dann schlug der Lautenspieler auf der anderen Seite der Lichtung einen langen Akkord an, brach mit fröhlicher Leichtigkeit die Spannung und stand auf. »Wenn dieses Wildbret immer noch nicht gar ist«, sagte er laut, »bin ich dafür, daß wir es roh essen. Wer kommt mit?«

Kapitel 3

Der Festschmaus fand nicht auf der großen Lichtung statt. Sie wurden ein kleines Stück fortgeführt, zu einer kleineren Lichtung, die fürs Kochen und Schlafen eingerichtet war. Baumstämme, manche grob geglättet, damit man besser darauf sitzen konnte, waren um eine Feuerstelle herum angeordnet, wo das Wildbret in handliche Stücke geschnitten auf Spießen über dem Feuer röstete. Mit einer Förmlichkeit, die nicht ganz in die Umgebung paßte, führte Nicholas Frevisse, Schwester Emma und Meister Naylor zu ihren Sitzplätzen auf Baumstämmen, die angenehm weit von der Hitze des Feuers entfernt waren.

»Und ich selbst werde Euch bedienen, auf den Knien«, sagte er mit einem Lachen. »Evan, bitte eine muntere Weise für diesen freudigen Anlaß.«

Der Lautenspieler, der irgendwo hinter ihnen war, gehorchte. Er war nicht besonders gut, aber zumindest hörte er nicht nach jeder falschen Note auf zu spielen.

Nicholas stand zu seinem Wort und bediente sie mit der ganzen Eleganz, die er im Haushalt seines Vaters und von Thomas Chaucer gelernt hatte. Er hatte sogar ein Mundtuch über dem Arm liegen, als er ihnen das Essen servierte. Seine vollendeten Manieren standen in scharfem Kontrast zu seiner groben Wildhüterkleidung, dem etwas schmuddeligen Mundtuch und dem Mahl aus angekohltem Wildbret, das in Holzschüsseln aufgetragen wurde. Dazu gab es ein Stück schon ein wenig trockenes Brot, und aus einem Faß, das auf einem Baumstumpf stand, wurde Bier gezapft. Aber das Fleisch war saftig, und Nicholas – der sich des Kontrasts ebenso bewußt war wie Frevisse – machte das Servieren zu einer amüsanten Komödie. Schwester Emma, die zuerst sehr aufrecht und mit entschlossener Empörung dagesessen hatte, die Augen noch rot vom Weinen, vergaß sich und lachte über etwas, das er ihr ins Ohr flüsterte, als er sich niederbeugte, um ihren hölzernen Bierhumpen wieder zu füllen. Als das Geschirr eingesammelt und zum Reinigen davongetragen wurde, hatte sie sich soweit vergessen, daß sie ihm bedeutete, sich herunterzubeugen, damit sie ihm etwas ins Ohr flüstern konnte, das sie beide zum Lachen brachte.

Frevisse und Meister Naylor sahen sich über Schwester Emmas Schulter hinweg an, und sie wußte, daß Nicholas' Charme ihn nicht überwältigt hatte und er noch immer auf der Hut war, ebenso wie sie. Am Kinn hatte er einen Kratzer von einem Brombeerzweig, und der zurückschnellende Ast hatte einen roten Striemen auf der Wange hinterlassen. Und er bewegte sich, als würde die rechte Seite ihn schmerzen, vielleicht wegen seines Sturzes vom Pferd.

Als das Mahl beendet war, führte Nicholas Frevisse zur anderen Seite der Feuerstelle, weg von den anderen, und setzte sich mit ihr auf einen Baumstamm.

Allmählich wurde es Abend. In St. Frideswide würden die Nonnen sich zum Komplet versammeln und dann schlafen gehen. Hier warf noch jemand Holz aufs Feuer, jetzt, wo sie mit dem Kochen fertig waren. Die Flammen schossen hoch, hell wie Juwelen in der sich vertiefenden Dämmerung. Fett zischte in der neu entfachten Hitze, ein grünes Holzscheit platzte mit einem Knall, und Funken sprühten in dem aufsteigenden Rauch hoch.

»Ich hoffe doch«, sagte Frevisse, »daß das Rothirsch war, was wir da gegessen haben.«

Laut Gesetz waren Rothirsche das einzige Wild, das frei gejagt werden konnte. Der Rothirsch war nämlich allzu beschützerisch, was sein Revier anging, und vertrieb Rehe und alle anderen Wildarten, was das Jagdvergnügen des Adels schmälerte.

Nicholas legte die Hand aufs Herz, um seine Aufrichtigkeit zu beweisen, und erwiderte: »Würde ich mich erdreisten, dir etwas anderes anzubieten?«

»Ja.«

Er grinste sie an, so wie er es immer getan hatte, wenn seine Neckerei sie kurz angebunden werden ließ. Es war erstaunlich, wie viele Erinnerungen sie an ihn bewahrt hatte, wenn man bedachte, wie kurz sie gemeinsam in Chaucers Haushalt gelebt hatten. Er war intelligent gewesen und charmant – besonders, wenn er wieder etwas angestellt hatte – und überhaupt ein glattzüngiger Junge, so wie er jetzt ein glattzüngiger Mann war. »Ich erinnere mich, daß dieses Lächeln nichts Gutes bedeutet«, sagte sie.

Er lachte lauthals. »Ich erinnere mich ebenfalls. Es funktionierte bei dir kaum besser als bei Onkel Thomas. Er sah mich mit diesen Augen an, und ich wußte, er überlegte sich, wie viele Schichten Fleisch er wegpeitschen mußte, bis er zum Knochen kam.«

Frevisse machte den Mund auf, um zu antworten, aber Nicholas kam ihr zuvor. Er beugte sich zu ihr hinüber und griff ernsthaft nach ihren Händen. »Cousine, Cousine, ich bedaure, was ich war und was ich bin. Bitte, glaub' mir.«

Er beobachtete ihr Gesicht und mußte ihre Zweifel deutlicher davon abgelesen haben, als sie gewünscht hatte. Er umfaßte ihre Hände noch fester und sagte mit größerer Verzweiflung: »Ein Mensch kann sich ändern. Wahrhaftig, das kann er. Denk' nur an ...« Er suchte nach einem Beispiel. »... den heiligen Antonius. Nach einer vergeudeten Jugend änderte sich sein Herz, und er wurde ein Heiliger.«

»Hast du vor, ein Heiliger zu werden, Nicholas?«

Er lachte reuevoll. »Da besteht keine Hoffnung, Cousine. Ich möchte einfach nur ein Mann mit einem Zuhause sein, einem festen Wohnsitz, wo ich nicht ständig auf der Hut sein muß.« Sein Grinsen verschwand. Ruhig sagte er: »Der Winter war grausam, Cousine, und meine Knochen sind nicht mehr so jung, wie sie mal waren.«

Es lag tiefes Gefühl und tiefer Schmerz in seinen Worten. Frevisse mit ihren Erinnerungen an den letzten Winter, ihren eigenen Schmerz und dem Wissen um die Zeit, die ihnen jeden Augenblick des Lebens durch die Finger glitt, ließ sich anrühren.

Aber noch während sie das dachte, beugte Nicholas sich vor und senkte die Stimme, um zu zeigen, daß dies nur sie beide etwas anging.

»Wirklich, Cousine, ich habe das Gesetz seit drei Jahren nicht mehr übertreten.« Frevisse hob die Augenbrauen. Er blickte weg und schüttelte den Kopf. »Nein, du kannst es nicht glauben, aber es ist wahr.«

»Bis heute«, sagte sie.

»Bis heute, ja. Aber das war nur, weil ich keine andere Wahl hatte. Ich konnte ja schlecht in dein Kloster kommen, oder? Ich konnte nicht um das bitten, was das Gesetz jedem verbietet, mir zu geben – Unterkunft, Essen, selbst einen Becher Wasser an einem heißen Tag. Ich konnte dich nicht bitten, dort mit mir zu reden, wo jedermann mich hätte erkennen und ergreifen können.«

»Es ist sehr unwahrscheinlich, daß jemand dich erkannt hätte.«

Nicholas schüttelte wieder den Kopf, jetzt etwas verzweifelter. »Wenn ich unter die Leute gehen würde, wäre ich nicht so lange am Leben geblieben. Mir fiel keine andere Möglichkeit ein, mit dir zu reden, ohne mich in Gefahr zu bringen. Hör zu, ich weiß, daß ich dich nicht lange hier behalten kann. Ich will es auch nicht, glaub' mir. Hast du über meine Bitte nachgedacht? Wirst du es tun?«

Frevisse wollte mehr wissen, als sie bisher erfahren hatte, und erwiderte, anstatt seine Frage direkt zu beantworten: »Du willst, daß ich Thomas Chaucer bitte, dir eine königliche Begnadigung zu verschaffen.«

»Und meinen Männern.«

»Ich weiß nicht, was mit den anderen Geächteten ist, aber eine Begnadigung wird dir wenig nützen. Als du für vogelfrei erklärt wurdest, hast du allen Anspruch auf dein Erbe verloren. Edward hat alles bekommen, ebenso gewiß und unwiderruflich, als ob du gestorben wärest. Das würde sich nicht ändern. Du würdest ein landloser Freisasse sein, nicht mehr.«

»Aber Edward hatte immer ein weiches Herz«, sagte Nicholas. »Und Vaters Grundbesitz war ausgedehnt genug. Es wird sich sicher irgendeine Ecke für mich finden lassen.«

»Du bist bereit, von den Almosen zu leben, die Edward dir zukommen läßt?«

»Von der Liebe und Vergebung meines Bruders.«

»Wenn er dir überhaupt etwas gibt. Niemand kann ihn dazu zwingen. Und er hat jetzt vier Kinder, die er ernähren muß. Ich bezweifle, daß sein Herz dir gegenüber weicher sein wird als gegenüber seinen Kindern.«

»Darüber werde ich mir Sorgen machen, wenn es Zeit ist. Ich will kein Geächteter mehr sein, und ich werde darauf vertrauen, daß Gott sich um den Rest kümmert. Bittet ihr nicht in eurem Kloster um die Gnade der Barmherzigkeit?«

Darauf hatte Frevisse keine Antwort. Nach einem Moment des Schweigens sagte sie: »Ich werde schreiben, wie du es willst.«

Erleichterung überflutete sein Gesicht. Mit wilder Freude drückte er ihre Hände, küßte sie herzhaft auf die Wange und rief so laut aus, daß alle es hören konnten: »Du bist eine Perle unter den Frauen und die Freude meines Herzens. Morgen werden wir alles regeln. Jetzt muß ich mich aber um meine anderen Gäste kümmern, denn ich bin ein höchst nachlässiger Gastgeber gewesen!«

Ehe sie ihn aufhalten konnte, küßte er sie auf die andere Wange und eilte munter zu Schwester Emma und Meister Naylor, die immer noch zwischen seinen Männern saßen.

Frevisse blieb, wo sie war. Es gab noch einiges, was sie ihn fragen wollte, insbesondere, wann und wie er vorhatte, sie freizulassen, wo er jetzt ihr Wort hatte. Aber es war bestimmt am besten, das zu einem weniger offensichtlichen Zeitpunkt zu tun. Nicholas war selten fügsam, wenn man ihn drängte, erinnerte sie sich.

Sie erhob sich von ihrem Baumstamm. Sie wollte mit Meister Naylor sprechen, und jetzt war die beste Gelegenheit dafür. Sie schob sich zwischen den Geächteten durch, aber bevor sie ihn erreichte, erhob Cullum sich und ließ sich auf dem Platz neben Naylor nieder, auf den sie sich hatte setzen wollen. Vielleicht wollte er nur näher beim Feuer sein. Frevisse versuchte so auszusehen, als wäre es ihr egal, setzte sich woanders hin und wartete auf eine neue Gelegenheit.

In dem schwindenden Tageslicht jonglierte einer der Geächteten mit drei Steinen und machte einen Scherz daraus, sich hin und wieder einen auf die Zehen fallen zu lassen. Schwester Emma kicherte jedesmal, wenn er das tat. Als Höhepunkt der Vorstellung ließ er einen Stein auf seinen Kopf fallen, zur generellen Belustigung seiner Gefährten. Frevisse klatschte mit allen anderen, als er sich verbeugte, doch es ging ihr dabei durch den Sinn, daß die schmerzverzerrte Miene, mit der er sich den Kopf rieb, nicht bloß gespielt war, und sie fragte sich, warum Leid wohl für komisch gehalten wurde.

Kapitel 4

Als Frevisse aufwachte, war ihr erster Gedanke, noch bevor sie die Augen öffnete, daß es regnete.

Ihr zweiter Gedanke war, daß sie naß wurde.

Noch nicht sehr naß, aber das behelfsmäßige Dach aus Zweigen und Blättern der roh zusammengezimmerten Schutzhütte hielt den stetig niederströmenden Regen nicht vollständig ab. Wahrscheinlich würde es noch weniger abhalten, wenn es so weiterregnete.

Frevisse öffnete die Augen und seufzte resigniert. Sie wußte, daß das freie Leben im Wald und auf der Straße nicht nur auf schattigen Lichtungen unter blauem Himmel zugebracht wurde. An diesem Morgen war das, was die Morgendämmerung hätte sein sollen, ein graues Halblicht, und außer dem sanften Rauschen des Regens unter den Bäumen hörte sie ein Tropfen in der Nähe ihres Knöchels. Das Blätterdach hatte eine Lücke. Sie setzte sich auf und griff nach ihrem sorgfältig zusammengefalteten Nonnenschleier, der unter dem Packen Sackleinen lag, der ihr Kopfkissen gewesen war. Aus Gründen der Schicklichkeit hatte sie das Kinntuch nicht abgelegt, ebensowenig wie den Rest ihrer Kleidung. Sie zog es gerade und steckte den Schleier darüber fest, ohne hinsehen zu müssen, wie sie es von den Jahren des nächtlichen Aufstehens zu den Mitternachtsgottesdiensten Matutin und Laudes gewohnt war.

Schwester Emma schlief noch, zerknittert und zusammengerollt in der hinteren Ecke des kleinen Unterstandes. Nachdem sie aufgehört hatte, glücklich auszurufen, welch ein Abenteuer es doch wäre und wie aufregend und ob diese Leute nicht erstaunlich nett seien – in Anbetracht der Tatsache, daß es Geächtete waren, und war Nicholas wirklich ihr Cousin? Erstaunlich! –, war sie zu einem leisen, unregelmäßigen Schnarchen übergegangen. Ihre Knie hatten sich den größten Teil der Nacht in Frevisses Kreuz gebohrt. Deshalb und wegen ihres unbedachten Entzückens an Nicholas' Gesellschaft war Frevisse im Augenblick Schwester Emma nicht allzuwohl gesonnen. Aber sie gab sich große Mühe, sie nicht zu wecken. Frevisse hatte keinerlei Zweifel, wie Schwester Emma auf einen Tag im regennassen Wald reagieren würde. Auch andere regten sich in den improvisierten Hütten im Lager der Geächteten. Frevisse nahm ihre Decke mit und krabbelte aus ihrem eigenen unzureichenden Unterstand hervor. Jemand hatte eine Zeltplane an Stöcken befestigt und über der Feuerstelle angespannt. Darunter stieg mutlos eine dünne Rauchfahne auf, genährt von dem Lautenspieler.

Frevisse suchte sich einen Weg durch den Schlamm und ging auf das Feuer zu, die Decke um die Schultern gelegt. Der Lautenspieler hatte ein Holzscheit zu Anmachholz verarbeitet und legte die trockenen Splitter aus dem Herzen des

Scheits auf ein winziges Nest glühender Kohlen zwischen den feuchten Holzscheiten. Die Splitter flammten allmählich zu winzigen Flammen auf, und die Scheite begannen in der wachsenden Hitze zu qualmen. Nach einer Weile, mit viel Geduld, würde er trotz des Wetters ein anständiges Feuer brennen haben. Sie hockte sich auf die Fersen nieder, die Röcke unter sich zusammengerafft. Der Mann warf ihr einen Blick zu und sagte: »Guten Morgen, Mylady. Obwohl es kein sehr guter Morgen ist, nicht wahr?«

»Zumindest habt Ihr das Feuer gerettet.«

»Kleine Freuden können die schönsten sein, wurde mir als Kind erzählt. Ich denke, die ganz gewöhnliche Freude, ein Feuer zu haben, wird an diesem verdrießlichen Morgen ausgesprochen groß sein.«

Schön konnte man sein Gesicht nicht gerade nennen. Irgend etwas schien bei der Zusammensetzung schiefgegangen zu sein: Das Kinn, die Stirn und die Wangen schienen nicht so ganz für dieselbe Person bestimmt zu sein. Aber seine Augen waren tiefbraun und lächelten mit, wenn sein Mund lächelte, mit einer Wärme und Intelligenz, die Schönheit ziemlich unwichtig machte.

Und jetzt fiel Frevisse wieder ein, wer er war.

Vor einer Woche hatte er im Gästehaus des Klosters übernachtet: Ein Hausierer, der mit den Klosterbediensteten geplaudert und gescherzt und ihnen ziemlich viel Krimskrams verkauft hatte. Frevisse, der Schwester Hospitalaria des Klosters, war er aufgefallen. »Ihr scheint Eure Waren irgendwo verloren zu haben.«

Er lächelte sie über das Feuer hinweg an. »Ich habe befürchtet, daß Ihr Euch an mich erinnern würdet.«

»Aber Ihr habt gehofft, das würde nicht der Fall sein?«

»Gehofft schon, aber nicht erwartet.«

»Ihr hättet Euch fernhalten können, solange ich hier bin.«

Er schüttelte den Kopf. »Es war ebenso mein Plan wie der von Nicholas. Ich mußte hier sein.«

»*Ihr* habt Nicholas also erzählt, daß ich hier entlangkommen würde.«

»Ich bin nach St. Frideswide gegangen, um herauszufinden, ob es eine Möglichkeit für ihn gab, gefahrlos mit Euch Verbindung aufzunehmen. Als ich hörte, daß Ihr das Kloster verlassen würdet, schien uns das die beste Gelegenheit zu sein, ja.«

»Damals wurdet Ihr Evan genannt.«

»Das werde ich immer noch.«

Das Feuer hatte inzwischen so viel Kraft gewonnen, daß er den Rest des Anmachholzes darauflegte und begann, ein Zelt größerer Zweige darüber und darum herum aufzubauen. Einer der Männer, dessen Namen Frevisse noch nicht gehört hatte, kam mit einem eisernen Dreifuß und einem großen Topf herbei. »Du paßt auf?« fragte er, und Evan nickte. Der Mann rammte die Beine des Dreifußes in die weiche Erde und hängte den eisernen Topf über die wachsende Glut. Dann ging er.

»Suppe«, sagte Evan. »Aus den Resten des Wildbrets von gestern. Etwas Heißes wird uns an diesem Tag guttun. Es sieht nicht so aus, als würde der Regen aufhören.«

Frevisse war weniger an der Suppe interessiert als an ihm. »Also seit Ihr mehr ein Geächteter als ein Hausierer?«

Evan zuckte die Achseln. »Ich bin beides. Sechs von einem und ein halbes Dutzend vom anderen. Obwohl ich mich an kein bestimmtes Gesetz erinnern kann, das ich in letzter Zeit gebrochen hätte.«

»Aber Ihr braucht eine Begnadigung ebensosehr wie die anderen?«

»Brauchen wir nicht alle Vergebung, Mylady? Für einige

mag die Vergebung Gottes genug sein. Andere« – er wies auf die Lichtung – »benötigen ein etwas irdischeres Pardon.«

»Besonders, wenn Ihr Nonnen entführt«, sagte sie spitz. Die Art, wie er sich mit seinen Worten aus dem herauswand, was sie wissen wollte, erinnerte sie an Nicholas.

»Besonders dann«, stimmte er zu. »Aber wir wollen Euch und Euren Gefährten nichts Böses. Und es ist eine Notlage.«

Er war glaubwürdig gewesen als Hausierer, mit seinen schlauen Verkaufssprüchen und seinen Schmeicheleien gegenüber den Mägden. Er war auch jetzt glaubwürdig, ohne Verkaufssprüche oder Schmeicheleien, und einem Geächteten unähnlicher als die anderen.

Frevisse sagte: »Ihr sucht besser eine Möglichkeit, diese Suppe umzurühren, wenn das Wildbret nicht noch angebrannter schmecken soll als gestern abend.«

Evan stand auf und ging fort. Frevisse streckte die Hände aus, um sich an der wachsenden Glut des Feuers zu wärmen. Dann wurde sie sich bewußt, daß aus dem Unterstand hinter ihr leises Wimmern zu hören war, und seufzte. Schwester Emma war aufgewacht. Das Wimmern wurde zu eindeutigem Klagen, und Schwester Emma kam hastig durch den zunehmenden Regen zum Feuer getrippelt, mit verrutschtem Schleier, eine Decke um die Schultern gewickelt und fest über der Brust zusammengezogen.

»Oh, Schwester Frevisse, was ist bloß aus dem Tag geworden? Das hätte ich nun wirklich nicht erwartet!« Zusammengekauert und zitternd schob sie sich so dicht an die Flammen heran, daß sie sich fast die Röcke angesengt hätte. »Was sollen wir bloß tun?«

Frevisse stand auf und zog sie einen Schritt vom Feuer weg. »Unser Morgengebet sprechen, denke ich. Wir haben die Komplet letzte Nacht ziemlich abgekürzt.« Sie hatten überstürzt im Wisperton eine Kurzversion des Gottesdienstes gesprochen, bevor sie eingeschlafen waren; und Frevisse war nachts nicht aufgewacht, um die Matutin und die Laudes zu beten.

»Oh, ja, natürlich. Aber es ist so seltsam, die Prim hier abzuhalten, findet Ihr nicht? Und alles ist so naß. Es paßt überhaupt nicht. Ein Platz für alles und alles an seinem Platz, und dies scheint mir einfach nicht der richtige Platz zu sein.«

»Überall ist der richtige Platz für Gebete«, sagte Frevisse.

»Das weiß ich«, sagte Schwester Emma mit einem Anflug von Gereiztheit und nieste. Sie senkte den Kopf.

Während sie die abgekürzte Fassung der Prim abhielten, die auf Reisen erlaubt war, kehrte Evan mit einem Holzlöffel zurück, um den Eintopf umzurühren. Der leckere Duft störte Frevisses Konzentration und offensichtlich auch die von Schwester Emma, denn direkt nach dem letzten Amen rief sie aus: »Das duftet *so* gut!«

»Das Wildbret von gestern abend mit wilden Zwiebeln und ein paar Kräutern, die in Wald und Feld zu finden sind«, sagte Evan. »Aber das Salz ist ein bißchen knapp, fürchte ich.« Er rief über die Lichtung hinweg jemandem zu: »Ned, Schalen und Löffel. Die Suppe ist fertig, denke ich.«

»Wie weit mußtet ihr gehen, um dieses Wild zu erlegen?« fragte Frevisse. »Selbst wenn es Rothirsch war, was ich bezweifle, habt ihr es nicht hier erlegt.«

»Und warum nicht?« fragte Evan mit einem Hauch von Belustigung.

»Wenn irgendein Wildhüter Anzeichen dafür sieht, daß gewildert wurde, werden er und seine Männer den Wald meilenweit durchkämmen, um den Schuldigen zu finden.«

»Ihr wißt viel für eine Frau, die hinter Klostermauern lebt.«

»Ich habe nicht immer hinter Klostermauern gelebt. Wie weit seit ihr gegangen?«

»So weit, daß niemand auf die Idee kommen wird, hier zu suchen.«

Und jetzt kam Ned mit Schüsseln und Löffeln für sie, und die anderen Geächteten versammelten sich unter dem unzulänglichen Schutz des Zeltdaches und brachten eine bunt zusammengewürfelte Mischung eigener Schüsseln und Löffel mit. Nicholas tauchte auf. Er hatte sich Zeit genommen, seine Kleider glatt zu streichen, aber auf seinem Kinn zeigten sich Bartstoppeln, und er hatte sein Haar nur sehr oberflächlich gekämmt. An solch einem Tag war warmes Essen wichtiger als alles andere. Zur Frevisses Erleichterung sah sie Meister Naylor hinter ihm, der immer noch von Cullum bewacht wurde. Er rieb sich das rechte Handgelenk, und Frevisse sah rote Striemen um beide Unterarme, die bewiesen, daß sie ihn während der Nacht gefesselt hatten.

Sie verzichtete auf eine Begrüßung und sagte scharf zu Nicholas: »Du hast ihn gebunden wie einen Hund! Dazu bestand kein Anlaß!«

»Da Meister Naylor nicht mit mir verwandt ist und auch nicht Schwester Emmas sanftes Herz besitzt, schätzt er mich und die ganze Angelegenheit nicht sonderlich«, sagte Nicholas ruhig. »Vielleicht würde er davor zurückschrecken, mich im Schlaf zu ermorden, aber er würde fliehen, wenn er die Gelegenheit bekäme.«

»Ich habe mich bereit erklärt, meinen Onkel um deine Begnadigung zu bitten. Meister Naylor wird kaum die Mühen einer Flucht auf sich nehmen, wenn du uns heute morgen sowieso gehen läßt.«

Evan reichte ihr eine Schüssel mit heißem Eintopf. Sie nahm sie, ohne den Blick von Nicholas zu wenden, der leicht verlegen und ziemlich belustigt wirkte. »Cousine meines Herzens, ich kann dich nicht so bald gehen lassen. Du hast den Brief noch nicht geschrieben, und ich habe Chaucers Versprechen noch nicht.«

»Nicholas! Du kannst uns nicht hierbehalten, bist du eine Antwort bekommen hast! Man hat uns schon gestern abend erwartet, und es wird Ärger geben, wenn wir heute nicht kommen. Und wer weiß, wo mein Onkel sich aufhält. Er hat Besitzungen in ganz Südengland. Er könnte überall sein. Sogar in London. Ein Bote wird Zeit brauchen, um ihn zu finden.«

»Er ist auf Ewelme«, sagte Evan und reichte Schwester Emma eine Schüssel.

»Hausiererwissen?« fragte Frevisse scharf.

Evan lächelte. »Wenn man weiß, wie man Fragen stellt – oder wem man zuhören soll –, kann man alles mögliche erfahren.«

Frevisse wandte sich wieder an Nicholas. Ewelme war nicht allzuweit entfernt, einen guten Tagesritt, aber das löste die anderen Probleme nicht. »Wir werden allerspätestens heute früh bei Schwester Emmas Cousine erwartet.«

Schwester Emma schluckte den Eintopf herunter und schniefte feucht. »Und heute abend werden wir bei meinem Bruder erwartet. Es wird einen schrecklichen Aufruhr geben, wenn wir nicht kommen.«

»Naylor wird Eurer Cousine oder Eurem Bruder oder dem, der sie am besten gebrauchen kann, eine Nachricht von Euch überbringen«, sagte Nicholas. »Wir wollen doch nicht, daß es unnötigen Ärger gibt. Er kann sich auf den Weg machen, wenn er gefrühstückt hat, und damit wäre dieses Problem gelöst.«

Meister Naylor richtete sich zu voller Größe auf. »Ich überbringe überhaupt niemandem eine Nachricht. Ich werde diese Frauen hier nicht allein lassen. Sie sind in meine

Obhut gegeben worden, und in meiner Obhut werden sie bleiben. Wenn ich gehe, gehen sie auch.«

Nicholas' Gesicht versteifte sich vor Wut. »Sie sind jetzt in *meiner* Obhut. Du wirst tun, was dir gesagt wird.«

»Ich will gehen«, klagte Schwester Emma. »Dort würde ich es warm und trocken haben. Ich spüre, daß ich eine Erkältung bekomme, ganz bestimmt. Ich muß ins Trockene, oder ich werde eine meiner schrecklichen Erkältungen bekommen. Ich weiß, daß ich das werde.« Sie nieste, wie um ihre Worte zu beweisen.

Die Männer ignorierten sie. »Ich werde die beiden nicht verlassen«, sagte Meister Naylor.

»Das wirst du, wenn ich es dir befehle«, antwortete Nicholas.

Meister Naylor schüttelte den Kopf. Seine Miene wirkte stur und entschlossen. Nicholas ging mit erhobener Faust auf ihn los, aber Evans hielt seinen Arm scheinbar beiläufig fest und sagte: »Ich denke, es ist an Schwester Frevisse, ihn zu überzeugen, Nicholas. Er wird auf sie hören, lange bevor du ihn durch Schläge überzeugst. Und du machst Schwester Emma Angst.«

Schwester Emma hatte angefangen, ihr Gewand abzuklopfen und in ihre Ärmel zu spähen. »Mein Taschentuch. Wo ist mein Taschentuch? Es ist aus weißem Leinen, sehr hübsch, und mit Blättern bestickt. Grünen Blättern. Ich muß mir die Nase putzen.«

Die verärgerte Frevisse erklärte: »Nehmt meins«, und reichte ihr ein einfaches Taschentuch. Dann legte sie die Hand auf Nicholas' anderen Arm und sagte zu Meister Naylor: »Uns wird nichts geschehen. Man wird sich zweifellos gut um uns kümmern.« Sie sprach mit ruhiger Stimme, aber sah Meister Naylor eindringlich an. Sie wollte, daß er auf sie hörte. Zwar hatte sie nie erlebt, daß er die Beherrschung verloren hätte, aber sie hatte den Verdacht, daß er durchaus jähzornig sein konnte und bald die Geduld verlieren würde. »Nicholas will eine Begnadigung. Er wird weder seine Begnadigung noch seine Seele riskieren, indem er zuläßt, daß uns etwas zustößt. Wahrscheinlich hat er recht und alles wird gutgehen, wenn Ihr geht und die Befürchtungen zerstreut, die vielleicht schon entstanden sind. Uns wird nichts Böses geschehen. Wirklich nicht.«

»Ich werde naß«, beschwerte sich Schwester Emma. Die Geächteten, die um den Suppenkessel herumstanden und mehr an ihrem Frühstück als an der Diskussion interessiert waren, hatten sie halbwegs in den Regen hinausgedrängt. Sie schüttelte ihre feuchten Röcke aus und drückte sich gegen Frevisses Ellbogen. »Wird das jemals aufhören?«

Niemand antwortete ihr. Meister Naylor und Nicholas starrten sich über Frevisse und Evan hinweg an, bis Frevisse, so überzeugend sie konnte, hinzufügte: »Bitte, Meister Naylor. Schwester Emma und ich sind hier nicht in Gefahr.« Sie wollte hinzufügen: Aber Ihr schon. Nicholas war nie fähig gewesen, sich einer Autorität zu beugen, und Meister Naylor war nicht gewillt, seine aufzugeben. Frevisse bemühte sich um einen milden Tonfall. »Es ist besser, Ihr geht und beruhigt diejenigen, die sich Sorgen um uns machen. Nicholas und ich werden ausarbeiten, was Meister Chaucer erfahren muß, und dann wird mein Cousin uns sicherlich eine Eskorte zur Verfügung stellen, die uns nach St. Frideswide zurückbegleitet.«

»Wird er das?« fragte Meister Naylor mit einem Anflug von Verachtung. Er starrte Nicholas immer noch ebenso wütend an wie der ihn. »Was glaubt Ihr, welcher seiner Männer wird bei diesem gewagten Unternehmen auf offener Straße den Hals riskieren?«

»Wir werden uns etwas einfallen lassen«, sagte Frevisse.

Sobald der Alarm gegeben worden war, würde es tatsächlich für Nicholas oder irgendeinen anderen der Geächteten riskanter sein denn je, sich zu zeigen.

»Ich bleibe bei Euch. Ihr kommt mit mir. Das sind die einzigen Alternativen.«

»Ich treffe hier die Entscheidungen«, knurrte Nicholas. »Und ich gebe die Befehle.«

»Mir nicht«, schnappte Meister Naylor.

Nicholas riß sich von Evan los und wollte seine Faust ins Gesicht des Verwalters schmettern. Blitzschnell riß Naylor den linken Arm hoch, um den Schlag abzublocken, während seine rechte Faust auf Nicholas Kinn landete. Nicholas taumelte, verlor das Gleichgewicht und fiel in den Schlamm hinter der Feuerstelle.

Der Schock ließ einen Atemzug lang alle regungslos stehenbleiben. Dann kletterte Nicholas auf die Füße und ging mit wilder, ungezügelter Wut auf Naylor los. Frevisse wollte sich zwischen die beiden stellen, aber Evan war schneller. Er warf sich gegen Nicholas und packte seine Arme, während er »Halt!« brüllte, so laut, daß Nicholas und die anderen Geächteten, die ihm zu Hilfe kommen wollten, innehielten.

»Jetzt hört mal zu«, sagte Evan in der kurzen Stille, die darauf folgte. Er wandte sich an Meister Naylor, aber er meinte alle. »Die Entscheidung liegt weder bei Euch noch bei Nicholas. Die Damen müssen die Entscheidung treffen. Sie wollen sicherlich, daß die Leute erfahren, es geht ihnen gut, damit keine Suchaktionen gestartet werden. Das könnte gefährlich für uns werden und damit auch für die beiden Damen. Und ich gebe mein Wort, wir werden dafür sorgen, daß sie sicher in ihr Kloster heimkehren können. Es ist zu schaffen. Wir müssen nur gründlich darüber nachdenken. Aber nicht jetzt.« Er sah Schwester Emma an. »Seid Ihr bereit, auf die Taufe zu verzichten?«

»Aber ja.« Nicholas war es gestern abend offenbar gelungen, Schwester Emma von seiner Reue zu überzeugen; sie sprach mit entschiedener Stimme. »Die Begnadigung ist viel wichtiger als eine Taufe. Nicholas' Leben ist in Gefahr, seht Ihr.«

»Die Taufe soll die Seele eines Menschen schützen«, wandte Meister Naylor ein.

Die Fähigkeit, gleichzeitig zwei Seiten eines Problems zu bedenken, gehörte nicht zu Schwester Emmas Talenten. Sie runzelte nachdenklich die Stirn. Frevisse mischte sich ein. »Jemand anders kann Patin des Kindes sein, aber niemand sonst kann dafür sorgen, daß Nicholas seine Begnadigung bekommt.«

»Und wenn Schwester Emma bereit ist, zu bleiben, und Schwester Frevisse ebenfalls«, fügte Evan schnell hinzu, »und beide wünschen, daß Ihr geht«, – Nicholas, der Meister Naylor immer noch böse anstarrte, versuchte sich zu befreien, aber Evans Griff lockerte sich nicht –, »dann gibt es keinen Grund für Euch zu bleiben. Nicht, wenn ihr anderswo gebraucht werdet, um den Verwandten mitzuteilen, daß die beiden in Sicherheit sind.«

Meister Naylor sah ihn unbewegt an, als könne allenfalls das direkte Eingreifen Gottes ihn dazu bringen, seine Meinung zu ändern. »Schwester Emma, Ihr könnt unmöglich wollen, daß ich Euch allein hier zurücklasse«, sagte er. Schwester Emma sah erst Evan an, dann den Verwalter und dann Nicholas, der endlich begriffen hatte, was Evan vorhatte. Er hatte sich entspannt und lächelte sie an. Ein schwaches Heben der traurigen Mundwinkel und seine Augen deuteten an, daß er es verstehen und ihr vergeben würde, wenn sie ihn jetzt im Stich ließ.

Schwester Emma faßte einen endgültigen Entschluß. Sie putzte sich die Nase und erklärte: »Ich kann nicht gehen. Ich kann es wirklich nicht. Ich kann Schwester Frevisse nicht allein hier zurücklassen, und Nicholas braucht sie, damit er seine Begnadigung bekommt. Und Ihr solltet wirklich meiner Familie und Priorin Edith mitteilen, daß wir wohlauf sind.«

Meister Naylor wandte sich an Frevisse. »Schwester Frevisse –«

Aber Nicholas befreite sich aus Evans jetzt lockerem Griff und sagte forsch: »Also, das wäre erledigt. Du machst Dich am besten gleich auf den Weg. Cullum, Will, Ned, ihr führt Naylor zu seinem Pferd und zur Straße.«

Kapitel 5

Es gab keinen bequemen Sitzplatz, und trocken war es auch so gut wie nirgends. Schwester Emma ließ sich auf einem Baumstamm nieder, der näher ans Feuer gezerrt worden war, damit sie es bequemer hatte. Mit einer Hand umklammerte sie die Decke, die immer noch um ihre Schultern lag, mit der anderen begann sie zu essen. Die Schüssel balancierte gefährlich auf ihren Knien. Mit einem tiefen Seufzer bedauerte Schwester Emma, daß kein Bier da war. Nicholas, der gerade seine eigene Schüssel von Evan entgegengenommen hatte, verbeugte sich galant vor ihr.

»Es ist mir ein Vergnügen, Euch zu Diensten zu sein. Ich werde Euch etwas holen«, verkündete er und ging mit seiner vollen Schüssel davon. Frevisse bedachte er mit einem kurzen Nicken.

Frevisse war erleichtert, weil Meister Naylor sicher fort

war, daß sie für den Augenblick darauf verzichtete, Nicholas zu drängen. Sie ließ ihn gehen und machte sich daran, ihren Eintopf zu essen, bevor er noch mehr abkühlte. Sie zog es vor, im Stehen zu essen, anstatt sich einen feuchten Sitzplatz zu suchen. Sie war fest entschlossen, Nicholas wegen seiner Absicht zur Rede zu stellen, sie hierzubehalten, bis alles geregelt war, aber Wärme und Nahrung gingen vor. Dann konnte sie dem Tag ein bißchen besser ins Angesicht sehen. Sie aß rasch, und dann zog sie die Decke unter dem Schleier bis zu den Ohren hoch, wickelte sie um ihre Schultern und ging auf und ab, damit sie etwas Wärme in die Knochen bekam. Wenn sie sich unter den Bäumen hielt, konnte sie fast trocken bleiben und die Kälte fernhalten.

Sie wurde beobachtet. Das wußte sie, aber niemand hielt sie auf, und sie versuchte nicht, die Lichtung zu verlassen, obwohl sie vermutete, daß andere Lichtungen in der Nähe waren und Nicholas wahrscheinlich zu einer dieser Waldwiesen gegangen war. Sollte er doch kommen, wenn es ihm paßte; früher oder später würde er zu ihr kommen müssen, und sie stellte fest, daß ihr das Warten nichts ausmachte. Sie stellte sogar fest, daß sie sich auf die Unterlippe beißen mußte, um während ihres Spazierganges nicht zu lächeln. Die ganze Verkrustung durch die festen Regeln des Klosters begann hier im Wald von ihr abzufallen. Für diesen einen Tag hatte sie keine Pflichten, war niemandem Rechenschaft schuldig, und niemanden kümmerte, was sie tat. Der Himmel war so bedeckt, daß sie nicht einmal sagen konnte, ob es Zeit für die Stundengebete war, für Frevisse der beste Teil der großen Klosterregel, unter der sie lebte. Statt dessen hätte sie zumindest ernsthaft über die Schwierigkeiten nachdenken können, in die sie geraten war. Aber sie mußte feststellen, daß sie die einfache Melodie eines Kinderliedes nicht aus dem Kopf bekam. »Der Regen um sieben, ist um elf vertrieben. Der Regen um sieben, ist um elf vertrieben. Der Regen um sieben …« Und sie erinnerte sich, daß sie einmal an einem warmen und regnerischen Frühlingstag mit ihren nicht unterzukriegenden Eltern eine schlammige Straße heruntergetanzt war. Wo war das noch mal gewesen? In Frankreich? Wahrscheinlich in Frankreich. Sie war noch sehr klein gewesen, und es war ihr nicht wichtig gewesen, in welchem Land sie waren. Ihr Vater und ihre Mutter hatten sie an den Händen gehalten und sie bei jeder Wiederholung von »sieben« und »elf« hochgeworfen. Alle drei hatten sie gelacht, über den Regen und aus Freude daran, gemeinsam auf der Straße und unterwegs zu sein.

Die Erinnerung war allzu klar: Frevisse merkte plötzlich, daß sie im Gehen laut vor sich hin summte und ihre Füße fast mit dem Hüpfen begonnen hätten, das zu den Worten gehörte.

Erschrocken unterdrückte sie diesen Drang. Die Neigung, ihre Gedanken wandern zu lassen, war in ihren ersten Tagen im Kloster eine ihrer Schwächen gewesen. Sie hatte die Psalmen benutzt, um sich gedankliche Disziplin anzugewöhnen. Immer wenn sie ihre Gedanken beim Wandern ertappt hatte, hatte sie statt dessen einen der vielen Psalmen aufgesagt, die sie auswendig gelernt hatte, um sich vor ihrem eigenen Mangel an Konzentration zu schützen. Jetzt wandten sich ihre Gedanken zielstrebig und scheinbar willkürlich dem 148. Psalm zu. Zuerst kamen die lateinischen Worte – *Laudate Dominum de coelis* –, aber unbeabsichtigt kamen dann die englischen Worte der Wicliffe-Bibel ihres Onkels: »Lobet den Herrn, ihr Berge und Hügel, fruchttragende Bäume und alle Zedern, ihr Tiere und alles Vieh. Lobet den Herrn, Feuer, Hagel, Schnee und Nebel.« … und Nieselregen und feuchte Kälte, warf ihr Kopf respektlos ein, so daß sie fast laut gelacht hätte. Sie war glücklich. Unvernünftigerweise, unpassenderweise, einfach glücklich.

»Schwester Frevisse, ich bin ganz naß!« Schwester Emmas Klage drang über die ganze tropfende Weite der Lichtung hinweg. »Könnt Ihr nicht irgend etwas tun?«

Frevisse, unsanft zurückgerissen in die Realität anderer Leute, seufzte und kehrte zu dem Schutzdach über dem Feuer zurück.

»Ich bin so naß«, wiederholte Schwester Emma tief betrübt. »Und mir wird einfach nicht mehr warm.«

»Wenn Ihr Euch bewegen würdet, wäre Euch wärmer.«

»Ich wäre noch nasser«, erwiderte Schwester Emma scharf. »Ich will nicht noch nasser werden. Ich will es trocken haben. Und warm. Wir können einfach nicht hierbleiben. Ihr wißt, daß wir das nicht können.«

»Ihr wolltet Nicholas helfen. Das hier gehört dazu.«

»Ich will ihm von *drinnen* helfen. Vielleicht hätten wir mit Meister Naylor gehen sollen.«

Das war Schwester Emma in ihrer nervigsten Phase, und am schlimmsten war, daß es kein Heilmittel gab. Frevisse konnte sie weder dazu bringen, so zu sein wie sie, noch ihr das Schweigegebot aufzwingen, eine der Wohltaten des Klosters. Also versuchte sie es mit Überredung. »Aber es ist doch ein Abenteuer. Abenteuer müssen immer zumindest ein wenig unbequem sein, sonst würde ja keiner wissen, daß man eins erlebt hat. Denkt daran, was Ihr erzählen könnt, wenn wir wieder in St. Frideswide sind. Ihr habt unter Gesetzlosen gelebt und uns mit Eurem Gebet gestärkt. Das hat bislang nicht einmal Schwester Alys geschafft.«

Schwester Alys war die grimmige Küchenmeisterin von St. Frideswide, eine Dame, die fast jeden einschüchterte, der in ihre Nähe kam. »Und all das, um einen Mann zu retten, dessen Leben und dessen Seele in Gefahr waren.«

Schwester Emma starrte zu ihr hoch, putzte sich die Nase und zitterte leicht, war aber offensichtlich geschmeichelt von einer derart erhabenen Sichtweise ihres Tuns. Sie preßte ihren kleinen Mund entschlossen zusammen und sagte: »Ich werde für uns alle beten.«

»Das werde ich ebenfalls tun«, entgegnete Frevisse. Aber nicht in der Nähe von Schwester Emma, fügte sie bei sich selbst hinzu, als diese schniefend und murmelnd den Kopf über die gefalteten Hände neigte.

Frevisse hatte vorgehabt, zu ihrer Schutzhütte zurückzukehren, um nachzusehen, ob es dort noch einen trockenen Flecken gab, wo sie sich hinsetzen konnte. Bestimmt war es inzwischen Zeit für den Morgengottesdienst, die Terz um neun Uhr. Aber Evan, der in einem anderen mit Zweigen abgedeckten Unterstand nicht weit von ihrem eigenen hockte, rief sie zu sich.

»Kommt her, wenn es Euch gefällt, Mylady. Ihr werdet feststellen, daß diese Hütte trockener ist als die meisten anderen.«

Der Regen wurde stärker. Frevisse zögerte nur kurz, nachdem sie mit einem Blick festgestellt hatte, daß in ihrer eigenen Hütte der Regen überall durch das Dach pladderte. Sie wandte sich ab, duckte sich und schlüpfte unter Evans Unterstand.

Er saß auf einem Ende eines mit einer Decke bedeckten Strohstapels und bedeutete ihr mit einem Nicken, sich auf das andere Ende zu setzen. Dabei zupfte er weiter an den Saiten seiner Laute, während sie sich dankbar niedersinken ließ. Das Stroh war fast frisch, die Decke war sauber und sein provisorischer Unterstand zweifellos trockener als jeder andere Platz, an dem sich Frevisse heute aufgehalten hatte.

Evan nickte grüßend, ohne etwas zu sagen, zu sehr beschäftigt damit, seine Laute zu stimmen, ein Instrument, das außerordentlich empfindlich gegenüber Feuchtigkeit war. Vom Stimmen ging er zum freien Spielen über, als warte er auf eine Melodie. Sein Spiel schien ein Teil der Waldgeräusche zu sein, des Regens auf den Blättern und der Stille der Bäume um sie herum. Frevisse wurde sich bewußt, daß sie es schon eine Weile im Hintergrund gehört hatte, während sie spazierenging und mit Schwester Emma sprach, aber sie hätte nicht sagen können, wann es angefangen hatte.

»Wißt Ihr, wo Nicholas ist?«

»Nein, Mylady.«

»Wißt Ihr, wann ich den Brief an meinen Onkel schreiben soll?«

»Ah«, sagte er, und seine Finger wurden ruhig. »Da gibt es ein kleines Problem.«

»Was für ein Problem?«

»Ich habe Pergament, Tinte und Federn mitgebracht, aber Nicholas hielt es für sicherer, die Sachen in seiner eigenen Hütte aufzubewahren. Und das war ein Fehler, denn letzte Nacht hat es durchgeregnet, und –«, er hielt inne. »Wißt Ihr vielleicht, wie man Pergament trocknet?«

Frevisse hätte fast über seine klägliche Miene gelacht. Sie schüttelte den Kopf. »Schwester Emma wird diese Verzögerung gar nicht komisch finden.«

Evan begann wieder zu spielen und bemerkte mit einem Blick auf Schwester Emma: »Sie findet das unbekümmerte Leben im Wald nicht mehr so schön wie gestern abend?«

»Gestern abend hat es nicht geregnet.«

Evan lächelte. Es war ein schiefes Lächeln, das zu seinem unregelmäßigen Gesicht paßte, und schwer zu deuten. »Fühlt sie sich krank?«

»Sie beklagt sich bloß.«

»Ihr nicht.«

»Ich bin schon öfter naß geworden und habe gelernt, daß

ich irgendwann wieder trocken sein werde und daß es bis dahin wenig Sinn hat, sich mit Klagen anzustrengen. Seit Ihr nun mehr Hausierer oder mehr Geächteter?«

Evan nahm den Themenwechsel zur Kenntnis. Seine Finger hatten das Spiel auf der Laute kaum unterbrochen. »Mehr Hausierer, hoffe ich«, antwortete er.

»Habt Ihr selbst Leute ausgeraubt? Oder nur die Informationen gesammelt, welche die anderen für ihre Raubzüge brauchten?«

»Ausgeraubt?« Evan schien belustigt über ihre Wortwahl zu sein. »So etwas Verworfenes – und Gefährliches – tun wir nicht. Jedenfalls schon seit langer Zeit nicht mehr.«

»Ihr lebt einfach fröhlich im grünen Wald und wildert gelegentlich ein bißchen.«

»Ach, so einfach ist das leider auch nicht.« Er zögerte. »Aber diese Fragen wollt Ihr beantwortet haben, bevor Ihr den Brief an Euren Onkel schreibt, habe ich recht?«

Frevisse nickte. Das stimmte, und da Nicholas nicht zur Hand war, würden Evans Antworten es für den Anfang auch tun.

Er hatte aufgehört zu spielen. Jetzt blickte er auf eine seiner Hände nieder, die er aufs Knie gelegt hatte. Es war eine große Hand, gebräunt und von Jahren schlimmen Wetters und harter Arbeit grob geworden, und die Fingerknöchel hatten sich verdickt. »Früher konnte ich recht gut Laute spielen, aber mit diesen Händen geht es nicht mehr.« Er wandte den Kopf und sah Frevisse an. »Das gilt für die meisten von uns. Was wir tun, gefällt uns nicht, aber wir können nicht wieder werden, was wir mal waren.«

»Ihr wart ein Minnesänger?«

Evan grinste sein schiefes Grinsen. »Nicht ganz. Aber um mich geht es hier nicht, es geht um Nicholas.«

»Ihr wollt keine Begnadigung?«

»Doch. Aber Nicholas ist der Dreh- und Angelpunkt. Wenn er seine Begnadigung bekommt, werden wir auch begnadigt.«

»Also was tut ihr, wenn ihr keine Räuber mehr seid?«

»Wir sammeln Geschenke.«

Frevisse brauchte einen Moment, um diese Idee zu verdauen, dann fragte sie: »Geschenke von wem? Wofür?«

»Von denen, die sich das leisten können. Sie bezahlen uns, und wir sorgen dafür, daß niemand anders ihnen etwas abnimmt, das sie nicht hergeben wollen. Sie bezahlen uns, und wir beschützen sie. Dieser Wald ist mit das sicherste Gebiet im ganzen Königreich.«

»Ihr verlangt von den Leuten, euch dafür zu bezahlen, daß ihr sie nicht ausraubt? Ich finde, die Definition von ›Rauben‹ wird hier etwas großzügig ausgelegt.«

»Für die Summe, die sie uns bezahlen – und wir verlangen von jedem nur bescheidene Beträge, Beträge, die sie sich ohne weiteres leisten können –, sorgen wir dafür, daß weder wir noch irgend jemand anders ihr Eigentum oder ihre Person verletzt.«

»Es gibt also keine Räuber außer euch selbst innerhalb eures Territoriums. Sehr passend. Wie weit reicht Nicholas' ›Einflußbereich‹ denn?«

Evan zuckte die Achseln und wich der Frage aus. »Weit genug.«

»Und Eure Aufgabe ist es, als angeblicher Hausierer ...«

»Ich bin wirklich ein Hausierer. Ein sehr guter.«

»Ich erinnere mich. Ich kann mir nicht vorstellen, was die alte Ela bei uns im Kloster mit grünen Seidenbändern anfangen will, aber Ihr habt ihr welche verkauft.«

»Eins habe ich ihr verkauft, das andere habe ich ihr geschenkt. Sie wird die Bänder nie tragen, aber die bloße Tatsache, daß sie sie besitzt, wird ihr Herz fröhlicher machen.«

»Und das ist Euch wichtig?« Frevisse war überrascht.

Evan berührte die Saiten seiner Laute und spielte eine abgehackte Folge von Tönen. »Es gibt so wenig Freude in dieser Welt. Ich mißgönne sie keinem, und ganz bestimmt keinen so kleinen Zipfel davon.«

»Aber dennoch. Während Ihr Euch um Eure Hausierergeschäfte kümmert, spioniert Ihr und stellt fest, wer wahrscheinlich für Nicholas' ›Schutz‹ zahlen würde.«

»In der Tat, das tue ich. Und ich halte nach Leuten Ausschau, die wir von unserem Territorium verweisen müssen. Und ich schlage vor, welcher unserer Männer wohin geschickt werden soll, um unsere Gebühr zu kassieren, damit kein festes Muster entsteht, das die Leute allzuleicht erraten könnten.«

»Mit anderen Worten, Nicholas ist der Anführer, aber Ihr sagt ihm, welche Befehle er geben soll.«

Evan machte eine kleine Geste der Zustimmung.

»Evan!« rief einer der Geächteten vom Rande der Lichtung. »Nicholas will mit dir sprechen. Komm.«

»Bitte entschuldigt mich.« Evan legte seine Laute auf ein Stück Wachstuch und wickelte das Instrument gut ein, um es vor der Feuchtigkeit zu schützen. Dann verließ er die Schutzhütte und überließ Frevisse ihren Gedanken.

Um die Mittagszeit waren diese Gedanken zu Sorgen geworden. Die andauernde Nässe und Kälte hatte sie schließlich gezwungen, Schwester Emma und einer Gruppe Geächteter beim Feuer Gesellschaft zu leisten. Als die Zeit verging, wurde immer deutlicher, daß Schwester Emma sich ihre Beschwerden nicht nur einbildete. Sie konnte nicht mehr frei atmen, kauerte zitternd vor dem Feuer und klagte, daß ihr alles weh tat. Und als Frevisse ihr vorsichtig die Hand auf die Stirn legte, war sie heiß vor Fieber.

Das reichte. Frevisse machte sich entschlossen auf die Suche nach Nicholas. Sie fand ihn hinter einer Buschreihe, die eine weitere Lichtung verbarg. Er saß mit Evan auf Baumstämmen unter einer Zeltplane, und nach dem Ausdruck ihrer Gesichter zu urteilen, als sie Frevisse erblickten, hatten sie gerade über sie gesprochen. Beide erhoben sich und machten eine Verbeugung. Frevisse ignorierte Nicholas' Gruß und erklärte: »Schwester Emma muß an einen Ort gebracht werden, wo es warm und trocken ist und sie gepflegt werden kann. Ihre Erkältung ist schlimmer geworden. Jetzt hat sie Fieber, das sicherlich ihre Lungen angreifen wird, wenn sie noch länger hier bleibt.«

Nicholas zögerte.

Eindringlicher sagte Frevisse: »Wir wollen doch nicht, daß sie unseretwegen stirbt. Wenn sie das tut, wird es für dich keine Begnadigung geben.«

Evan beugte sich vor und flüsterte Nicholas etwas ins Ohr. Nicholas sah ihn ungläubig an und wollte protestieren. Evan schnitt ihm mit einem »Mit Eurer Erlaubnis, Mylady« das Wort ab und zog ihn zur Seite.

Frevisse, die leicht zitterte, ging näher ans Feuer. Es war größer als das Feuer in der anderen Lichtung, und daneben lag ein größerer Stapel trockener Holzscheite. Auf der anderen Seite des Feuers redete Evan heftig auf Nicholas ein, aber so leise, daß Frevisse nicht hören konnte, was er sagte. Dann antwortete Nicholas ihm, mittlerweile mehr fragend als protestierend, dachte Frevisse. Sie wünschte, sie könnte die beiden verstehen. Evan hatte wieder das Wort ergriffen, und diesmal nickte Nicholas, als Evan zu Ende geredet hatte. Als ihr Cousin auf sie zukam, Evan hinter sich, lächelte er.

Schwungvoll verneigte er sich tief vor ihr. »Dein Wunsch ist mir Befehl. Gib mir eine Stunde oder vielleicht ein bißchen mehr, dann wirst du alles haben, was du dir nur wünschen kannst.«

Frevisse sah Evan an, der bestätigend nickte. Ihr wurde warm vor Erleichterung. »Dann danke ich dir zutiefst, Cousin.«

Ohne weitere Worte des Lebewohls ging Nicholas. Einen seiner Männer nahm er mit. Frevisse sammelte eine Handvoll der trockenen Holzscheite auf und kehrte zu Schwester Emmas Feuer zurück.

Später brachte Evan ihnen kaltes Wildbret, durchweichtes Brot und einen Krug Bier. Frevisse aß bereitwillig, aber Schwester Emma schüttelte nur den Kopf. »Ich kann nicht«, wimmerte sie. »Mir tut alles weh. Und ich kann kaum atmen.«

Die Tatsache, daß ihr Wortschwall danach versiegte, anstatt weiterzuplätschern, verstärkte Frevisses Besorgnis. Als Nicholas endlich zurückkehrte, sprang sie erleichtert auf. Er warf Schwester Emma mit gerunzelter Stirn einen Blick zu. »Es geht ihr nicht besser?«

»Es geht ihr schlechter. Was hast du mitgebracht?«

»Nichts. Ich habe etwas für euch gefunden. Aber ihr müßt reiten.«

»Wie weit?« Sie bezweifelte, daß Schwester Emma in der Lage sein würde, weit zu reiten.

»Vier Meilen vielleicht. Aber am Ende der vier Meilen gibt es ein Haus, trockene Betten, warmes Essen und Leute, die sich um sie kümmern werden. Es ist ein leichter Ritt, und wir kommen schnell voran, sobald wir auf der Straße sind.«

»Dann laß uns so bald wie möglich aufbrechen. Es geht ihr immer schlechter, fürchte ich.«

Schwester Emma protestierte kaum, als Nicholas, der endlich begriffen hatte, daß sie sogar zum Laufen zu schwach war, sie aufhob und trug. Nasse Zweige peitschten ihnen ins

Gesicht und spritzten sie naß; Regen tropfte von den Blättern über ihnen; der Boden quatschte unter ihren Füßen. Frevisse war bis auf die Haut durchnäßt, als sie endlich auf den breiten Weg kamen, wo die Pferde angebunden waren, und Schwester Emma erging es zweifellos nicht besser.

Hal wartete auf sie. Als Nicholas Schwester Emma niedersetzte, schwankte sie und jammerte mitleiderregend: »Ich fühle mich gräßlich, und jetzt bin ich völlig durchnäßt. Und mir ist kalt.«

»Sie kann nicht allein reiten.« Frevisse legte einen Arm um sie, um sie zu stützen. Schwester Emma lehnte sich schlaff an sie und weinte leise.

»He, Hal«, sagte Nicholas schnell. »Nimm du ihr Pferd, und ich heb' sie zu dir in den Sattel.«

Hal, der etwas gequält dreinblickte, reichte Frevisse die Zügel des anderen Pferdes, zögerte, weil er nicht wußte, wie er mit Schwester Emmas Damensattel zurechtkommen sollte, und schwang sich schließlich unbeholfen hinter dem Sattel aufs Pferd.

»Oh, aber das geht doch nicht«, stöhnte Schwester Emma, als Nicholas ihre Taille ergriff und sie in den Sattel hob. »Ich kann nicht mit einem Mann reiten.«

»Wir bringen Euch an einen Ort, wo Ihr es warm habt«, beruhigte Frevisse sie und warf Nicholas ihre Zügel zu. Er stieg auf, und sie schwang sich schnell hinter dem Sattel aufs Pferd.

Als sie wieder auf der Landstraße waren, wo sie auf dem grasbewachsenen Seitenstreifen reiten konnten, verfielen sie in langsamen Galopp. Der Regen hatte endlich aufgehört, aber die feuchte Kälte nahm noch zu, und wegen der dicken Wolken schien es eher früher Abend als früher Nachmittag zu sein. Schwester Emma lehnte zusammengesunken gegen Hal, zu tief in ihr Elend versunken, um die Unschicklichkeit der Situation überhaupt zu bemerken. Frevisse saß schweigend hinter Nicholas und wünschte, sie könnte ihn auffordern, schneller zu reiten. Und nicht bald, aber noch bevor ihre selbstgesetzte Leidensfrist abgelaufen war, sagte Nicholas: »Jetzt ist es vielleicht noch eine Viertelmeile, nicht mehr.«

Sie richtete sich auf und sah sich um. Sie kamen gerade in ein Dorf. Die Fensterläden der Häuser waren geschlossen, und der Regen tropfte von den Dächern. Auf der schlammigen Dorfstraße war niemand zu sehen. Frevisse hätte nichts dagegen gehabt, wenn dies ihr Ziel gewesen wäre. Selbst das heruntergekommene Wirtshaus, durch den ausgehängten Busch zu erkennen, sah nach dem primitiven Lager im Wald einladend aus. Als sie vorbeiritten, konnte sie durch die halboffene Tür einen flüchtigen Blick auf ein Feuer und einen überfüllten Raum erhaschen, und ein Hauch heißer, biergetränkter Luft wehte zu ihnen hinaus.

»Wir bleiben nicht im Dorf?« fragte sie.

»Es ist nicht mehr weit. Man wird es euch dort bequem machen. Meister Payne liebt seine Bequemlichkeit, und er hat auch das Geld dafür, also wird es euch an nichts fehlen.«

»Weiß er, wer du bist?«

»Ich mache Geschäfte mit ihm. Ehrliche Geschäfte. Ich habe dir doch gesagt, daß ich seit drei Jahren kein Gesetz mehr gebrochen habe. Aber ich muß ja von irgend etwas leben, und er gibt mir die Möglichkeit dazu. Fang nicht an, ihm Fragen über mich zu stellen, denn er weiß die Antworten nicht. Wir sind immerhin so gute Freunde, daß er bereit ist, mir diesen Gefallen zu tun. Er wird auch einen Boten zu Thomas Chaucer schicken, wenn du den Brief geschrieben hast.«

»Er hat sich mit all dem einverstanden erklärt? Wie hast

du ihm erklärt, daß Schwester Emma und ich uns in deiner ›Obhut‹ befinden?«

Nicholas zuckte die Achseln. »Er ist im Augenblick nicht zu Hause, also brauchte ich ihm nichts zu erklären.«

»Du hast seine Leute überredet, uns aufzunehmen, obwohl er nicht zu Hause ist?«

»Seine Frau. Sie weiß, daß ich geschäftlich mit ihm zu tun habe, und sie muß nicht alles zu Tode reden, um es zu verstehen. Sie ist da anders als gewisse andere Leute. Hier ist die Abzweigung.«

Die Landstraße machte eine Biegung nach links, und eine schmalere Abzweigung ging nach rechts ab. Als sie ungefähr hundert Meter dieser Nebenstraße entlanggeritten waren, kam das Pförtnerhaus in Sicht, ein Fachwerkbau, der in eine niedrige Mauer eingelassen war. Dahinter waren die Nebengebäude zu sehen. Sie wurden erwartet; ein Mann öffnete das Tor, als sie näher kamen. Er trat zur Seite, um sie vorbeireiten zu lassen, und drückte das Tor wieder zu, als sie in den Hof des Herrenhauses ritten.

Das große Haus auf der anderen Seite des Hofes war etwas höher als seine Umgebung. Es war ein Fachwerkhaus wie das Pförtnergebäude, das mit Lehm beschmierte Geflecht zwischen den regendunklen Holzbalken weißgetüncht. Über seine gesamte Länge von vier Joch hinweg war das Haus zwei Stockwerke hoch. Ein schlichtes Haus, aber weitläufig und geräumig. Und neu, vermutete Frevisse. Innerhalb der letzten zehn Jahre erbaut, und ein paar der oberen Fenster waren verglast. Und es gab mindestens drei Kamine; die rauchenden Schornsteine ragten über die Rückseite des Daches hervor. Wärme und Essen waren in unmittelbarer Reichweite.

Auch im Haus war ihre Ankunft beobachtet worden. Die Tür wurde geöffnet, als sie die Vordertür erreichten, die nicht mit einem Vordach versehen war, und Knechte kamen heraus, um ihre Pferde zu halten. Hal hob Schwester Emma herunter, und Frevisse glitt hinter Nicholas vom Pferd. Fiebrig schob Schwester Emma Hals Hände weg und brach fast in Frevisses Armen zusammen. Ihr Husten kam irgendwo tief aus ihrem Brustkorb. Frevisse betete, daß es nicht so schlimm sein möge, wie es sich allmählich anhörte, und schob sie zur Tür.

Eine Frau wartete auf sie, einen Schritt hinter der Türschwelle, wo sie vor dem Regen sicher war. Eine kleine, zierliche Frau mit einem besorgten Gesicht. Sie trug ein altes Gewand, dessen Farbe zu einem sanften Lavendelblau verblaßt war, und darüber eine einfache, vernünftige Schürze. Aber Haar und Hals wurden von einem weißen Kinntuch und gestärkten Schleiern bedeckt, die ebenso wie das Kleid aus gutem Leinen bestanden. Frevisse erriet, daß es sich um Mistress Payne handelte, noch bevor sie mit schneller, nervöser Stimme zu sprechen begann. »Kommt herein, meine Damen, und seid willkommen. Wir haben ein Zimmer für Euch vorbereitet. Und trockene Kleidung bereitgelegt. Bitte, tretet ein.«

Über Frevisses Schulter hinweg sah sie Nicholas an, der immer noch im Regen auf seinem Pferd saß. »Und Ihr ... möchtet Ihr hereinkommen?« Sie schien nicht so genau zu wissen, ob sie wollte, daß er ihre Einladung annahm.

Nicholas schüttelte den Kopf. »Es gibt ein paar Angelegenheiten, die ich regeln muß. Sagt Meister Payne, ich werde ihn aufsuchen, wenn er zurück ist.« Er sah Frevisse fragend an.

Frevisse nickte. »Ich werde schreiben, sobald ich Gelegenheit dazu habe. Wenn nicht heute, dann bestimmt morgen.«

Nicholas nickte befriedigt und wies Hal mit einer Geste an, hinter ihm aufzusteigen. Frevisse öffnete den Mund und wollte protestieren. Sie ritten mit ihrem Pferd weg. Aber sie schwieg. Die Sache war die Aufregung nicht wert; es könnte zuviel Ärger machen. Die beiden Männer ritten fort, ein Knecht führte Schwester Emmas Pferd zu den Ställen, und Frevisse übergab Schwester Emma dankbar der Obhut einer Dienerin, die wartend bereitstand. Dann wandte sie ihre Aufmerksamkeit Mistress Payne zu.

Kapitel 6

Knapp ein Dutzend Männer aus dem Dorf drängten sich an diesem regnerischen Nachmittag im Wirtshaus zur Weizengarbe, der Dorfschenke. Zu dieser Zeit, im Frühsommer, wären die Männer lieber auf den Feldern gewesen und hätten das Unkraut aus dem Winterkorn gejätet oder in den Gemüsegärten bei ihren Katen gearbeitet. Selbst in der Scheune wären sie lieber gewesen, um den Rest der Ernte des Vorjahres zu dreschen. Aber das letzte Jahr war kalt und naß gewesen, und das bißchen Weizen, Gerste oder Hafer, das sie geerntet hatten, war schon lange verbraucht. Es war nichts in den Scheunen, das sie hätten dreschen können, und viel Vieh stand auch nicht mehr in den Ställen. Die Leute sagten, wenn dieses Jahr so weitermachte, wie es angefangen hatte – mehr regnerische Tage als trockene und kaum genug Sonne, um die Saat aufgehen zu lassen –, würde die

Hungersnot im nächsten Winter noch schlimmer sein als im vergangenen.

»Wenn es mal gutes Wetter gibt, muß ich aufs Feld. Es hat so wenig trockene Tage gegeben, daß ich es nicht geschafft hab', das Dach zu reparieren, und das Reet ist so platt, daß es auf dem Heuboden hinten reinregnet«, beschwerte sich ein Mann mit schmalen Schultern bei seinen Zechkumpanen.

Die Männer, die neben ihm auf der Bank in der Nähe des Feuers saßen, nickten düster und mitfühlend.

»Aber«, merkte einer der Bauern an, »es ist ja nicht so, als wär' irgendwas da, was naß werden könnte. Außer dem Fußboden. Es sei denn, du hast mehr gehortet als wir andern.«

»Ich hab' soviel in meiner Scheune wie du in deinem Kopf. Also ist sie ziemlich leer.«

Die Runde lachte dröhnend. In einer Ecke, halb verborgen von den Rauchschwaden, die aus dem Kamin wirbelten, und kaum zu sehen im Schein der wenigen Talglichter, die hier und dort im Raum verteilt waren, saß Nicholas, die Hände schützend um seinen zweiten Krug Bier gelegt. »Arme alte Schwätzer. Ihre Gedanken reichen nicht höher als ihr Unkraut und nicht weiter als ihre Hecken.«

»Schließlich geht es für sie um Leben und Tod«, sagte Evan, der seinen ersten Krug Bier kaum angerührt hatte. »Und für uns übrigens auch. Wir essen das Brot, das aus ihrem Getreide gebacken wird. Oder essen nicht, wenn die Ernte verdirbt.«

»Für die Reichen ist immer genügend Brot da. Und solange die Reichen Brot haben, haben Leute wie wir auch welches. Unser Weg zu Leben oder Tod ist besser, und am Ende dieses Weges ist uns unser Profit sicher, anders als bei diesen armen Narren. Auf unsere Begnadigung.«

Die Männer stießen mit ihren Bierkrügen an. In der »Weizengarbe« gab es nur billige Tonkrüge, aber die Wirtin verwässerte ihr selbstgebrautes Bier nie. Und nie stellte jemand groß Fragen, wenn Nicholas und seine Leute in das Wirtshaus kamen. Ansonsten war die »Weizengarbe« nichts als eine kleine, dreckige Dorfschenke, und es gab nichts, was für sie gesprochen hätte – mit Ausnahme von Beatrice. Sie war vor ein paar Jahren ins Dorf gekommen und hier hängen geblieben, weil sie kein besseres Ziel hatte und die alte Nan, die Wirtin, eine kräftige Bedienung brauchte, nachdem sie so jung nun auch nicht mehr war. Die beiden Frauen kamen recht gut miteinander aus. Und Beatrice kam mit jedem Mann aus dem Dorf gut aus, dem sie gefiel und der ein paar Pennies übrig hatte.

Jetzt tauchte sie aus dem Mief von Bier und Rauch auf und kam mit einem Krug Bier in der Hand auf Nicholas und Evan zu. Sie war eine vollbusige Frau mit breiten Hüften, und blondes Haar floß wie Schaum um ihren unbedeckten Kopf. Ihr Alter ließ sich schwer schätzen, aber die erste Jugend hatte sie hinter sich. Ihr weiches Fleisch begann schlaff zu werden, und in ihrer hellen Haut waren Falten, die vor einer Weile noch nicht dagewesen waren. Aber sie war noch immer eine begehrenswerte Frau, und zudem war sie freundlich und immer guter Laune. Zwar nahm sie von den anderen Männern Geld, doch für Nicholas machte sie stets eine Ausnahme. Nicht, daß er sie nicht von Zeit zu Zeit großzügig beschenkt hätte, wenn das Glück ihm hold gewesen war.

Er legte den Arm um ihr Hinterteil und grinste sie an, als sie sich niederbeugte, um ihm sein Bier einzuschenken. Sie lächelte zurück und lehnte sich an ihn, so daß ihre weiche Brust gegen seine Schulter gepreßt wurde.

»Willst du heute nacht hierbleiben?« fragte sie. »Ich kenne da ein trockenes Bett, das du anwärmen könntest.«

»Und in keinem Bett würde ich lieber schlafen«, erwiderte

Nicholas. »Aber Evan meint, die Männer würden es übelnehmen, wenn sie im Regen stehengelassen werden, während ich es bequem habe, also reite ich besser zurück. Wir haben da gerade was laufen, und ich muß dafür sorgen, daß meine Männer glücklich und zufrieden sind.«

»Du mußt auch dafür sorgen, daß ich glücklich und zufrieden bin.« Beatrice schob sich näher an ihn heran. Sie roch warm und nach Frau. Nicholas ließ seine Hand unter den Saum ihres Kleides gleiten, umfaßte ihren Knöchel und begann sich hochzuarbeiten.

Evan langte an ihm vorbei, griff nach dem Bierkrug und füllte seinen Becher. »Was macht Will Colfoot hier? Das ist doch Will Colfoot dort in der Ecke, mit dem anderen Mann, den ich nicht kenne?«

Ohne sich auch nur umzusehen, antwortete Beatrice: »Das ist er, er und sein Dienstmann. Er ist sich ja eigentlich zu fein für Spelunken wie diese, aber er macht gerade seine monatliche Tour durch den Bezirk und war den Regen leid.«

Während seine Hand weitermachte, blickte Nicholas an Beatrice vorbei in die andere Ecke. »Will Colfoot? Den kenne ich nicht, oder? Wer ist das?«

»Ein Gutsherr aus der Gegend von Burford. Ein freier Mann, aber nicht von Adel. Er hat Ländereien hier in der Nähe.«

»Ein Gutsherr?« Nicholas' Interesse war geweckt. Er sah Evan an. »Einer von unseren Leuten?«

»Nein. Er ist nicht ungefährlich. Er kann sehr jähzornig sein und hat eine üble Art, mit Leuten umzugehen, die ihm in die Quere kommen, und sei es auch nur soviel, wie ein Nagel breit ist.«

Nicholas wandte seine Aufmerksamkeit wieder Colfoot zu. »Aber wenn er ein Gutsherr ist, weiß das Innere seines Beutels, wie Münzen aussehen, das ist so sicher wie die Sünde.

Was weißt du von ihm, Beatrice? Wieviel Geld hat er auf Reisen immer bei sich, und wie viele Diener begleiten ihn?«

Evan rührte sich unbehaglich, aber Beatrice preßte sich noch enger an Nicholas und versuchte, seine Aufmerksamkeit wiederzugewinnen, während sie antwortete: »Er hat genug bei sich, um sich alle Annehmlichkeiten leisten zu können, denn er schätzt seine Bequemlichkeit. Er wird stets von einem einzigen Dienstmann begleitet. Dem Burschen, der mit ihm am Tisch sitzt. Sie sind beide bewaffnet, und komm bloß nicht auf die Idee, hier Ärger zu machen. Die alte Nan legt Wert auf ihren Ruf.«

»Und Gott weiß, daß sie zu ihrer Zeit einen hatte«, stichelte Nicholas. »Nach den Geschichten, die ich gehört habe –«

Beatrice versetzte ihm einen herzlichen Rippenstoß und setzte sich auf seinen Schoß. »Ich würd' diese Geschichten nicht erwähnen, wenn sie in Hörweite ist. Wenn sie ordentlich zuschlägt, kann sie immer noch das Ohr eines Mannes zum Klingeln bringen.« Sie rückte dichter an ihn heran und preßte ihren weichen Körper gegen ihn. »Jetzt küß mich, anstatt dir einen fetten, alten Mann anzugucken. Sonst komm ich noch auf die Idee, daß dir jemand anders besser gefällt.«

Dann begann sie dafür zu sorgen – mit Nicholas bereitwilliger Unterstützung – das sie das einzige war, das ihn fesselte, bis die alte Nan sie von der Küchentür her ankreischte, sie solle sich gefälligst in Bewegung setzen, es wären noch andere Gäste da, die mehr zahlten und bedient werden wollten. Nach einem letzten ausführlichen Kuß gehorchte Beatrice. Nicholas wandte seine Aufmerksamkeit wieder Will Colfoot zu.

»Ein einziger Dienstmann, ein fetter Gutsherr und eine noch fettere Börse. Leichte Beute.«

»Das ist das Wunschdenken eines Narren!« erwiderte Evan scharf, aber mit leiser Stimme. »Beide sind bewaffnet. Der

Dienstmann ist größer als du und jünger als wir beide. Und Colfoots massige Schultern scheinen mir mehr aus Muskeln denn aus Fett zu bestehen.«

»Dann eben ein kräftiger Dienstmann und ein nicht ganz so fetter Gutsherr«, gab Nicholas zurück. »Der Punkt ist, er hat ohne Zweifel eine fette Börse. Du kleidest dich nicht in Wollstoff aus Burgund, wenn das Geld knapp ist, und ein so feines Tuch, wie er es trägt, habe ich schon lange nicht mehr zu Gesicht bekommen.«

»Nicholas, unser Lager ist hier in der Nähe. Du wirst doch nicht solch ein Narr sein, auf den Straßen hier in der Gegend Ärger zu machen. Wir können es uns nicht leisten, daß nach uns gesucht wird, und es wäre Unfug, zu diesem Zeitpunkt noch unsere Begnadigung zu gefährden.«

Nicholas schätzte Evans Klugheit. Aber Klugheit, die einem ein Vergnügen verderben wollte, war langweilig. Nicholas rammte seinen Ellbogen in Evans Arm. »Warum versuchst du es nie bei Beatrice? Sie ist willig genug. Vergiß doch mal dein steifes Rückgrat und werd' lieber weiter unten steif, wo es dir wenigstens was nützen würde.«

Evan warf ihm einen Seitenblick zu. Eine Vielzahl von Antworten war ihm vom Gesicht abzulesen, aber er sprach keine von ihnen aus. Nachdem er einen Augenblick lang versonnen in seinen Bierkrug gestarrt hatte, fragte er: »Wird deine Cousine den Brief an Chaucer schreiben, auch wenn sie nicht mehr in deiner Hand ist?«

Nicholas gab ein wegwerfendes Geräusch von sich. »Sie wird den Brief schreiben. Sie hat mir ihr Wort gegeben, und sie ist ebenso halsstarrig wie du, wenn sie sich zu etwas verpflichtet hat. Daran kann ich mich erinnern, wenn auch an nicht viel sonst. Gütiger Himmel!« Nicholas schnaubte. »Eine Nonne. Das paßt zu ihr.«

»Wie meinst du das?«

»Als ich sie kennengelernt habe, weil ich eine kurze Zeit in Chaucers Haushalt gelebt habe – und einen langweiligeren Ort kann man sich kaum vorstellen –, waren sie und ihr Onkel ein Paar, das so gut zusammenpaßte, daß einem das Blut in den Adern gerann. Sie hielten sich für so geistreich, daß niemand sonst ihre Schlauheit ertragen konnte. Nein, sie wird ihr Wort halten, nun, da sie es gegeben hat. Sie ist zu stolz, um es nicht zu tun. Ein so stolzes Paar wie sie und ihren Onkel wirst du außerhalb des Königshofes kaum finden.« Nicholas' Stimme hatte einen bitteren Unterton.

»Dann ist sie vielleicht ins Kloster gegangen, weil sie es nicht ertragen konnte, Befehle von einem Geringeren als Gott entgegenzunehmen«, bemerkte Evan mit einem Grinsen.

Nicholas lachte laut heraus. »Ja. Ja, da könntest du recht haben.« Er musterte Evan scharf. »Wieso interessierst du dich so für sie?«

»Weil wir nur durch sie an Chaucer heran- und hier herauskommen können. Ich will wissen, wie sicher wir uns ihrer sein können.«

»Wenn die Sache überhaupt zu schaffen ist, wird sie es schaffen.« Nicholas trank einen großen Schluck Bier. »Weihnachten werde ich ein ehrlicher Mann sein, und den Wald und meine fröhlichen Gefährten werde ich weit hinter mir gelassen haben. Bist du ganz sicher, daß du nicht der Anführer der Bande werden willst? Du hast großes Talent für das Räuberleben.«

»Ich habe auch Talent für andere Dinge, und die meisten davon sind weniger gefährlich. Außerdem wird die Begnadigung für alle Männer gelten. Es wird keine ›fröhlichen Gefährten‹ mehr geben.«

»Blödsinn, da kennst du sie doch besser. Die meisten von ihnen haben nicht genug Köpfchen, etwas Besseres aus ihrem Leben zu machen. Wenn sie sich selbst überlassen bleiben, werden sie wieder da sein, wo sie waren, bevor das Jahr noch zu Ende geht, Begnadigung hin oder her. Und wenn ich mit meinem Verstand nicht da bin, um sie anzuleiten, werden sie nächste Weihnachten Pudding für die Krähen sein. Es sei denn, du übernimmst die Verantwortung für sie.«

Evan schüttelte den Kopf. »Ich bin fertig damit. Wir beide haben genug Geld gespart, um uns ein anständiges Leben aufzubauen. Und jetzt ist die richtige Zeit dafür, bevor uns das Glück verläßt.«

»Glück?« meinte Nicholas verächtlich. »Ein Mann ist selbst für sein Glück verantwortlich. Denk nur an die Sache mit Frevisse. Was war denn da Glück? Es war gute Planung und die geschickte Art, wie ich mit ihr umgegangen bin. Und sieh dir an, wie ich die Sache mit Payne geregelt habe. Ohne meinen Grips würden wir nicht sein, wo wir jetzt sind.«

Evan sah ihn nüchtern an. Er hatte weit weniger getrunken als Nicholas; das war immer so. Seine Nüchternheit gehörte zu den Dingen, die Nicholas schwer erträglich fand. Evan war ihm nützlich, es konnte nicht schaden, die Freundschaft mit ihm zu pflegen, aber er war hundslangweilig. Und schwer durchschaubar. Zu viele seiner Gedanken hielt er hinter diesem schiefen Gesicht verborgen. Und jetzt, als Nicholas erwartete, daß Evan etwas völlig anderes sagen würde, meinte er statt dessen: »Wir machen uns am besten auf den Weg, wenn wir vor Dunkelwerden im Lager sein wollen. Hal müßte schon da sein, auch wenn er zu Fuß unterwegs war.«

»Dann laß Hal den Männern mitteilen, daß wir nicht vom rechten Weg abgekommen sind. Ich hätte gut Lust, am Ende doch Beatrices Bett zu wärmen. Du kannst ja gehen, wenn du willst, aber ich bleibe hier.«

Evan stand auf. »Du hast gesagt, daß du zurückkommen würdest.«

»Das werde ich auch. Nur nicht so bald. Ich werde dort sein, wenn es dunkel ist.«

Evan warf einen kurzen Blick quer durch den Raum und sagte, als ob das die logische Fortsetzung sei: »Du läßt den Gutsherrn in Ruhe.«

»Bei meiner Seele!« rief Nicholas aus. »Ich werde ihn nicht anrühren. Und jetzt verschwinde schon. Ich kann den Weg von hier nach da auch ohne dein altjüngferliches Getue finden.«

Meister Paynes Haus war in der modernen Bauweise errichtet. Soviel sah Frevisse, obwohl sie sich um Schwester Emma kümmern mußte, als sie in den großen Wohnsaal geführt wurden, einen langen, breiten Raum, der als Versammlungsort für den ganzen Haushalt gedacht war. Es hatte eine Zeit gegeben, wo jeder Wohnsaal sehr hoch gewesen war, offen bis zu den Dachgiebeln. Dieser jedoch besaß eine Decke. Der Raum wirkte dadurch weniger großartig, war aber wärmer. Statt einer offenen Feuerstelle mitten im Raum gab es einen großen, in die Wand eingebauten Kamin, in dem ein ordentliches Feuer brannte. Dort waren Hocker für sie aufgestellt worden, und Schwester Emma sank dankbar auf einem nieder. Sie bekam einen Schluckauf, schluchzte vor Erleichterung und streckte ihre vor Kälte weißen Hände aus, um sie zu wärmen.

Mistress Payne hatte offenkundig vorgehabt, die Gastgeberin zu spielen, aber Schwester Emmas Verfassung ließ das nicht zu. Mistress Payne fragte besorgt: »Glaubt Ihr, es wäre vielleicht besser, wenn Ihr Euch direkt in das Zimmer begeben würdet, das wir für Euch vorbereitet haben? Ich denke, sie ist nicht nur durchgefroren. Sie wird krank, nicht wahr?«

Frevisse sah Schwester Emma an, die zitternd und zusammengekauert vor dem Feuer hockte. Sie nickte. »Ich fürchte ja. Ist es in dem Zimmer warm?«

»Oh, ja, sehr warm. Die Stube hat einen eigenen Kamin, und Ihr werdet dort auch Eure Ruhe haben. Das Feuer brennt bereits.« Es lag mehr Besorgnis als Stolz in ihrer Stimme, als fürchte sie, Frevisse könnte diese Extravaganz mißbilligen.

Frevisse fühlte alles andere als Mißbilligung. »Das ist wunderbar, vielen Dank.« In St. Frideswide gab es nur im Zimmer der Priorin und im Gemeinschaftsraum einen Kamin, und die wurden nur selten geheizt. Ein privater Raum mit einem Kamin war purer Luxus, und Frevisse war zur Zeit nicht in der Stimmung, darüber nachzudenken, ob die Klosterregel ihr das nicht vielleicht sogar hier untersagte. Sie legte Schwester Emma den Arm um die Schultern und half ihr beim Aufstehen. »Kommt, Schwester. Wir bringen Euch an einen besseren Ort.«

Schwester Emma erlitt einen heftigen Hustenanfall und hielt sich den Ärmel vors Gesicht. Sie wehrte sich, und ihre freie Hand war immer noch zum Feuer hin ausgestreckt. »Aber es gefällt mir hier«, protestierte sie. »Es ist ein wundervolles Gefühl.«

»Wo wir Euch hinbringen, ist es noch wundervoller«, beharrte Frevisse. »Dort gibt es einen Kamin, und es ist genauso warm. Ihr könnt Eure nassen Kleider loswerden und trockene anziehen.« Sie warf Mistress Payne einen Blick zu. Die nickte zustimmend. »Und außerdem gibt es dort ein Bett. Also kommt. Es ist nicht weit.«

»W-er hä-hängen soll, er-ersäuft nicht«, sagte Schwester Emma mit klappernden Zähnen. Aber sie ließ zu, daß Frevisse und Mistress Payne sie hochzogen. Sie zitterte jetzt unkontrollierbar. »Mir wird n-nie w-wieder warm werden, das weiß ich«, flüsterte sie und lehnte sich mit jedem Schritt schwerer gegen Frevisse.

»Euch wird sehr bald wieder warm sein. Und Ihr bekommt trockene Kleidung. Ihr müßt nur ein kleines Stück gehen.«

»Lange Hoffnung, lange Marter«, brachte Schwester Emma vor.

»Es wird nicht lange dauern«, sagte Frevisse. Solange Schwester Emma noch Sprichwörter von sich geben konnte, bestand Hoffnung. »Aber Ihr müßt laufen. Hier ist niemand, der Euch tragen könnte.«

Mistress Payne, die sehr besorgt und nervös wirkte, führte sie wieder zurück zur Vorhalle, wo ein hoher, geschnitzter Holzparavent den Wohnsaal von der Zugluft abschirmte, die durch den Haupteingang und die Hintertüren eindrang. Sie hatten den Wohnsaal von der linken Seite her betreten, durch den Haupteingang, vor dem der Hof des Herrenhauses lag. Jetzt wandten sie sich nach rechts und gingen an der Küche vorbei, aus der leckere Düfte drangen, die Hoffnung auf das Abendessen machten. Durch eine weitere Tür gelangten sie in die enge Dunkelheit einer Wendeltreppe, die zum nächsten Stockwerk hinaufführte.

»Mir ist so k-kalt.« Schwester Emma klapperte mit den Zähnen.

»Mir auch«, stimmte Frevisse zu. »Aber wenn Ihr weitergeht, wird Euch bald warm genug sein. Und jetzt hoch mit Euch.«

Selbst wenn jemand dagewesen wäre, der Schwester Emma hätte tragen können, auf dieser Treppe wäre es unmöglich gewesen, es sei denn, er hätte sie sich über die Schulter geworfen wie einen Sack Getreide. Es gelang Frevisse und Mistress Payne, wenn auch nur unter Schwierigkeiten, Schwester Emma trotz ihrer beharrlichen Hilflosigkeit die Treppe hinaufzubugsieren. Am oberen Ende gelangten sie in eine lange, schmale Diele, die sich bis zur Vorderseite des Hauses erstreckte. Am anderen Ende lag, von einem halbgeschlossenen Vorhang abgetrennt, eine kleine Kammer, in der Frevisse ein Bett und ein Schreibpult ausmachen konnte. Von beiden Seiten des langen Ganges gingen Türen ab; Mistress Payne, außer Atem vor Nervosität und Anstrengung, führte sie nach rechts, zu der Tür, die der Treppe am nächsten war.

»Das Gemach meiner Schwägerin«, erklärte sie. »Die arme Magdalen ist seit drei Jahren verwitwet und wohnt seitdem bei uns. Hier werdet Ihr Eure Ruhe haben. Es ist ganz allein ihre Stube, niemand sonst von der Familie schläft hier. Ihr werdet es sehr behaglich haben. Und wenn ich mich nicht selbst um Euch kümmern kann, wird Magdalen es tun. Sie ist sehr lieb.«

Nach Mistress Paynes hastiger Erklärung erwartete Frevisse eine Witwe fortgeschrittenen Alters mit erwachsenen Kindern, die so ausgelaugt war, daß sie lieber bei ihrem Bruder lebte, als ihr Leben selbst in die Hand zu nehmen. Aber nach dem Wort »lieb« änderte sie ihre Meinung und stellte sich eine sehr junge Frau vor, die unfähig war, allein zurechtzukommen.

Was sie beim Eintreten sahen, war eine Frau in den Dreißigern, die einer Dienstmagd geholfen hatte, ein Bettlaken über ein großes Bett mit zurückgebundenen Bettvorhängen zu breiten, und sich jetzt aufrichtete. Die Frau blieb stehen, wo sie war, im hinteren Teil des Raumes, und musterte sie mit einem langen, klaren Blick, bevor sie ihnen entgegenging. Kinntuch und Schleier, die ihr Gesicht fest umrahmten, machten es unmöglich festzustellen, welche Farbe ihr Haar hatte, aber ihre Augenbrauen waren dunkel und ihre Augen regengrau. Ihr Kleid war unauffällig und bescheiden – sie trug ein dunkelgrünes Gewand mit einem einfachen, hohen

Ausschnitt und geraden Ärmeln, nicht tailliert, aber dezent ihren Hüften angepaßt, mit einem weiten Rock. Sie war groß für eine Frau, wenn auch nicht ganz so groß wie Frevisse. Ihre Bewegungen waren gleichzeitig anmutig und zurückhaltend, als sie auf sie zukam und Mistress Payne ablöste, die immer noch Schwester Emma gestützt hatte. »Das sind die Nonnen, Magdalen«, erklärte Mistress Payne hastig. »Schwester Frevisse« – Frevisse und Magdalen tauschten über Schwester Emmas hängenden Kopf hinweg einen schnellen Blick. Sie würden sich mögen. »– und Schwester Emma. Sie ist krank, fürchte ich. Könntest du – ich muß mich um das Abendessen kümmern, und ich weiß nicht, wann Oliver zurück sein wird. Was wird er bloß dazu sagen? Ich will diejenige sein, von der er es erfährt. Könntest du vielleicht …?«

»Ich kümmere mich gern um unsere Gäste.« Magdalens Stimme war leise und gleichmütig. Es war Mistress Paynes Haus, und Magdalen war jünger als ihre Schwägerin, aber sie sprach mit der freundlichen, amüsierten Festigkeit einer älteren Schwester. »Das Bett ist fast fertig, wie du siehst. Maud hat trockene Kleidung für sie aufgetrieben, und gleich gibt es heißen, gewürzten Wein. Mach dir keine Sorgen. Überlaß alles mir und kümmere dich um deine Pflichten.«

»Es ist wegen Oliver – er weiß es noch nicht, und wenn er es erfährt …«

»Er wird überrascht sein. Und dann wird er froh sein, daß er die Gelegenheit hat, diesen Damen beizustehen. Er hat ein ebenso gutes Herz wie du, Iseult, und er wird verstehen, daß du keine andere Wahl hattest. Es wird keinen Ärger geben. Jetzt geh' aber.«

Magdalen lächelte ihre Schwägerin beruhigend an. Nach einem kurzen Augenblick der Unsicherheit holte Mistress Payne tief Luft, knickste kurz vor Frevisse und Schwester Emma und verließ den Raum.

Kapitel 7

Die regnerische Dunkelheit war früh hereingebrochen, und die Fensterläden waren geschlossen, um die Kälte abzuhalten. Der größte Teil des Raumes, der nur vom Licht des Feuers und dem schwachen goldenen Schein der Lampe erhellt wurde, die am Kopfende des Bettes stand, lag im Dunkeln. Schwester Emma schlief und atmete schwer. Der große Raum nahm die ganze Breite der Giebelseite ein. Vor dem Fenster stand ein Webstuhl, ein einzelner Scherenstuhl war vor das Feuer gerückt worden. An den Wänden standen Truhen und ein paar Hocker.

Frevisse saß auf dem Stuhl vor dem Feuer. Sie trug jetzt ein einfaches, dunkelblaues Kleid, das einer von Magdalens Zofen gehörte, und genoß es, sich satt, warm und trocken zu fühlen. Zum Abendessen hatte sie Safranreis mit Feigen bekommen, und in den Händen hielt sie einen Becher heißen, gewürzten Weins. Sie hatte sich bereits aus dem Henkelkrug nachgeschenkt, der zum Warmhalten vor dem Feuer stand. Dennoch war sie unruhig. Das Ungewohnte ihrer Situation verunsicherte sie. Hier saß sie behaglich auf einem bequemen Stuhl, warm nach ihrem Weingenuß, zu einer Stunde, zu der sie normalerweise schlafend in ihrem Bett im Dormitorium des Klosters gelegen hätte, die Mitternachtsgottesdienste Matutin und Laudes vor sich. Sie trug Unterkleider und ein Gewand, das zwar schlicht war, aber sehr viel mehr von ihrem Körper enthüllte als die einhüllende, unwandelbare Vertrautheit ihres Benediktinerinnenhabits. Und ihr kurzgeschorenes Haar war unbedeckt, damit es in der Wärme des Feuers trocknen konnte. Ihr Kopf war den ganzen Tag – und jeden Tag – von ihrem Nonnenschleier bedeckt gewesen, seit sie als junge Frau als Novizin nach St. Frideswide gekommen war, außer wenn im Kloster Haare gewaschen und geschnitten wurden. Nun kam ihr der nackte Kopf irgendwie unschicklich vor. Und sie genoß die ungewohnte Behaglichkeit und Muße nur mit schlechtem Gewissen.

Ihr gegenüber saß Magdalen, die ebenfalls ihre Kopfbedeckung abgenommen hatte und vor dem Zubettgehen ihr hüftlanges Haar kämmte, auf einem Hocker. Das Licht des Feuers spiegelte sich glitzernd in ihrem silbernen Kamm und ließ blasse Strähnen in ihrer dunkelbraunen Mähne aufleuchten. Magdalens Haar würde ihr ganzes Leben lang wunderschön bleiben, dachte Frevisse; es würde nicht glanzlos werden oder verblassen. Es würde mit den Jahren weiß werden und immer noch schön sein, ebenso wie ihr Gesicht. Der feine Knochenbau würde auch mit dem Vergehen der Zeit seine Schönheit bewahren. Frevisse fragte sich, warum Magdalen nicht wieder geheiratet hatte. Hatte sie ihren ersten Mann so geliebt, daß drei Jahre Witwenschaft den Schmerz nicht gelindert hatten?

Oder war er so hart und streng gewesen, daß sie Angst vor einer neuen Ehe hatte?

Sie wollte nicht fragen, obwohl sie und Magdalen vom ersten Augenblick an sehr gut miteinander ausgekommen waren. Magdalens ruhige Tüchtigkeit hatte so gut mit Frevisses zupackender Art harmoniert, daß sie fast wortlos zusammengearbeitet hatten. Sie hatten Schwester Emma die nasse Kleidung ausgezogen, ihr ein Leinennachthemd angezogen, damit sie es wärmer hatte, sie ins Bett gelegt und viele Dekken auf sie gehäuft. Magdalen hatte eine ihrer Mägde angewiesen, heißen Wein mit Heilkräutern zu brauen, und sie und Frevisse hatten Schwester Emma gezwungen, ihn zu trinken. Als er zu wirken begann, hatte Schwester Emma noch ein paar benommene Sätze gemurmelt und war dann eingeschlafen.

Die Dunkelheit war hereingebrochen, während sie noch derart beschäftigt gewesen waren; dann war das Abendessen gebracht worden; und jetzt saßen sie zusammen vor dem Feuer, in dem freundschaftlichen Schweigen gemeinsamer, gut bewältigter Pflichten und dem Gefühl einer neu begonnenen Freundschaft.

Magdalen konzentrierte sich auf eine Klette in ihrem Haar, wo der Kamm nicht durchkam, und fragte in ihrer sanften Art: »Gibt es sonst noch etwas, was Ihr wünscht oder braucht?«

»Nein, überhaupt nichts. Nur ein Bett, und dahin werde ich auch bald gehen.« Sobald Schwester Emma so tief schlief, daß sie nicht aufwachen würde, wenn Frevisse neben ihr unter die Decken schlüpfte. »Ihr habt Euch fabelhaft um mich gekümmert. Aber wir haben Euch Euer Bett weggenommen. Wo werdet Ihr schlafen?«

»Dort«, sagte Magdalen und wies mit dem Kopf auf zwei Rollbetten, die bereits unter dem Bett hervorgezogen worden waren. »Meine Zofe Maud wird bei den anderen Dienstboten im Wohnsaal schlafen, und ich nehme ihr Bett. Bess wird hierbleiben, damit sie gleich zur Stelle ist.«

»Wir machen Euch große Umstände.«

»Umstände, die einem guten Zweck dienen«, antwortete Magdalen mit einem Lächeln. »Und eigentlich sind es keine Umstände, es ist mir eine Ehre. Wirklich, ich bin froh, daß Ihr hier seid.«

»Ihr lebt seit drei Jahren bei der Familie Eures Bruders, hat Mistress Payne, glaube ich, gesagt.«

»Fast auf den Monat genau drei Jahre«, bestätigte Magdalen. »Sie sind sehr gut zu mir gewesen.«

»Und Ihr habt keine Lust, wieder ein eigenes Heim zu haben?«

»Oder zu heiraten?« Magdalen führte den Gedanken mit dem Anflug eines Lächelns zu Ende. Sie drehte den Kopf zur Seite und beugte sich vor, so daß ihr das Haar, das fast bis zum Boden reichte, übers Gesicht fiel. Sie kämmte weiter. »Nein. Ich war lange Jahre mit John Dow verheiratet. Seit ich vierzehn war. Ich war gern eine Ehefrau, aber ich habe festgestellt, daß ich auch gern unverheiratet bin. Und es liegt eine gewisse Freude darin, für so wenig verantwortlich zu sein, wie ich es hier unter dem Dach meines Bruders bin. Ich bin seinem Rat gefolgt und habe den größten Teil meines Besitzes verpachtet. Er verwaltet mein Vermögen für mich, was uns beiden einen hübschen Gewinn einbringt, und ich wohne hier, manchmal helfe ich Iseult, und immer bin ich den Kleinen eine liebevolle Tante.«

Bevor es ganz dunkel geworden war, hatte Frevisse gesehen, wie die Tür ganz leicht aufging und zwei kleine Köpfe – ein Junge und ein Mädchen, hatte sie gedacht, aber in der Dunkelheit war das schwer zu erkennen gewesen – hatten um die Ecke gespäht. Frevisse hatte nichts gesagt, und die beiden Köpfe waren schnell verschwunden, ebenso leise, wie sie aufgetaucht waren.

»Wie viele Kinder haben die Paynes?«

»Fünf.« Magdalen richtete sich auf und warf die Haare über die Schulter zurück. »Obwohl Edward zornig werden würde, wenn er hörte, daß man ihn als Kind bezeichnet. Er ist fast sechzehn und besucht seit anderthalb Jahren die Universität. Er soll Rechtsanwalt werden, wenn er mit Oxford fertig ist. Zur Zeit ist er für einen Monat zu Hause, und wenn er nicht seinen Vater begleitet hätte, hätte er Euch als Mann des Hauses an der Tür willkommen geheißen.«

Sie sagte das mit einer Mischung aus Belustigung und warmer Sympathie, so daß Frevisse fragte: »Ist Edward Euer Liebling?«

Magdalen schüttelte den Kopf. »Ich bin nicht so unklug, einen Liebling zu haben. Ich mag sie alle so, wie sie sind. Sie sind sehr verschieden. Und der arme Edward macht gerade eine schwierige Zeit durch. Er ist sich so bewußt, daß er seit dem Tod von Edmund der Älteste und der Erbe ist. Aber er ist erst fünfzehn und noch kein ausgewachsener Mann, auch wenn er denkt, daß er längst erwachsen sein sollte. Nachdem sein älterer Bruder gestorben war, gab es Überlegungen, ob er die Rechtswissenschaften aufgeben sollte. Aber Edward ist zu gut an der Universität, um sich mit weniger abzufinden, als ihm die Rechtswissenschaft bringen wird. Er wird sich in kurzer Zeit wieder gefangen haben. Aber jetzt kann er ...«

Sie hielt inne und suchte nach dem richtigen Wort.

»Empfindlich sein?« schlug Frevisse vor.

Magdalen lächelte. »Das sollte ich so nicht sagen. Aber es ist zweifellos leichter, mit seinem Bruder Richard auszukommen. Er ist immer der Ruhige gewesen, aber auf seine Urteilskraft kann man sich verlassen. Er ist zwölf Jahre alt und teilt das Zimmer mit Edward, wenn auch nicht seine Liebe für die Gelehrsamkeit. Und dann kommt Katherine. Sie ist neun, das Ebenbild ihrer Mutter und ein Schatz.«

Schatz war nicht der Ausdruck, den Frevisse für die Beschreibung von Mistress Payne gewählt hätte, aber es war offensichtlich, daß Magdalen sowohl ihre Schwägerin als auch ihre Nichte sehr gern hatte.

»Und dann kommt Kate – noch eine Katherine, denn ihre Schwester war krank, als Kate geboren wurde, und Oliver wollte sichergehen, daß eins seiner Kinder den Namen unserer Mutter trägt. Kate ist auch ein Schatz, auf ihre Art. Und dann kommt Bartholomew. Die beiden sind richtige Schlingel, er und Kate. Sehr häufig versuchen sie gemeinsam, ihre Ziele zu erreichen, und wenn sie das tun, helfe Gott dem Rest der Familie. Besonderen Spaß scheint es ihnen zu machen, Edward zu quälen, weil er gerade in dem Alter ist, in dem einem seine Würde besonders am Herzen liegt.« Sie lächelte wieder. »Letzte Woche haben sie –«

Ein Klopfen an der Tür unterbrach sie. Magdalen rief: »Herein«, und Mistress Payne öffnete die Tür gerade weit genug, um hindurchschlüpfen zu können. Sie schloß die Tür hinter sich, eilte zu ihnen hinüber, knickste hastig vor Frevisse und sagte ernsthaft: »Mein Mann ist zurückgekehrt und bittet um die Ehre, Euch begrüßen zu dürfen. Er möchte Euch persönlich versichern, daß Ihr willkommen seid. Wäre das möglich? Seid Ihr …« Sie machte eine vage Geste, um die unzähligen Gründe anzudeuten, die Frevisse für eine Weigerung haben mochte.

Frevisses Ansicht nach wäre es eine grobe Unhöflichkeit, sich zu weigern, ihren Gastgeber zu empfangen. Außerdem war sie neugierig. Sie wollte gern den Mann sehen, der angeblich ehrliche Geschäfte mit Nicholas machte. Schnell sagte sie: »Ich würde mich sehr freuen. Ich würde ihm gerne danken und –« Sie brach ab, faßte sich an den bloßen Kopf und dann an ihr Kleid. So angezogen konnte sie sich keinem Mann zeigen.

Aber Magdalen hatte sich bereits erhoben, war zu einer der Truhen gegangen, die an der Wand standen, und hatte ein Kinntuch und einen ihrer eigenen Schleier hervorgeholt. »Hier«, sagte sie. »Er ist nicht ganz so wie Euer Schleier, aber es könnte gehen.« Sie ging zu einer anderen Truhe und holte einen dunklen Umhang hervor. »Und dies wird Euer Gewand bedecken.«

Das Kinntuch und der Schleier waren eindeutig nicht so wie Frevisses Nonnenschleier; das Leinen war viel feiner als alles, was die Nonnen in St. Frideswide trugen, und Frevisse hatte seit ihrer Novizenzeit keinen weißen Schleier mehr umgehabt.

»Stecknadeln«, erklärte Magdalen und holte welche. Sie arrangierte das Kinntuch so, daß es Frevisses Stirn, Kehle und Kinn bedeckte. Sie steckte es fest und befestigte den Schleier darüber. »So! Und hier ist der Umhang.«

Als Magdalen ihr den Umhang um die Schultern legte, fühlte Frevisse den luxuriösen weichen Wollstoff und das Futter aus Eichhörnchenfell. Sie versuchte zu ignorieren, wie elegant sie sich fühlte, und warf einen Blick auf Schwester Emma, die tief und fest schlief. Iseult, die Frevisses Gedanken erraten hatte, ging zum Bett und zog die Bettvorhänge zu. Magdalen trat einen Schritt zurück, um sicherzugehen, daß der Umhang Frevisse von Kopf bis Fuß verhüllte. »Ja, das wird sehr gut gehen. Nicht einmal Eure Priorin könnte etwas dagegen einwenden. Laß ihn hereinkommen, Iseult.«

Frevisse stand auf und wollte automatisch die Hände in die Ärmel schieben. Aber die Ärmel lagen zu eng an ihren Handgelenken an. Sie vermißte die Würde, die ihr der Habit verlieh, mehr, als sie erwartet hatte, und beschränkte sich darauf, die Hände zu falten, als Mistress Payne zur Tür hinauseilte.

Der Mann, der kurz darauf eintrat, war so hochgewachsen wie Magdalen, und sein Haar war ebenso voll und dunkel. Aber er war älter und hatte den kräftigen Körperbau eines erfolgreichen Mannes, der in die mittleren Jahre kam, und sein Haar war mehr von Grau durchzogen. Er hatte seinen Gästen die Ehre erwiesen, sich zu waschen und umzuziehen, bevor er zu ihnen kam. Er trug eine prächtige Robe aus weichem, purpurrotem Wollstoff mit einem breiten Gürtel, enganliegende Beinkleider und rote Lederschuhe, in denen er offensichtlich nicht durch den Regen geritten war.

Als er zu Frevisse herüberkam und sich verneigte, war seine Haltung zwar von korrekter Höflichkeit, aber in seiner tiefen, gelassenen, angenehmen Stimme klang auch selbstsicherer Stolz mit. »Mylady, ich freue mich, Euch in meinem Haus begrüßen zu dürfen.«

»Meister Payne«, entgegnete Frevisse und erwiderte seine Verbeugung mit einem leichten Knicks. »Ihr habt uns Gastfreundschaft gewährt, und dafür schulden wir Euch großen Dank.«

»Es ist mir ein Vergnügen, Euch zu Diensten zu sein.« Er blickte in Richtung Bett. »Die andere Schwester schläft?«

»Ja, durch Gottes Gnade und Magdalens Freundlichkeit. Schlaf ist das beste Heilmittel für ihre Erkältung, denke ich.«

»Habt Ihr beide alles, was Ihr braucht?«

»Im Überfluß, das versichere ich Euch. Wir sind gut versorgt worden.«

Er wandte sich an Magdalen. »Wenn es noch etwas gibt, was du brauchst, schick sofort jemanden los, der es holt.«

Magdalen lächelte beruhigend. »Das werde ich. Wie war dein Tag?«

»Ganz nett, bis auf den Regen. Das machte die Angelegenheit etwas mühsam. Aber das Kind ist getauft, das Essen war reichhaltig und die Gesellschaft angenehm. Und es scheint, daß die Nachricht zutreffend ist, die erwartete Taufpatin sei wohlauf und nur aufgehalten worden.«

Frevisse zuckte zusammen. »Ihr wart bei der Taufe der Pellows?«

Meister Payne lachte laut heraus und fing sich dann mit einer kleinen, entschuldigenden Verneigung. »Ja. Ihr solltet wohl eigentlich ebenfalls anwesend sein? Stehe ich etwa vor der verschwundenen Taufpatin?«

Frevisse ertappte sich dabei, daß sie zurücklächelte. Sie wies mit dem Kopf auf das Bett. »Fast. Schwester Emma sollte Taufpatin sein, und ich habe sie begleitet. Hat die Familie einen Ersatz gefunden? Ist Meister Naylor rechtzeitig mit seiner Botschaft eingetroffen?«

»Die Mutter hat Schwester Emma vertreten. Es schien allgemein die Ansicht vorzuherrschen, daß es eher aufregend als beunruhigend sei, daß die Taufpatin – äh – aufgehalten worden war, da sie ja wußten, daß es ihr gut ging. Die Pellows werden diese Geschichte bestimmt noch lange erzählen.«

Wenn der Rest der Familie Pellow Schwester Emma irgendwie ähnlich war, wollte Frevisse das gern glauben. Tatsächlich hatte sie bereits den unangenehmen Verdacht, daß die Zeit der Rekreation in St. Frideswide von Schwester Emmas detaillierten Berichten über dieses Abenteuer ausgefüllt sein würde, wenn sie schließlich wieder zu Hause sein würden. Und zwar weitaus länger, als Frevisse zuhören mochte.

»Geht es Meister Naylor gut – unserem Verwalter?« fragte sie.

Meister Payne neigte den Kopf. »Das nehme ich an. Er war gekommen und wieder gegangen, bevor Edward und ich eintrafen.«

Er war zweifellos sofort nach St. Frideswide zurückgeritten, um Priorin Edith zu berichten, was geschehen war. Aber Meister Naylor dachte, sie wären immer noch bei Nicholas in den Wäldern.

»Wäre es vielleicht möglich, daß ich meiner Priorin eine Nachricht zukommen lasse?« fragte Frevisse. »Ich würde sie gern wissen lassen, daß wir wohlauf sind.«

Meister Paynes neigte bereitwillig den Kopf. »Nichts leichter als das. Ich kann morgen einen meiner Männer mit Eurer Botschaft losschicken.«

Meister Paynes unbefangene Antwort zeigte Frevisse, daß sie hier keine Gefangenen waren. Aber andere Fragen blieben offen. Er schien ihre Anwesenheit in seinem Haus fraglos hinzunehmen. Wußte er, wer Nicholas war, und machte dennoch Geschäfte mit ihm, etwas, das das Gesetz ausdrücklich verbot?

Aber Nicholas hatte gesagt, daß Meister Payne nicht wisse, daß er ein Geächteter war, und daß die Geschäfte, die sie miteinander machten, ehrlich seien. Da mußte es irgendwo eine Lüge geben, aber sie wußte nicht wo. Es war am besten, jetzt nicht zuviel zu sagen, entschied sie. Sollte es doch bis morgen warten.

»Wir werden Euch jetzt verlassen«, sagte Meister Payne mit einer weiteren gemessenen Verbeugung. »Seid Ihr sicher, daß Ihr alles habt, was Ihr braucht?«

»Mehr als genug«, versicherte Frevisse.

»Und seid Ihr sicher, daß die andere Schwester – Schwester Emma – nicht ernsthaft erkrankt ist? Wir könnten nach einem Arzt schicken …«

Frevisse schüttelte den Kopf. »Bislang hat sie nicht mehr als eine schwere Erkältung und starken Husten. Sie schläft jetzt, und morgen früh müßte es ihr schon bessergehen. Ich denke, es besteht kein Grund zur Besorgnis.«

»Dann gehen wir jetzt, damit Ihr schlafen könnt. Gott sei mit Euch.«

»Und mit Euch«, erwiderte Frevisse.

Er ging, und während Magdalen die Tür hinter ihm schloß, legte Frevisse müde den Umhang auf die Truhe, aus der Magdalen ihn herausgenommen hatte. Sie nahm Kinntuch und Schleier ab und gab dabei acht, die Nadeln nicht zu verlieren. Wie war sie bloß in diese Lage geraten? Sie hatte geschworen, ihrem geächteten Cousin zu helfen – seiner ganzen Bande, genauer gesagt. Sie war Gast eines Mannes, dessen Ehrlichkeit zweifelhaft war, wenn auch die Frauen der Familie offen und freundlich waren. Damit überschritt Frevisse die Grenzen der Klosterregel mehr, als Priorin Edith ihrer Ansicht nach gutheißen würde. Sie hatte noch nicht einmal die Gebete der Komplet gesprochen, und die Zeit für die Komplet war längst vorbei.

Und sie hätte schon längst im Bett liegen sollen. Wieder wurde Frevisse sich bewußt, wie erschöpft sie war, und sie dachte, wie einladend weich das Bett sein würde und wie warm die Decken. Morgen würde sie das alles klären, die offenen Fragen und ihre Gefühle. Morgen würde sie sich an die Klosterregel halten. Jetzt wollte sie einfach nur schlafen.

Kapitel 8

Es gab verschiedene Gründe, aus denen Nicholas es vorzog, sich mit Oliver Payne in dessen Haus zu treffen, statt auf irgendeiner Landstraße oder in den Wäldern. Die Tatsache, daß es im Haus trocken und warm war, spielte dabei durchaus keine unwichtige Rolle. Heute brannte im Kamin von Paynes Arbeitszimmer ein Kohlenfeuer, das eine Hitze abgab wie die Esse eines Schmiedes. Nicholas hielt sich während der Unterredung so dicht wie möglich am Feuer. Von seinen trocknenden Kleidern stieg Dampf auf. Er wünschte, Payne würde ihm etwas von dem spanischen Wein anbieten, der, wie er wußte, gut verschlossen in dem Schrank auf der anderen Seite des Zimmers aufbewahrt wurde. Und der Mann besaß nicht nur spanischen Wein und ein Kohlenfeuer, sondern auch zwei reichgeschnitzte und gepolsterte Sessel, einen gewebten – nicht gemalten – französischen Gobelin, auf dem der Fall von Troja zu sehen war, und – der

Teufel sollte ihn holen, – einen Teppich auf dem Fußboden anstatt einfacher Binsen! Nicholas' Vater hatte keinen Teppich besessen, und er war ein Edelmann gewesen, kein emporgekommener Bürgerlicher wie Payne. Verdammt sollte er sein, Payne knauserte nicht, wenn es um seine Behaglichkeit ging. Aber Nicholas hatte vor, mindestens so luxuriös zu leben wie er, sobald diese Vogelfreiheit ein Ende hatte.

Aber bis dahin bereitete ihm seine Anwesenheit hier auch deshalb so viel Vergnügen, weil Payne es haßte, ihn im Haus zu haben.

Oliver Payne, gekleidet in eine Houppelande aus grüner Wolle mit hohem Stehkragen und gewaltigen geschlitzten Ärmeln, die mit weißem Kaninchenfell eingefaßt waren, bot ein Bild, das in starkem Kontrast zu Nicholas' abgerissener Erscheinung stand. Der Geächtete trug sein schlichtes grünbraunes Wams, lockere Beinkleider, abgetragene Stiefel und einen unregelmäßig gesäumten Mantel. Beide fühlten den Unterschied; aber Nicholas verbarg seinen Ärger hinter einem glatten Gesicht und einem unbekümmerten Ton. Schließlich wollte er etwas von Payne. Payne wiederum hielt sich so weit wie möglich von ihm entfernt. Er trommelte mit den Fingern auf den verschlossenen Deckel der Truhe, in der er seine Geschäftsbücher aufbewahrte, und sagte: »Die Sache könnte ohne weiteres anders geregelt werden. Ich bin sehr gut in der Lage, sie zu beaufsichtigen, während sie diesen Brief schreibt. Ihr bräuchtet nicht hier zu sein. Mir ist durchaus klar, was Ihr von ihr wollt.«

Nicholas machte eine wegwerfende Geste. »Ich will sicher sein, daß sie tut, was sie tun soll. Schließlich steht mein Leben auf dem Spiel.«

»Wenn Ihr hier erwischt werdet, wird es Euch das Leben kosten, und mir würde es sehr schaden. Es gibt ungefährlichere Möglichkeiten, sich zu treffen.«

Das stimmte; aber diese Möglichkeiten waren nicht so amüsant. Nicholas zerrte einen der geschnitzten Sessel näher an das Feuer heran. »Ich dachte, es würde heute noch weiterregnen«, erklärte er. Er setzte sich und streckte die Beine aus. Payne hatte ihn nicht aufgefordert, Platz zu nehmen, aber Payne war ein Bürgerlicher und hatte die entsprechenden Manieren. »Ich dachte, Ihr hättet keine Lust, Euch drekkig zu machen, wenn Ihr zu mir kommt.«

In der Nacht hatte es aufgehört zu regnen. Jetzt, am späten Vormittag, schien eine wäßrige Sonne durch dünne Wolken, aber die Welt tropfte immer noch vor Nässe, und eine feuchte Kälte durchdrang alles. Ein kräftiger Schluck spanischer Wein hätte die richtigen Stellen erwärmt, aber Payne war eben ein Schwein und bot ihm keinen an.

Payne reagierte mit unverminderter Mißbilligung. »Besser das, als daß Ihr hierher kommt.«

Nicholas schwenkte um. »Aber jetzt bin ich nun mal hier. Also sagt mir, wie mein Geld sich vermehrt, während wir darauf warten, daß meine Cousine herunterkommt.«

Oliver Payne machte eine scharfe, ungeduldige Geste, drehte sich um und entfernte sich gemessenen Schrittes von seinen Büchern. »Es sieht ganz gut aus.«

»Ich kann also behaglich meinen ›Ruhestand‹ genießen, wenn er kommt?« beharrte Nicholas und freute sich an Paynes Abneigung gegen das Thema. Payne hatte ihm bei anderen Gelegenheiten erzählt, daß sein Geld in drei kaufmännischen Unternehmungen gut angelegt und daß der Gewinn daraus zur weiteren Investition einem Londoner Goldschmied anvertraut worden war. Nicholas hatte sich nie die Mühe gemacht, die genauen Einzelheiten der Transaktion in Erfahrung zu bringen. Payne war der Verwalter, das war seine Angelegenheit. Es reichte völlig, daß Payne ihm sagen konnte, wieviel er besaß und wieviel es wahrscheinlich noch werden würde.

»Falls Ihr es genießen könnt, Euch mit Diebesgut zur Ruhe zu setzen, ja, dann werdet Ihr Eure Begnadigung genießen können, wenn sie kommt«, antwortete Payne gereizt.

Nicholas rieb sich die Hände und lachte mit aufrichtiger Belustigung. »Ich komme ebenso ehrlich zu meinem Geld wie die Männer, denen ich es abnehme: Verwalter und Gutsherren und ähnliches Pack, die das einfache Volk drangsalieren, damit die großen Herren ihren Profit machen können. Sie alle wissen ebensoviel über Raub wie ich. Und wie Ihr, Meister Payne«, fügte er boshaft hinzu.

Payne wirbelte herum und sah ihn an, den Mund zu einer zornigen Entgegnung geöffnet. Aber er schluckte sie herunter.

Nicholas setzte ihm noch mehr zu. »Ihr und Euresgleichen seid diejenigen mit den fetten Börsen, nicht der Rest des Volkes. Ihr preßt den Leibeigenen ihre Viertelpfennige ab und gebt sie ihren Grundherrn, und dann preßt Ihr ihnen noch mehr Viertelpfennige ab und steckt sie in die eigene Tasche, soweit es das Gesetz erlaubt – und zudem kennt Ihr viele Möglichkeiten, wo das Gesetz ein Auge zudrückt. Hier nehmt Ihr ihnen bei irgendeiner altüberkommenen Abgabe zuviel ab, dort verhindert Ihr, daß jemand zu seinem Recht kommt. Wie viele Möglichkeiten gibt es für Euch, einen Gewinn in die eigene Tasche zu stecken? Wieviel von Eurem Reichtum habt Ihr durch Betrug an den Männern erworben, deren Verwalter Ihr seid? Wie viele Edelleute haben Euch als Verwalter eingestellt, Payne? Mit wie vielen Gütern treibt Ihr Eure Spielchen? Mit mehr als genug, nach diesem Haus hier und seiner Einrichtung zu urteilen. Seid Ihr nicht dankbar, daß wir eine Vereinbarung getroffen haben, Ihr und ich, und Ihr mir als Gegenleistung für meinen Schutz Dienste leistet, anstatt in blanker Münze dafür bezahlen zu müssen?«

Paynes verschlossenes Gesicht verriet nicht, was er dachte, aber in seiner Wange zuckte ein Muskel.

Nicholas lehnte sich zurück und fuhr fort. Wenn ihm schon der spanische Wein vorenthalten wurde, würde er sich zumindest auf diese Weise amüsieren. »Und die Kaufleute! Das sind die hübschesten Gauner von allen. Wie viele Möglichkeiten haben die, ihr Einkommen aufzubessern? Sie bestechen die Packer, damit sie Wolle als geringwertig auszeichnen, und dann kaufen sie die Ware dem unglückseligen Besitzer ab. Sie verlangen lächerlich überhöhte Preise für das, was sie zu verkaufen haben. Und wer weiß, was für Schliche sie sonst noch auf Lager haben. Ich kann nicht bereuen, irgendeinem von ihnen Geld abgenommen zu haben, und sei es auch nur einen Halfpenny, durch Raub auf der Landstraße oder sonstwie. Gott möge das ganze Pack dorthin schicken, wo es zu sein verdient. Im ganzen Königreich gibt es keine zwei ehrlichen Kaufleute! Und auch keine zwei ehrlichen Verwalter –«

Ein leises Klopfen an der Tür unterbrach ihn, bevor er herausfinden konnte, wie lange es dauern würde, Payne zu offenem Zorn aufzustacheln.

»Herein«, sagte Payne knapp.

Einer der Diener kam herein und verneigte sich. »Die Dame wartet im Wohnsaal, Sir.«

»Bitte sie, hereinzukommen, wenn es ihr gefällt«, sagte Payne, und als der Diener sich zurückgezogen hatte, wandte er sich an Nicholas. »Ihr habt bereits den Fehler begangen, sie hierherzubringen«, sagte er mit leiser, harter Stimme. »Ihr sagt, Ihr habt ihr nur erzählt, daß wir Geschäfte miteinander machen und daß ich nicht weiß, daß Ihr ein Geächteter seid. Aber die Sache muß sie neugierig machen, und je mehr Zeit sie hat, sich Fragen zu stellen, desto mehr wird sie möglicherweise erraten. Also tut, was Ihr tun wollt, und zwar so schnell wie möglich, und dann geht. Das sind meine Bedingungen.«

Eine hitzige Entgegnung lag dem jähzornigen Nicholas auf der Zunge, aber bevor er etwas erwidern konnte, kehrte der Diener mit Frevisse und einer Kammerzofe zurück.

Frevisse nahm den Raum mit einem Blick in sich auf, während sie vortrat und vor Nicholas und Meister Payne knickste. Sie hatte den Eindruck, daß etwas Unerfreuliches zwischen ihnen stand, das nicht zu Ende gebracht worden war; und die kurzen Blicke, die sie einander zuwarfen, als sie sich nach ihrer Verbeugung vor ihr aufrichteten, waren scharf und bar jeglicher Herzlichkeit. Sie ließ sich nicht anmerken, daß ihr etwas aufgefallen war, sondern setzte sich einfach auf den Stuhl, den Meister Payne ihr anwies.

Nicholas sah Payne an, als erwarte er, daß er die Kammerzofe Bess entlassen würde, aber natürlich tat er das nicht. Eine Nonne durfte sich nicht allein mit Männern in einem Raum aufhalten.

Bess zog sich unauffällig zur mittlerweile geschlossenen Tür zurück und blieb mit gesenkten Augen und gefalteten Händen dort stehen.

Frevisses Benediktinerinnenhabit war ihr am Morgen gewaschen, getrocknet und sorgfältig gebügelt zurückgebracht worden. Die gewohnte Kleidung und der gewohnte Nonnenschleier hatten ihre Selbstsicherheit zurückkehren lassen. »Ich nehme an, Ihr wollt, daß ich jetzt den Brief an Meister Chaucer schreibe«, bemerkte sie.

Meister Paynes Augenbrauen hoben sich, als er diese unverblümte Absichtserklärung hörte.

»Wenn du so gut sein würdest«, erwiderte Nicholas mit einem warmen, charmanten Lächeln. Frevisse fiel auf, daß er sich die Mühe gemacht hatte, sich zu rasieren. Sie nahm an, daß es wenig gab, was er hinsichtlich seiner Kleidung tun konnte; der Kontrast seines rauhen Äußeren zu Meister Paynes selbstsicherer, gepflegter Glätte war auffallend. Sie erinnerte sich an Nicholas in seiner edlen Jugend, stolz wie ein Pfau und stets elegant gekleidet.

Nur die Arroganz war geblieben. Sie fragte sich, was die Spannung zwischen ihm und Meister Payne wohl bedeuten mochte. »Wirst du Meister Chaucer den Brief selbst überbringen?« fragte sie, wohl wissend, daß er es nicht wagen würde, sich so in Gefahr zu begeben.

Er zögerte, und seine Augen glitzerten. Er wußte sehr gut, daß das eine Herausforderung gewesen war. Dann zuckte er die Achseln. »Payne hat angeboten, einen seiner Männer damit loszuschicken.«

Meister Payne wirkte überrascht.

»Ich muß auch an meine Priorin schreiben und ihr mitteilen, wo wir uns befinden, was geschehen ist und daß wir wohlauf sind.«

Das war nicht hundertprozentig zutreffend; Schwester Emma war nicht wohlauf. Sie hatte die Nacht durchgeschlafen, war aber vor der Morgendämmerung aufgewacht, fiebrig, hustend und den Hals voller Schleim.

Frevisse blickte sich um. »Wo soll ich den Brief schreiben?«

»Ihr wollt selbst schreiben?« fragte Meister Payne. »Oder wäre es Euch lieber, wenn ich den Brief für Euch schreibe?«

Frevisse lächelte höflich, aber antwortete: »Ich schreibe recht geübt, vielen Dank, und sowohl meine Priorin als auch mein Onkel kennen meine Handschrift. Es wird wahrscheinlich am besten sein, wenn ich es selbst tue.«

Nicholas lachte schroff, als er das hörte, sagte aber nichts.

»Also dort«, erklärte Meister Payne und legte Tinte, Feder

und Papier auf einem Stehpult bereit, das vor dem Fenster stand, wo das Licht am besten war.

Schon beim Eintreten hatte Frevisse die Einrichtung des Raumes anerkennend zur Kenntnis genommen. Als sie zum Stehpult ging, fiel ihr auf, daß die Fenster mit schweren Fensterläden versehen waren, die zudem verriegelt werden konnten. Und die Truhen, die an der rückwärtigen Wand des Raumes standen, waren mit Metallbändern beschlagen und mit zahlreichen Schlössern versehen. Dies war offensichtlich der Raum, in dem Meister Payne seinen Geschäften nachging.

Die drei Federn, die er neben dem Tintenfaß zurechtgelegt hatte, waren ordentlich zurechtgeschnitten, und das Blatt Papier, das sie zu sich heranzog, war von guter Qualität. Mit bewundernswerter Zurückhaltung blieb Meister Payne, wo er war, aber Nicholas stellte sich hinter ihre rechte Schulter und fragte: »Soll ich dir bei der Formulierung helfen?«

»Nein.« Frevisse griff nach einer Feder, überlegte sich, was sie sagen wollte, und begann mit dem ersten von wahrscheinlich mehreren Entwürfen. »Mein sehr verehrter, geliebter und hochgeschätzter guter Onkel, ich empfehle mich dir in aller gebotenen Form ...«

Die Gratwanderung zwischen dem, was gesagt werden mußte, und dem, was weggelassen werden mußte, war schwierig, aber sobald sie einen klaren Entwurf im Kopf hatte, schrieb sie flüssig. Einmal wollte Nicholas, der sich hinter ihr herumdrückte, sie unterbrechen, aber Frevisse schüttelte kurz und entschieden den Kopf, und er verstummte.

Dennoch verging mehr als eine Stunde, bevor sie die letzte, endgültige Fassung noch einmal durchlas. Der Brief endete mit der Bitte: »Aus den dargelegten Gründen flehe ich Dich an, Dich einmal selbst mit ihm zu unterhalten, damit Du ebenso sicher erkennst wie ich, daß sein Bestreben und seine Wandlung echt sind. Stets werde ich Dir tief verbunden bleiben, wegen der vielen Wohltaten, die Du mir erwiesen hast, und wegen meiner besonderen Liebe zu Dir. Ich verbleibe in demütiger Ergebenheit und werde Dich stets in meine Gebete einschließen. Deine Nichte ...«

Sie unterschrieb und datierte den Brief, richtete sich auf und reichte ihn Meister Payne, der wartend am anderen Ende des Fensters gestanden hatte, während sie schrieb. Mit einem Blick auf Nicholas, der gleichmütig die Achseln zuckte, nahm Meister Payne den Brief, las ihn ohne ein Anzeichen von Überraschung durch und gab ihn ihr zurück. Damit war eine Frage beantwortet: Payne wußte, wer Nicholas war.

»Das sollte seinen Zweck sehr gut erfüllen«, sagte er. »Du kannst zufrieden sein damit, Nicholas.«

»Dann versiegelt ihn«, sagte Nicholas ungeduldig, »und wir schicken ihn ab.«

Als der Bogen gefaltet und versiegelt worden war, schrieb Frevisse Meister Chaucers Namen sowie »In seinem Herrenhaus Ewelme oder wo er sich sonst aufhalten mag« darauf. Sie reichte ihn Meister Payne und nahm sich einen neuen Bogen Papier.

Sie fürchtete, daß der Brief an Priorin Edith sich als schwieriger erweisen könnte als der an ihren Onkel. Denn Priorin Edith würde vermutlich tiefe Vorbehalte haben, wenn sie von Frevisses Verhalten in den letzten Tagen und gerade eben erfuhr. Sie mußte eine Möglichkeit finden, das alles im bestmöglichen Licht darzustellen.

Aber bevor sie mit dem Schreiben anfangen konnte, hörte sie ein hastiges Klopfen an der Tür. Auf Meister Paynes »Herein« trat einer seiner Männer ein, verneigte sich und sagte: »Will Colfoot ist an der Tür und möchte mit Euch sprechen, Sir. Er ist wegen irgend etwas aufgebracht und sagt, er wolle

Euch sofort sprechen, obwohl ich ihm gesagt habe, daß Ihr beschäftigt seid.«

»An der Tür zum Wohnsaal?« fragte Meister Payne.

»Ja, Sir.«

Nicholas und Meister Payne wechselten einen Blick. Frevisse bezweifelte, daß einer der beiden wollte, daß Nicholas hier gesehen wurde. Und offensichtlich war dieser Will Colfoot kein Mensch, der sich leicht abweisen ließ. Sie erhob sich. »Ich gehe am besten.«

Meister Payne verneigte sich. »Meinen Dank für Euer Verständnis.« Wie sein Tonfall zeigte, wußte er zu schätzen, daß sie verstand, was hier vorging, und Frevisse spürte einen leichten Anflug von Sympathie für ihn. Sie knickste vor ihm und blieb auf dem Weg zur Tür bei Nicholas stehen, legte ihm die Hand auf den Arm und sagte: »Sei geduldig. Und vorsichtig. Das ist keine Sache, die sich schnell regeln läßt. Selbst Onkel Thomas wird ein wenig Zeit zum Nachdenken brauchen.«

Nicholas nahm ihre Hand und küßte sie. »Wie du befiehlst, Cousine«, sagte er, aber die Anspannung, unter der er stand, war ihm vom Gesicht abzulesen. Frevisse unterdrückte ein Lächeln. Daß das gefährdete Leben eines Geächteten offensichtlich an seinen Nerven zehrte, ließ hoffen, daß er sich wirklich bessern würde, wenn er erst einmal begnadigt war.

Die Zofe Bess schloß sich Frevisse an, als sie den Raum verließ. Meister Paynes Diener, der ihnen die Tür aufgehalten hatte, folgte ihnen, um Will Colfoot zu seinem Herren zu führen. Vom Arbeitszimmer kam man direkt in den Wohnsaal; Frevisse mußte den ganzen gewaltigen Raum durchqueren, um den Korridor hinter den Holzschirmen und die Treppe zu erreichen, die zu Magdalens Gemach hinaufführte. Sie hatte erst drei Viertel des Weges zurückgelegt, als ein stämmiger Mann durch die Tür vor ihr stolzierte und auf den Raum zusteuerte, den sie gerade verlassen hatte. Meister Paynes Diener gab einen erstickten Laut von sich und hastete an den Frauen vorbei, um den Mann abzufangen.

Der Mann fegte das, was der Diener zu sagen versuchte, mit einer heftigen Handbewegung zur Seite und verkündete: »Nein, Jack, ich werde nicht wie ein Bettler vor der Tür warten, und ich brauche auch nicht an die Hand genommen zu werden wie ein Schwachkopf. Ich kenne den Weg.«

»Aber wenn Ihr so gut sein würdet –«, versuchte Jack es noch einmal.

Colfoot setzte sich über Jacks Proteste hinweg, ohne seine Schritte zu verlangsamen. »Wer auch immer bei ihm ist, kann seine Geschäfte auf später verschieben. Meine Sache ist wichtiger.«

Offenkundig betrachtete Colfoot den Diener nicht als Hindernis, aber Nicholas brauchte mehr Zeit, um aus dem Fenster zu klettern und zu verschwinden. Trotz ihrer Bedenken und Zweifel hatte Frevisse nicht den Wunsch, ihn in Gefahr zu bringen. Sie trat Colfoot in den Weg und sagte in ihrem charmantesten Ton: »Guter Herr, ich fürchte, ich bin der Grund für die Verzögerung. Ich bedaure dies zutiefst.«

Colfoot war zu sehr mit seinem Anliegen beschäftigt gewesen, um ihre Existenz zur Kenntnis zu nehmen. Jetzt blieb er so abrupt stehen, wie sein gewaltiger Umfang es erlaubte. Er ragte bedrohlich vor ihr auf. Er war von Natur aus etwas massig, aber jetzt waren Bauch und Kinn von festen Fettschichten umgeben. Noch weiter ausgepolstert wurde er durch die allzu wuchtige Houppelande, die er trug, und seine turbanähnliche Kopfbedeckung, deren überlanger Kapuzenzipfel wulstartig um seinen Kopf gewunden war. Sein schierer Umfang war beeindruckend, noch bevor sein wütender Blick mit der vollen Wucht seines keinesfalls unbedeutenden Charakters auf sie fiel.

Er starrte Frevisse einen Augenblick lang böse an, bevor er ihr Nonnengewand erkannte. Dann zeigten sein Gesicht und seine Manieren nicht mehr heftige Verärgerung, sondern ein gewisses Maß an Respekt. Er zog den Hut und verneigte sich. »Gute Schwester, meine Entschuldigung. Dieser Trottel hat mir nicht gesagt, wer bei Payne war. Ich dachte, es wäre geschäftlich, nicht ...«

Er hielt inne, da er sich offensichtlich nicht vorstellen konnte, was in aller Welt sie mit Payne zu schaffen gehabt haben konnte. Zuvorkommend erklärte Frevisse: »Ich wollte Meister Payne für seine Freundlichkeit danken und ihn bitten, einen Boten mit einem Brief an meine Priorin loszuschicken.« Sie seufzte und sackte vor Müdigkeit leicht in sich zusammen. »Er und seine gute Frau haben uns gestern aufgenommen, als es so stark geregnet hat, wißt Ihr, und jetzt ist Schwester Emma so stark erkältet, daß wir noch ein paar Tage bleiben müssen. Meister Payne ist ein so freundlicher Mann, findet Ihr nicht?«

Will Colfoot interessierte sich offensichtlich nicht für Meister Paynes Freundlichkeit. Da seine sehr geringfügige Neugier bezüglich ihrer Existenz jetzt befriedigt war, blickte er bereits an ihr vorbei zur Tür des Arbeitszimmers. »Ich glaube, ich habe das schon über ihn sagen hören, ja«, stimmte er zu. »Er ist ein guter Mann. Hat einen guten Kopf fürs Geschäft.«

Frevisse zwang ihn, seine Aufmerksamkeit wieder ihr zuzuwenden, indem sie fragte: »Habt Ihr oft geschäftlich mit ihm zu tun?«

»Oft genug. Ja.« Colfoot versuchte, sich an ihr vorbeizuschieben, trotz seiner Masse flink auf den Füßen. »Wir machen seit zehn Jahren oder mehr Geschäfte miteinander.«

Frevisse folgte ihm und lächelte ihm rücksichtslos ins Gesicht. »Und seine Frau. Sie ist eine richtige Dame. So freundlich. Uns gegenüber war sie die Seele der Freundlichkeit, obwohl wir doch so unerwartet kamen. Findet Ihr nicht auch, daß sie sehr freundlich ist?«

Colfoot suchte sichtlich verzweifelt nach einer Antwort. Frevisse hatte den Verdacht, daß eine so unbedeutende Person wie Mistress Payne kaum einen Eindruck auf ihn gemacht hatte. »Ja«, brachte er zustande und versuchte weiter, sich an ihr vorbeizuschieben. »Eine nette Frau. Mit Kindern und allem«, fügte er hinzu. Wahrscheinlich hoffte er, wenn er etwas zu dem Gespräch beitrug, würde es schneller vorbei sein.

Bevor Frevisse weitersprechen konnte, öffnete Meister Payne selbst die Tür des Arbeitszimmers hinter ihr und sagte mit offener Freude: »Will, was führt dich so unerwartet hierher? Ich dachte, du wolltest heute schon auf dem Weg nach Burford sein.«

»Das war ich auch, aber –« Colfoot hatte die Stimme erhoben, aber er beherrschte sich gerade lange genug, um sich vor Frevisse zu verneigen und obenhin zu sagen: »Schwester, einen guten Tag noch. Schließt mich in Eure Gebete ein.« Dann wälzte er sich an ihr vorbei und verkündete mit wieder erhobener Lautstärke und einer Mischung aus Wut und Befriedigung: »Aber eine unerwartete Sache hat mich aufgehalten, und ich will ...«

Frevisse, die sicher sein konnte, daß Nicholas entkommen war, interessierte sich nicht für das, was Colfoot wollte, was immer es sein mochte. Sie verließ den Wohnsaal und ging durch die Vorhalle zur Treppe. Als sie an der Küche vorbeikam, erinnerten die Essensdüfte sie daran, daß sie das letzte Stundengebet versäumt haben mußte, wenn der Morgen derart weit fortgeschritten war. Sie hatte vorgehabt, sich heute an die Klosterregel zu halten.

»Er will Mistress Dow heiraten«, sagte Bess hinter ihr.

Frevisse war so überrascht, daß sie stehenblieb, sich umdrehte und der Frau direkt ins Gesicht sah, so gut das auf der engen Treppe möglich war. »Er will Magdalen heiraten? Aber sicher wird sie doch nicht –«

Sie hielt inne; Magdalen Dows Leben ging sie nichts an. Aber die Vorstellung, daß die freundliche Magdalen an den rüden, arroganten Colfoot gebunden sein sollte ...

»Oh, nein!« Bess schüttelte nachdrücklich den Kopf. »Sie will nicht. Meister Payne will es auch nicht. Er denkt, sie kann eine bessere Partie machen, wenn sie sich Zeit lassen.«

Frevisse hätte gern mehr erfahren, aber nicht, indem sie mit den Dienstboten klatschte. Und nicht, während sie eingezwängt auf einer engen Wendeltreppe stand. Sie drehte sich wieder um und ging weiter, aber hinter ihr plauderte Bess weiter. »Wenn der junge Herr nach London geht, wird Meister Payne wahrscheinlich dort jemanden für sie suchen. Einen Kaufmann, das wär' gut möglich. Stellt Euch nur vor, in London zu leben.«

Offenkundig war Bess mit ihrer ländlichen Phantasie mehr als bereit für ein Leben im fernen und wunderbaren London. Frevisse fragte sich, was Magdalen von der Sache hielt.

Eine gezierte, ihr unbekannte Stimme am Kopf der Treppe unterbrach ihre Gedanken. »Also, Meister Edward, ich kann mir nicht vorstellen, daß Euer Vater wünscht, daß Ihr das tut. Und was aus Richard geworden ist, kann ich mir nicht ...«

»Ich komme«, sagte Frevisse, um die Person davon abzuhalten, die Treppe herunterzukommen, während sie und Bess sich noch darauf befanden, und die Stimme verstummte nervös.

Oben warteten ein älterer Mann in schlichtem priesterlichen Schwarz und ein hochgewachsener junger Mann. Nein, kein junger Mann. Ein Junge. Er war groß für seine fünfzehn Jahre, fast so groß wie sein Vater. Auch besaß er seines Vaters Sinn für Würde und Stolz, nach der selbstsicheren Verbeugung zu urteilen, die er schnell vor ihr machte. Seine Hand ruhte auf dem Scholarenbeutel an seiner Hüfte. Aber trotz alledem war er noch ein Junge, mit den langen Knochen eines Knaben und einem vom Leben noch unberührten Gesicht. Und obwohl sein Gewand den einfachen Schnitt und die schlichte Farbe eines Scholaren aus Oxford hatte, war seine Gürtelschnalle reich verziert, und der Gürtel selbst war modisch lang; ein Ende reichte fast bis zum Boden.

Frevisse lächelte ihn an. »Meister Edward«, sagte sie, »wie ich höre, besucht Ihr die Universität von Oxford. Was machen Eure Studien?«

»*Omnia bene*, vielen Dank.« Er sah sie mit seinen intelligenten Augen an. »Ihr seid ...«

»Schwester Frevisse aus der Priorei St. Frideswide im Norden der Grafschaft.«

»Ach ja. Ich habe alles über Euch erfahren außer Eurem Namen.«

Trotz seiner gewandten Antwort bezweifelte Frevisse, daß er sonderlich viel erfahren hatte, außer der Geschichte, daß sie und Schwester Emma gestern vor dem Regen Zuflucht im Haus seines Vaters gesucht hatten. Sie sah den Mann an, der neben ihm stand. »Ihr seid sein Tutor, Sir? Darf man Euch zu Eurem Schüler gratulieren?«

»Sir Perys«, sagte der Mann mit einem schnellen Einziehen des Kopfes. Er war dünn, nicht groß und hatte die Angewohnheit, sich vor jeder Äußerung zu räuspern. »Er ist ein vortrefflicher Junge. Ein vortrefflicher junger Mann. Ein hervorragender Gelehrter.«

Frevisse wußte, sie hätte dem Drang widerstehen sollen, aber sie tat es nicht. Ihr Latein war nicht das beste, aber Edward war schließlich nur ein Junge. *Salvasti de necessitatibus animam meam*, sagte sie und hoffte, daß sie den Psalter richtig in Erinnerung hatte. *Quoniam respexisti humilitatem meam.* Du hast mich errettet, als ich in Not war, denn du hattest Erbarmen mit meiner Hilflosigkeit.

Aber Edward war dem Test mehr als gewachsen; die Vorlesungen und Disputationen an den Universitäten wurden grundsätzlich in lateinischer Sprache abgehalten, und er entgegnete in flüssigem Latein: *Non opus agere gratiam. Salveris ad domum modestam. Voleant preces tuae voluntam serviere quemquam egentem.*

Mit anerkennendem Lächeln hob Frevisse die Hand. »*Pace.* Ich kann nur meine Gebete, sonst geben meine Lateinkenntnisse nicht viel her. Was ich sonst noch gelernt habe, war vor langer Zeit, und ich hatte nie das Talent eines Gelehrten dafür.«

Edward lächelte: *Et ne nos inducas in tentationem.*

Das war natürlich aus dem Vaterunser: Und führe uns nicht in Versuchung. Gehörig gestraft und amüsiert erwiderte Frevisse: »Nächstes Mal werde ich es besser wissen.«

Sir Perys tippte Edward mit dem besitzergreifenden Auftreten eines Lehrers auf die Schulter. »Mit Eurer Erlaubnis«, sagte er zu Frevisse.

Frevisse neigte den Kopf. Meister Paynes Erbe entschwand die Treppe herunter, sein Tutor folgte ihm auf den Fersen.

Kapitel 9

Frevisse ging weiter zu Magdalens Zimmer. Bess folgte ihr. Lediglich Maud und Schwester Emma befanden sich im Raum; Schwester Emma lag mit vor Fieber gerötetem Gesicht auf die Kissen aufgestützt im Bett und zupfte rastlos an der Decke. Maud versuchte sie dazu zu bringen, etwas aus einem leicht dampfenden Becher zu trinken.

»Mir ist schon heiß genug«, beschwerte sich Schwester Emma mit schwerer Zunge. »Ich möchte etwas Kaltes. Es hat wenig Sinn, brennende Holzscheite in eine Scheune zu tragen, die in Flammen steht.«

»Aber Mistress Dow sagt …« begann Maud, wahrscheinlich zum fünfzehnten Mal, nach der Anspannung in ihrer Stimme zu urteilen.

»Meister Colfoot ist hier«, unterbrach Bess sie. »Er ist ganz unerwartet gekommen und wollte mit dem Herrn sprechen. Wo ist sie? Er wird sie sicher sehen wollen.«

Maud drehte sich um und knickste geistesabwesend vor Frevisse. »Rausgegangen.« Sie wies mit dem Kopf auf das Fenster. »Sie wollte ein bißchen im Obstgarten spazierengehen, meinte sie, obwohl es so kalt und feucht draußen ist.«

Das breite Fenster des Gemachs ging auf einen Apfel- und Birnengarten hinaus, der vor ein paar Wochen ein Meer wohlduftender Blüten gewesen sein mußte. Jetzt war ein dichtes Dach junger Blätter zu sehen, das zu einem Fluß hin abfiel, der das Herrenhaus von einem Waldstück im Osten abgrenzte.

»Meinst du, wir sollen ihr sagen, daß er hier ist?« fragte Bess und trat ans Fenster.

Aber Schwester Emma suchte sich diesen Augenblick aus, um die Bettdecken zurückzuwerfen und die Füße aus dem Bett zu schwingen. »Mir ist heiß«, verkündete sie. »Und ich will nach Hause. Wo sind meine Kleider?« Und alle drei Frauen waren sofort damit beschäftigt, sie wieder ins Bett zu verfrachten und zu überreden, die Arznei zu schlucken, die sie ruhen lassen würde, ob sie wollte oder nicht.

Nicholas lachte leise in sich hinein, als er aus dem hinteren Gartentor hinausschlüpfte, vor dem Cullum mit dem Pferd wartete, das sie von Schwester Frevisse »geliehen« hatten. Wenn der fette Colfoot die Nase eines Spürhundes besäße, würde sie jetzt zucken, weil sie in Paynes Arbeitszimmer eine heiße Spur aufgenommen hätte. Aber Colfoot war zwar ein Hund, aber er hatte nicht die Nase eines guten Spürhundes. Und auch keine fette Börse mehr.

Bei der Erinnerung an den gestrigen Abend lachte Nicholas laut heraus. Die leichteste Beute, die er seit fünf Jahren gemacht hatte. Er war hinter einer Hecke hervorgetreten, hatte dem Dienstmann von hinten eins auf den Kopf gegeben, so daß er in den Graben stürzte, und hatte den fetten

Arsch des Gutsherrn mit seinem Schwert gepiekst. Es hatte keine Probleme gegeben. Er hatte die Börse ausgehändigt bekommen und war verschwunden gewesen, bevor ihn jemand zu Gesicht bekommen hatte. Eine ansehnliche Börse, und es war eine ansehnliche Menge Silber darin gewesen. Und bei Gott, wie der Mann hinterher gebrüllt hatte. Es hätte gereicht, um die Regentropfen vom Dach zu blasen.

Vor sich hinlachend schwang sich Nicholas in den Sattel, den Cullum für ihn frei gemacht hatte, und nahm die Zügel in die Hand. »Hat es Probleme gegeben?«

»Hier nicht«, erwiderte Cullum. Er ergriff Nicholas' ausgestreckte Hand und zog sich hinter dem Sattel aufs Pferd. Er wies mit dem Kopf auf die Stallungen. »Aber ich habe im Stall mit Tam geredet. Er war heute morgen im Dorf.«

»Und da hat es eine Menge Gerede gegeben, möchte ich wetten.« Nicholas' Grinsen wurde breiter. Es mußte zwangsläufig Gerede geben, nachdem es direkt außerhalb der Dorfgrenzen einen Raubüberfall gegeben hatte. Das konnte diesen schafsköpfigen Ort nach Jahren der Selbstgefälligkeit nur beleben.

»Es ist wegen Beatrice«, sagte Cullum.

Nicholas, der endlich Cullums ängstliche Unruhe wahrgenommen hatte, drehte sich im Sattel um. Scharf fragte er: »Was ist mit Beatrice?«

»Sie ist letzte Nacht zusammengeschlagen worden.«

»Zusammengeschlagen? Wer hat Beatrice zusammengeschlagen? Und warum?«

»Nach dem, was Tam gehört hat, will sie das nicht sagen. Und das hat die Leute auch zum Reden gebracht, denn es geht ihr ziemlich schlecht, Nick. Sie ist heute morgen nicht aufgestanden, und die alte Nan redet davon, den Doktor zu holen.«

Nicholas drehte sich wieder um und sah die Straße hinunter. Er haßte es, sich mit den Schmerzen anderer Leute abgeben zu müssen, aber Beatrice ... »Dann machen wir am besten den Umweg über das Dorf.«

»Es geht ihr ziemlich schlecht«, brummelte die alte Nan und führte ihn zu der klapprigen Treppe, die zu den Zimmern über ihrer Schenke führte, obwohl sie wußte, daß er den Weg kannte. »Sie hat solche Angst, daß ich ihr sagen muß, wer kommt, sonst fängt sie an zu schreien. Ich sag' ihr nur kurz, daß Ihr es seid, dann ist es in Ordnung.«

»Wer hat ihr das angetan?« frage Nicholas scharf.

Das Alter hatte die Schankwirtin runzlig werden lassen und angefangen, sie zu beugen, aber ihre Zunge hatte noch ihre alte Kraft. »Wenn sie mir das sagen würde, würde ich ihm die Haut abziehen! Aber sie will es nicht sagen, und ich weiß doch nicht, wer sie besuchen kommt.« Beatrices Kammer war gleich oben an der Treppe, während die alte Nan weiter hinten schlief. Die Tür der Schenke blieb unverriegelt, damit Beatrices »Verehrer« sie auch besuchen konnten, nachdem das Wirtshaus geschlossen hatte; wenn sie kamen, schoben sie den Riegel vor, und wenn sie wieder gingen, ließen sie die Tür unverschlossen. Es war ein einfaches, gut bewährtes System, das der alten Nan erlaubte zu sagen, sie hätte keine Ahnung, ob Beatrice je Besuch bekäme, nachdem sie selbst zu Bett gegangen war.

»Es muß doch Lärm gegeben haben«, bohrte Nicholas.

Die alte Nan zuckte die Achseln. »Es gibt oft Geräusche. Aber der Lagerraum ist zwischen uns, also höre ich sie nicht. Und wenn ich sie höre, achte ich nicht weiter darauf. Letzte Nacht ist mir nichts Besonderes aufgefallen. Ich wußte von nichts, bis das arme Ding zu meiner Tür gekrochen kam. Wartet hier«, fügte sie hinzu, als sie am Kopf der Treppe angekommen waren. Sie humpelte die paar Schritte zu Beatrices nachlässig eingehängter Tür und klopfte. »Bea-Mädchen, ich bin es, hab' keine Angst. Nicholas ist hier und will dich sehen.«

Beatrice gab einen erstickten Laut des Protests von sich, aber die alte Nan kümmerte sich nicht darum, öffnete die Tür und scheuchte Nicholas hinein. »Sie will nicht, daß jemand sie sieht. Mit ihrer Schönheit ist es vorbei, denke ich, und das weiß sie. Aber sie wird sich daran gewöhnen müssen. Sie wird nicht mehr so viel Geld verdienen wie vorher, das ist gewiß.«

Die alte Nan hatte getan, was sie konnte. Sie hatte das Blut abgewaschen und sogar Kräuterumschläge gemacht und auf die schlimmsten Blutergüsse gelegt. Aber was Nicholas dennoch sehen konnte, ließ ihn zusammenzucken; und er empfand selten Mitgefühl mit irgend jemandem außer sich selbst.

»Bei Gott, bist du das, Beatrice?«

»Nick?« stieß sie wimmernd durch ihre zerschlagenen Lippen hervor. Wenn sie ihn überhaupt sehen konnte, dann nur undeutlich; beide Augen waren grün und blau geschlagen und so zugeschwollen, daß die Tränen kaum hindurchsickern konnten. Sie versuchte, die Decke hochzuziehen, um sich darunter zu verstecken, aber das Tuch verfing sich im unbearbeiteten Holz des Bettgestells, und da Beatrice nicht genug Kraft hatte, es loszureißen, konnte sie nur daliegen und die Decke an ihre Brust pressen.

»Wer hat dir das angetan?« fragte er.

»Gefallen«, flüsterte sie.

Aber die Würgemale an ihrer Kehle waren wie ein Daumen geformt, und Handgelenke und Hände zeigten rote Druckstellen. Jemand hatte sie gepackt, und sie hatte sich dagegen gewehrt.

»Du bist nicht gefallen. Ich bin doch kein Narr.«

Beatrice machte eine leichte Bewegung, als wünsche sie,

er würde ihre Hand halten, aber er konnte sich nicht dazu überwinden, näherzukommen. Tränen rannen ihr aus den Augen und liefen ihre zerstörten Wangen hinunter. »Colfoot«, flüsterte sie. »Colfoot ...«

Wutentbrannt trat Nicholas einen Schritt vor und packte sie am Handgelenk. Sie schrie vor Schmerz, und er ließ sie los, beugte sich aber über sie und fragte grob: »Der fette Gutsherr? Warum?«

Beatrice schluchzte jetzt, das Gesicht vor Schmerzen verzogen, so weh tat ihr die Bewegung. »Er ist ausgeraubt worden. Er sagte ... Oh, ich habe dich gewarnt, Nick!«

Nicholas widerstand dem Drang, sie bei den Schultern zu packen und zu schütteln. »Warum ist er hierher zurückgekehrt? Erzähl mir, was er gesagt hat!«

»Er wurde ausgeraubt, nachdem er von hier losgeritten war. Er dachte, es wäre jemand von hier. Er hat gesehen, wie du ihn beobachtet hast, und hat sich erinnert, daß du und ich ... daß du und ich ...«

»Du schmierige Nutte! Du hast ihm gesagt, wer ich bin?«

Beatrice kämpfte darum, die Schluchzer zu unterdrücken, die den Schmerz unerträglich verstärkten. »Er hat dich beschrieben. Deine Kleidung. Dein Gesicht. Er war sicher, daß du es warst. Er wollte deinen Namen.«

»Und du hast es ihm gesagt?« Nicholas stand jetzt über ihr und wünschte, sie würde mit dem nutzlosen Geheule aufhören. Er riß ihr so grob die Decke vom Leib, daß sie aufschrie. »Halt's Maul! Hast du es ihm gesagt?«

»Nein! Nein! Nicht bevor er ...« Tränen und Verzweiflung machten ihrem Versuch zu sprechen ein Ende. Sie wies hilflos auf ihren unbedeckten Leib, der ebenso zerschlagen war wie ihr Gesicht.

»Du hast es ihm gesagt!« knurrte Nicholas, warf ihr die Decke ins Gesicht und stürmte aus dem Zimmer. Er jagte die

Treppe hinunter und schob einen stumpfgesichtigen jungen Burschen zur Seite, der etwas hinter ihm herrief, als er die Tür des Wirtshauses hinter sich zuknallte.

So kurz vor seiner Begnadigung würde er einem fetten Narren von Gutsherrn nicht erlauben, sich ihm in den Weg zu stellen.

KAPITEL 10

Frevisse mußte feststellen, daß Schwester Emma jetzt mehr Grund für ihr Theater und ihr Wehklagen hatte. Das Fieber war gestiegen, und es war schmerzlich, ihren quälenden Husten mitanzuhören. Sie akzeptierte fast ohne Aufhebens den heißen Kräutertrank und beschwerte sich kaum über den bitteren Geschmack.

»Aber meine Gebete«, krächzte sie und reichte den geleerten Becher einer der Kammerfrauen. »Ich habe heute noch keins der Stundengebete gesprochen. Wie spät ist es?«

»Es muß fast Zeit für die Sext sein.« Frevisse wurde klar, daß sie die Terz um neun Uhr völlig vergessen hatte. Ein wenig schuldbewußt bot sie Schwester Emma an: »Möchtet Ihr die Gebete jetzt sagen?«

Schwester Emma nickte. »Bevor ich wieder einschlafe.«

Doch als sie versuchte, gemeinsam mit Frevisse den Eröffnungspsalm zu sprechen, begann sie so heftig zu husten, daß

Frevisse warten mußte, bis der Anfall vorüber war. Sanft hielt Frevisse ihr die Hand und sagte: »Liegt einfach still und hört zu, während ich spreche.«

Atemlos und offensichtlich von Schmerzen geplagt, nickte Schwester Emma wortlos und schloß die Augen. *Ave Maria, gratia plena* ... Aber irgendwann vor Ende des Gottesdienstes atmete sie gleichmäßiger, und Frevisse wußte, daß sie eingeschlafen war.

Frevisse hatte den beiden Kammerfrauen mit einem Nikken bedeutet, sich zurückzuziehen, als sie mit dem Stundengebet begonnen hatte. Sie blieb auf dem Bett sitzen und hielt Schwester Emmas Hand, bis sie sicher war, daß diese tatsächlich durchschlafen würde.

Kurz darauf hörte Frevisse, wie irgendwo im unteren Stockwerk eine Tür heftig ins Schloß geworfen wurde; dann kamen schwere, eilige Fußtritte, und sie glaubte, Will Colfoots Stimme zu erkennen. Sie hob den Kopf und lauschte. Der Mann gab wütende Erklärungen über irgend etwas ab. Die schweren Fußtritte und die laute Stimme entfernten sich, aber jetzt waren andere Fußtritte zu hören, leichtere, die die Treppe heraufgerannt kamen. Frevisse sprang auf, so dringlich klangen sie.

Aber bevor sie einen Schritt vom Bett weg tun konnte, stürzte Magdalen ins Zimmer. Fast panisch schloß sie die Tür und lehnte sich dagegen, außer Atem vor Eile und überwältigt von Emotionen. Schleier und Kinntuch hatten sich gelöst, lagen auf ihren Schultern und ließen ihren Kopf unbedeckt; sie schien es weder zu merken noch sich daran zu stören.

»Magdalen, was ist passiert?« Bestürzt lief Frevisse auf sie zu.

Magdalen starrte sie einen Augenblick lang verwirrt an, als hätte sie die Existenz von Frevisse vergessen. Dann holte sie abrupt tief Luft, faßte sich, richtete sich auf und trat von der Tür weg. Sie zog sich Schleier und Kinntuch von den Schultern, schleuderte sie auf eine Truhe und warf sich auf den nächsten Stuhl, ohne Frevisse anzusehen. »Nichts«, sagte sie. Sie war immer noch atemlos. »Ich bin die Treppe hochgerannt, das ist alles. Ich –« Ein Klopfen an der Tür unterbrach sie. »Herein«, rief Magdalen.

Ihr Neffe Edward trat ein, gefolgt von einem anderen, jüngeren Knaben, der hinter ihm im Türrahmen stehen blieb. Beide sahen aus, als dächten sie, es würde vielleicht Probleme geben. »Tante, du bist gerannt. Geht es dir gut? Ist etwas geschehen?«

Magdalen holte tief Luft, wohl um sich zu beruhigen, aber irgendwo klang ein Schluchzer mit. Sie schob sich das Haar aus dem Gesicht. »Will Colfoot will mich immer noch heiraten. Gerade eben hat er seine Werbung ein wenig zu hart betrieben. Er hat mich im Obstgarten abgepaßt, als ich –« Sie sagte nicht, was sie hatte sagen wollen, aber Wut und Angst schwangen in ihrer Stimme mit. »Er hat jetzt eine Unterredung mit Eurem Vater.«

»Was für ein Flegel!« rief Edward aus, das Gesicht vor Empörung gerötet. »Ich werde Vater sagen, wie durcheinander du bist und daß du mit ihm reden willst. Er sollte nicht nur Colfoots Version der Geschichte hören.«

»Nein, Edward, warte –« Magdalen streckte die Hand aus, um ihn aufzuhalten, aber er hatte sich schon an seinem Bruder vorbeigeschoben und war verschwunden. Magdalen sank in den Stuhl zurück. Sie sah plötzlich erschöpft aus. »Ach, du liebes bißchen.«

Der andere Junge, der weniger aufgebracht war, grinste sie von der Tür aus an. »Will Colfoot und seine Herumschreierei. Alles heiße Luft. Vater wird ihn abblitzen lassen.«

»Oh, Richard«, seufzte Magdalen. Mit Mühe erinnerte sie

sich an ihre guten Manieren und stand auf, um Frevisse vorzustellen. »Schwester Frevisse, das ist mein Neffe Richard Payne. Richard, das ist Schwester Frevisse von der Priorei St. Frideswide.«

»Mein Herr«, sagte Frevisse und knickste leicht.

Richard erwiderte den Knicks mit einer anerkennenswerten Verbeugung, obwohl seine Würde durch ein breites Grinsen beeinträchtigt wurde, das ebenso zu ihm zu gehören schien wie sein hellbraunes Haar. Er war normal groß für seine zwölf Jahre, besaß die helle Haut seiner Mutter und – dachte Frevisse – ein sorgloseres, ruhigeres Naturell als sein älterer Bruder.

»Edward denkt eben, er wäre älter, als er ist«, erklärte er. »Vater muß ihn ständig daran erinnern, daß er erst fünfzehn ist. Uuch!«

Richard wirbelte herum und hechtete in die Schatten hinter sich. Es folgte ein kurzes Gerangel, und Magdalen hatte gerade erst die Tür erreicht, als Richard wieder auftauchte. Er zerrte einen viel kleineren Jungen am Kragen hinter sich her.

»Das ist Bartholomew«, sagte er angewidert zu Frevisse. »Er will Euch ebenfalls kennenlernen. Also hat er mich von hinten gehauen.« Jemand zerrte an der Rückseite seines Wamses. »Kate möchte Euch auch vorgestellt werden«, fügte er hinzu.

Als er seinen Bruder, der keinerlei Reue zeigte, bei der Tür absetzte, zwängte sich ein kleines Mädchen an ihm vorbei. Sie war ein wenig größer als ihr Bruder, aber ansonsten hätten sie Zwillinge sein können. Sie waren dunkelhaariger als ihre älteren Brüder und besaßen die klaren grauen Augen ihres Vaters und Magdalens. In ihnen leuchtete ein Schalk, der unter Frevisses kühlem Blick etwas verblaßte.

»Bartholomew. Kate.« Richard versetzte ihnen einen leichten Schlag auf den Kopf, während er ihre Namen sagte. »Sie machen nur Ärger. Bittet sie nicht herein.«

Frevisse konnte nicht besonders gut mit Kindern umgehen und hatte nicht vorgehabt, sie hereinzubitten. Sie machte einen weiteren leichten Knicks. Kate knickste ebenfalls, Bartholomew brachte eine scheue Verbeugung zustande, und dann kicherten beide. Frevisse wollte sie gerade fragen, wie alt sie seien, als die Stimme eines Mädchens hinter ihnen sagte: »Hier seid ihr also. Mutter sagt, ihr sollt kommen. Sie ist in der Stube.«

»Das ist meine andere Schwester, Katherine«, erklärte Richard. »Jetzt habt Ihr sie auch kennengelernt.«

Katherine Payne ähnelte ihrer Mutter tatsächlich, genau wie Magdalen gesagt hatte, bis hin zu ihrer Unsicherheit und scheuen Bereitschaft, zu gefallen. Sie und Frevisse knicksten, aber offensichtlich war das Mädchen hauptsächlich bestrebt, Kate und Bartholomew zur Mutter zu bringen und ihre Tante sowie ihren Gast in Frieden zu lassen. Mit Richards Hilfe ging der Rückzug einigermaßen reibungslos vonstatten, und Magdalen schloß die Tür hinter ihnen.

Sie hatte zu ihrer ruhigen Art zurückgefunden und lächelte Frevisse etwas kläglich an. »Schwester Emma muß sehr tief schlafen, wenn sie bei dem ganzen Aufruhr nicht aufgewacht ist.«

»Mistress Payne hat etwas Mohnsirup geschickt, damit sie schlafen kann.«

»Das ist sehr freundlich von Iseult. Sie gibt nur selten etwas davon ab. Ihren Mohnsirup bewahrt sie sich für den Fall auf, daß ihre Rückenschmerzen unerträglich werden. Obwohl ich noch nicht erlebt habe, daß sie dem Bedürfnis mehr als einmal im Jahr nachgibt. Ist das nicht sonderbar?« Magdalen hatte sich auf dem Erkersitz niedergelassen und nach ihrer Stickarbeit gegriffen. »Iseult scheint so zerbrechlich zu sein und so leicht zu führen, aber in Wahrheit ist sie keins von beidem. Sie führt ihren Haushalt sehr gut, und wenn ich so unter Rückenschmerzen leiden würde wie sie, hätte ich diesen Mohnsaft bei der ersten Gelegenheit bis auf den letzten Tropfen ausgetrunken.«

»Hatte sie einen schlimmen Sturz?« fragte Frevisse. Sie hätte lieber über das geredet, was zwischen Magdalen und Will Colfoot vorgefallen war, entschloß sich aber, Magdalen die Richtung des Gesprächs bestimmen zu lassen.

»Nein. Bei Kates Geburt ist etwas schiefgegangen. Iseult ist danach nie wieder ganz gesund gewesen.«

»Aber sie hat dann noch Bartholomew bekommen.«

Magdalen zuckte traurig die Achseln. »So was passiert«, sagte sie sanft. »Und er ist ein wunderbares Kind. Wenn man nicht den ganzen Tag mit ihm zusammen sein muß«, fügte sie lächelnd hinzu.

Sie plauderten weiter, über die Payne-Kinder, darüber, wie anders es hier war als in St. Frideswide und daß es nach Regen aussehe. Einfache Dinge, die kein tiefes Interesse erregten, aber die Zeit vergehen ließen. Frevisse bat um Näharbeiten, um ihre Hände zu beschäftigen. Bess kam zurück, aber Magdalen teilte ihr mit, sie würde bis zum Abendessen nicht gebraucht werden; Maud erschien überhaupt nicht. Einmal wurde irgendwo im Haus wieder mit Türen geknallt. Kurz versteifte Magdalen sich wieder, ohne aufzublicken. Sie saß wie erstarrt über ihrer Stickerei. Dann arbeitete sie weiter, als wäre nichts gewesen.

Abgesehen davon, daß sie ungewöhnlich oft zum Fenster hinaussah und offenbar nach etwas Ausschau hielt, wobei sie ihre Stickerei in den Schoß sinken ließ, schien sie ganz so zu sein wie vorher. Schließlich brachte Frevisse das Gespräch auf Meister Payne und stellte fest, daß Magdalen keinerlei

Vorbehalte hatte, von ihm zu sprechen. Offenkundig hatte sie tiefen Respekt vor ihrem Bruder.

»Aber er arbeitet so hart. All das haben wir ihm zu verdanken.« Sie machte eine Geste, die den Raum und das ganze Haus darum herum einschloß. »Unser Vater war ein freier Mann und auf seine Art recht erfolgreich. Er hatte fast fünfzig Morgen von Lord Lovel gepachtet. So hat Oliver angefangen, und jetzt verwaltet er den Besitz eines halben Dutzend Grundherren hier in der Gegend. Sie erwarten von ihm, daß er dafür sorgt, daß alles gut läuft und sie Gewinn machen, und er enttäuscht sie nicht. Kein einziger unter all den Leuten, die er beaufsichtigt, könnte eine berechtigte Klage gegen ihn vorbringen. Er ist allzuoft weg von zu Hause, und das macht Iseult traurig, aber sie versteht es.«

Wie war es dann dazu gekommen, daß Oliver Payne sich mit Nicholas eingelassen hatte? fragte Frevisse sich. Was für Geschäfte konnten sie miteinander machen? Aber das war eine Frage, die sie nicht stellen konnte. Statt dessen erkundigte sie sich: »Ist dieser Will Colfoot einer seiner Leute?«

»Will Colfoot –« begann Magdalen mit so viel Verachtung und Hohn in der Stimme, wie ihre sanfte Stimme zuwege bringen konnte. Aber sie unterbrach sich, sah wieder zum Fenster hinaus und fuhr ruhiger fort: »Er arbeitet für sich selbst und für niemand anderen. Er hat klein angefangen, aber jetzt besitzt er Land hier in der Gegend, so viel Land, daß er der Ansicht ist, er sei Oliver ebenbürtig. Nein, er findet, Oliver sei geringer als er. Colfoot ist der Ansicht, er sei besser als die meisten Leute und jedem ebenbürtig.«

»Kein sonderlich angenehmer Mann, stell' ich mir vor. Und Ihr habt nicht den Wunsch, ihn zu heiraten?«

Magdalen schüttelte den Kopf. »Er kauft Land von freien Bauern auf, die aufgeben müssen. Er ist ein grausamer Mann, er kauft Menschen, die in verzweifelter Not sind, ihr

Land sehr billig ab und brüstet sich dann überall mit seinen Taten. Er macht viel Geld und verwaltet seinen Besitz hervorragend, aber er ist – kein guter Mensch.«

Frevisse fragte sich, ob Magdalens Ehemann ein guter Mensch gewesen war. Und ob Magdalen soviel Wert auf Güte und Freundlichkeit bei einem Mann legte, weil er diese Qualitäten besessen hatte, oder gerade, weil er sie nicht besessen hatte.

»Er hofft, eines Tages Sheriff zu werden«, fuhr Magdalen fort. »Und vielleicht sogar Friedensrichter. Er strebt alles an, was ihm Macht und Einfluß gibt und die Leute mit seiner Großartigkeit beeindruckt. Er hat eine sehr hohe Meinung von sich.« Unerwartet lachte sie. »Gebt acht, denn wenn er erfährt, daß Ihr Meister Thomas Chaucers Nichte seid, werdet Ihr auf dieser Seite Eurer Klostermauern keine Ruhe mehr vor ihm haben. Er wird darangehen, Euch zu überreden, Eurem Onkel zu berichten, wie würdig und achtbar er doch ist.«

»Es ist wirklich traurig, aber mein Onkel hört in solchen weltlichen Angelegenheiten nie auf meinen Rat«, erwiderte Frevisse trocken. »Ich werde diesem Colfoot am besten aus dem Weg gehen, wenn ich kann. Vielleicht sollte ich mich mit Schwester Emmas Erkältung anstecken und ins Bett legen.«

Frevisse hatte sie nur aufgezogen, aber Magdalen antwortete ernsthaft: »Ja. Geht ihm aus dem Weg, wenn Ihr könnt.«

Es wurde behauptet, daß es in den längst vergangenen Anfängen der Welt eine Zeit gegeben hatte, in der die Menschen in drei Stände aufgeteilt gewesen waren. Jeder der Stände war in Frieden den gottgegebenen Aufgaben nachgegangen, für die er geboren worden war. Zum ersten Stand gehörten diejenigen, die ihr Leben dem Gebet geweiht hatten, zum Segen ihrer Mitmenschen und der ganzen Welt. Zum zweiten

Stand gehörten diejenigen, die kämpften, um die Frommen vor den Übeln der Welt zu beschützen. Der dritte Stand arbeitete auf den Feldern oder in einem Handwerk und ernährte jene, die für ihn beteten und jene, die für ihn kämpften.

Es war ein Zeichen für die Entartung der Welt, daß diese heilige Ordnung nicht länger galt. Irgendwie hatte sich ein vierter Stand in die Vollkommenheit dieser Dreiteilung gedrängt: Menschen, die weder etwas anbauten noch etwas herstellten, noch über das gewöhnliche Maß hinaus beteten, noch für irgend etwas kämpften, außer für ihren eigenen Gewinn. Sie kauften und verkauften, was sie weder angebaut noch hergestellt hatten, und Grundbesitz war für sie nicht etwas, das sich seit Generationen im Besitz einer Familie befand, sondern sie kauften und verkauften Land wie jede andere Ware, für nichts weiter als das Geld, das es einbrachte. Daß ihr Leben eine Verfälschung von Gottes Plan war, wurde deutlich durch die Verdorbenheit ihres Lebensstils.

Das jedenfalls wurde behauptet.

Im täglichen Leben war Frevisse noch niemandem begegnet, der ganz rein oder ganz verdorben gewesen war, ganz gleich, zu welchem der Stände er gehörte. Soweit sie feststellen konnte, war die Welt so weit von der heiligen Ordnung abgefallen, daß niemand mehr rein war. Man konnte bestenfalls darauf hoffen, daß das eigene Leben – wie auch immer es aussehen mochte – gottgefällig genug war, einen am Ende vor der ewigen Verdammnis zu retten.

Sie und ihr Onkel – der selbst zu dem neuen Stand gehörte – hatten diese Dinge bei Gelegenheit ausführlich diskutiert, weil sie ihn schließlich und endlich sehr direkt betrafen. Er hatte die unterschiedlichsten Einnahmequellen, war reich genug, um so zu leben, wie er wollte, und hatte so viel Macht, daß er sich weigern konnte, dem königlichen Rat beizutreten, wenn es ihm so gefiel. Er war weder Priester noch Ritter noch einfacher Arbeiter. Einmal hatte er gesagt: »Es muß irgendeinen Platz in Gottes Plan für mich geben, denn nichts ist zufällig, alles, was geschieht, geschieht nach Seinem Willen. Doch wenn es nach den Priestern geht, bin ich höchstwahrscheinlich verdammt, weil ich außerhalb der heiligen drei Stände lebe. Was hältst du davon?«

Wenn ihr Onkel Frevisse nach ihrer Meinung fragte, wollte er sie immer wirklich hören. Möglicherweise würde er mit ihr darüber streiten, aber er war stets bereit, ihre Gegenargumente anzuhören. Er hatte Frevisse dazu ermutigt, ihrem Verstand zu vertrauen und ihn kühn zu benutzen. Damals hatte sie geantwortet: »Ich denke, man kann sagen, daß keiner der drei Stände Gottes in unserer Zeit noch so rein ist, wie er geschaffen wurde. In jedem der Stände gibt es Menschen, die ein solches Leben auf Erden geführt haben, daß sie nicht in den Himmel kommen werden. Wenn ihnen also das Seelenheil nicht sicher ist, dürfte wohl auch denjenigen außerhalb von Gottes heiliger Ordnung die Verdammnis nicht sicher sein.«

Thomas Chaucer konnte herzlich lachen, wenn er wirklich amüsiert war, und damals hatte er gelacht, nach ihrer Hand gegriffen und sie gedrückt. »Du erfreust meinen Verstand ebensosehr, wie du meine Seele tröstest.«

Dieser Will Colfoot befand sich offensichtlich ebenfalls außerhalb der drei Stände; und nach der Art zu urteilen, wie jedermann – sie selbst eingeschlossen – auf ihn reagierte, gehörte er nicht zu denen, die gerettet werden würden.

Aber Gott sah mit anderen Augen als die Menschen, rief Frevisse sich in Erinnerung. Sie hatte kein Recht, ein Urteil darüber abzugeben, wer gerettet und wer verdammt sein würde. Diese Anmaßung brachte ihre eigene Seele in Gefahr. Im Bewußtsein, daß sie in letzter Zeit allzu viele Gottesdienste hatte ausfallen lassen, bekreuzigte sie sich, senkte den Kopf und bat kurz um Vergebung.

Magdalen, die aus dem Fenster blickte, bemerkte es nicht.

Der Diener Jack klopfte an die Tür und bat Magdalen, zu ihrem Bruder zu kommen. Sie preßte den Mund zusammen, legte mit einem leichten Seufzer ihre Stickarbeit aus der Hand und verließ schweigend den Raum. Frevisse fuhr fort, den Riß im Knie des Beinlings einer der Jungen zu flicken.

Früher als erwartet hörte sie Magdalens Schritte auf der Treppe. Frevisse blickte auf, als sie hereinkam, und dann erhob sie sich, so sehr erschreckte sie der Anblick von Magdalens weißem, angespannten Gesicht. Ohne Frevisse anzusehen, schloß Magdalen die Tür und lehnte sich mit dem Rükken dagegen, heftig atmend, den Mund zu einem harten Strich zusammengepreßt. Ihre Wangen waren blutleer, und die grauen Augen waren riesig und funkelten. Sie kochte vor Wut, aber da war auch ein Wirrwarr anderer Gefühle, Gefühle, die Frevisse nicht sofort lesen konnte – Furcht vielleicht, unter anderem.

Frevisse wartete, während Magdalen sichtlich versuchte, sich zu fassen. Sie richtete sich auf und sagte in fast normalem Ton: »Es scheint, daß Ihr mehr von meiner Gesellschaft haben werdet als geplant. Mein Bruder hat mich aufgefordert, vorläufig soweit wie möglich in meinem Zimmer zu bleiben.«

»Warum?« fragte Frevisse ungläubig. »Weil Ihr Colfoot nicht heiraten wollt?«

Magdalen stieß ein hartes, kurzes Lachen aus und ging zum Fenster. »Nein! Oh, nein. Diese Ehe will er auch nicht. Darin wird er mich unterstützen. Das muß er.« Sie rang die gefalteten Hände in dem Versuch, inneren Schmerz oder Zorn zu unterdrücken. »Nein. Er hat recht, soweit er es versteht. Aber das wird keine Rolle spielen.« Sie kniete sich auf den Erkersitz und starrte in den Obstgarten hinaus.

»Aber hat er vor, Euch gegen Euren Willen hier festzuhalten?« fragte Frevisse.

»Oliver? Nein, ganz bestimmt nicht.« Aber es klang nicht so, als wäre sie sich da völlig sicher. »Außerdem gibt das Gesetz ihm keine Gewalt über mich. Ich bin volljährig und verwitwet und habe eigenen Besitz. Ich kann tun, was ich will.« Der Zorn verrauchte; sie sank niedergeschlagen in sich zusammen und sagte kläglich: »Seine einzige Gewalt über mich liegt in unserer Zuneigung füreinander, und im Moment ist das schmerzlich genug. Ich bin nicht seine Gefangene, nein. Ich kann gehen. Wenn ich es will.«

Ihr Ton machte dem Gespräch ein Ende. Magdalen wollte keinen Trost, und sie wollte nicht über das reden, was vorgefallen war. Schweigend nahm sie das Sticken und das Warten am Fenster wieder auf. Denn das war es, was sie tat, entschied Frevisse. Magdalen wartete. Auf einen Mann? Auf einen Mann, den ihr Bruder entschieden ablehnte? Denn auf Will Colfoot wartete sie ganz bestimmt nicht.

Das Mittagessen wurde gebracht. Schwester Emma bekam eine Fleischbrühe, die Frevisse zum Warmhalten vors Feuer stellte. Als Schwester Emma aufwachte, schien sie sich nach dem Schlaf etwas besser zu fühlen, aber sie bekam immer noch kaum Luft, und der Mohnsaft hatte sie benommen gemacht. Sie aß nur so viel von der Brühe, wie Frevisse ihr einflößen konnte, und schlief wieder ein, als Frevisse keine Geduld mehr für beharrliches Zureden hatte.

Nach dem Mittagessen kam Mistress Payne mit ihrer Tochter Katherine zu ihnen, als Frevisse gerade die Gebete der Non beendet hatte. Die Ähnlichkeit zwischen Mutter und Tochter war jetzt noch auffallender, wo Katherine ohne eine Spur kindlicher Rastlosigkeit sittsam an ihrer Stickerei arbeitete – eine Kissenhülle mit kompliziertem Muster, die sie mit sorgfältigen Stichen und großer Geduld in Angriff nahm, während die erwachsenen Frauen sich über ihren Kopf hinweg miteinander unterhielten.

Nicht, daß das Gespräch sehr interessant gewesen wäre. Magdalens Zimmerarrest wurde nicht erwähnt, Meister Payne oder Colfoot ebenfalls nicht. Sie redeten von Haushaltsangelegenheiten – Edward war für den Winter mit genug Hemden ausgestattet, aber Kates Kleider waren schon wieder zu kurz, und der Saum konnte nicht mehr ausgelassen werden. Und was für einen Sinn hatte es überhaupt, Bartholomew Beinlinge anzuziehen, wenn er sie mit seinen wilden Spielen doch ständig zerriß.

Sie waren gerade zu der Frage übergegangen, ob der Sommer wohl ebenso kalt und naß werden würde wie der Mai, und was dann wohl aus der Ernte werden würde, als Schritte, so schwer, daß sie von keinem der Kinder stammen konnten, und so sicher, daß es sich um keinen der Dienstboten handeln konnte, durch die Diele kamen und vor Magdalens Tür anhielten, und sie hörten ein lautstarkes, hastiges Klopfen. Die drei Frauen und Katherine blickten alarmiert auf.

»Herein«, sagte Magdalen und erhob sich, aber sie war kaum aufgestanden, als ihr Bruder auch schon im Zimmer stand.

Ohne Gruß sagte er: »Colfoot ist tot aufgefunden worden. Auf der Straße, kaum eine Meile von hier.«

KAPITEL 11

Oliver musterte die Gesichter der Frauen mit einem scharfen Blick, während er sprach. »Gott sei ihm gnädig!« rief Mistress Payne aus. Einmütig bekreuzigten sie und Frevisse sich, und die kleine Katherine folgte ihrem Beispiel mit einer winzigen Verzögerung. Magdalen und ihr Bruder wechselten einen langen Blick, aus dem Frevisse nicht recht klug wurde. Magdalen war die letzte, die sich bekreuzigte, und sie tat es am langsamsten. Ihre Hände zeichneten das Kreuz, als wüßte sie kaum, was sie tat.

»Wie ist das passiert?« fragte Mistress Payne. »Wer hat ihn gefunden? Wo haben sie ihn hingebracht?«

»Adam kam gerade von der großen Wiese zurück und ist auf der Straße über ihn gestolpert. Für jede Hilfe war es zu spät, und Adam ist mit der Neuigkeit zu mir gekommen. Sie holen gerade ein Gatter, damit wir ihn herbringen können.

Ich gehe mit ihnen, damit ich vor dem Sheriff meine Zeugenaussage machen kann, wenn er kommt.«

Mistress Payne hastete zur Tür. »Ich muß dafür sorgen, daß alles bereit ist. Wo werden sie ihn hinbringen?«

»In die Futterkammer neben dem Stall«, antwortete Meister Payne und sah Magdalen an.

Und fast, als würde er die Worte aus ihr hinauszwingen, fragte sie so leise, daß ihre Stimme kaum zu hören war: »Wie ist er gestorben?«

»Er ist erstochen worden. Direkt ins Herz.« Er ignorierte den schmerzlichen Ausruf seiner Frau. »Jedenfalls muß er innerhalb von Minuten tot gewesen sein. Es war nicht viel Blut zu sehen, hat Adam gesagt.«

Mistress Payne gab einen gequälten Laut von sich, griff sich Katherine und verließ den Raum. Ihr Mann folgte ihr nach einem kurzen Moment, in dem er seine Schwester durchdringend angesehen hatte. Dann drehte er sich auf dem Absatz um und ging.

Magdalen sank auf dem Erkersitz nieder. Frevisse ging zu ihr und legte ihr die Hand auf die Schulter. »Was ist los?«

Magdalen wollte sprechen, unterbrach sich, setzte noch einmal an und schüttelte den Kopf, wie um das zurückzuhalten, was sie hatte sagen wollen. Schließlich brachte sie ein paar Worte heraus. »Nichts. Er war am Leben, und jetzt ist er tot, ganz plötzlich.«

Das erklärte nicht, was zwischen ihr und ihrem Bruder gewesen war. Aber Frevisse konnte Magdalen nicht zwingen, sie ins Vertrauen zu ziehen. Sie ließ die Sache fallen und wandte sich statt dessen der praktischen Seite der Angelegenheit zu.

»Sie werden nach dem Crowner schicken müssen«, sagte sie. »Und nach dem Sheriff, bei so einer Sache.«

Magdalen zog sich dankbar in den Schutz dieses unverfänglichen Themas zurück. »Gewiß. Mein Bruder wird wissen, was zu tun ist. Er wird sich um alles kümmern.« Ihre Stimme versagte. Bevor sie den Kopf senkte, sah Frevisse Tränen in ihren Augen glitzern. Sicher weinte sie nicht um Colfoot. Mit gesenktem Kopf fragte Magdalen: »Würdet Ihr mir einen Gefallen tun, Schwester Frevisse? Einen kleinen Gefallen?«

»Ich schulde Euch mehrere große Gefallen, sowohl um meinetwillen als auch um Schwester Emmas willen«, erklärte Frevisse bereitwillig. »Was kann ich für Euch tun?«

»Speist heute abend unten mit der Familie und erzählt mir später alles, was gesagt wurde. Über Will Colfoot und ... alles andere.«

Es fiel Frevisse nicht schwer, das zu versprechen. Sie gestand sich selbst gegenüber ein, daß sie es nicht nur tun wollte, um Magdalen einen Gefallen zu tun: Ihre Neugier gehörte zu den weltlichen Dingen, die sie in ihrem Leben im Kloster noch nicht ausreichend gezügelt hatte.

Unmittelbar darauf kehrten Bess und Maud zurück. Bess wurde prompt losgeschickt, um bekanntzugeben, daß Schwester Frevisse heute mit der Familie zu Abend essen würde, aber Maud blieb da. Sie war ganz erfüllt von dem wenigen, was von der Sache bekannt war, und beleuchtete es eifrig redend von allen Seiten und walzte es so lange wie möglich aus. Als Bess zurückkehrte, fingen die beiden noch mal von vorne an. Magdalen machte keinen Versuch, ihre Zofen zu zügeln; ihr Geplauder ließ die Zeit vergehen, und ihr eigenes Schweigen fiel nicht so auf. Schließlich gingen sie, um Magdalens Nachtmahl zu holen. Als Frevisse mit ihnen das Gemach verließ, hörte sie hinter sich Schwester Emmas quengelige Stimme, die schläfrig fragte, warum denn alle soviel reden würden. Frevisse kehrte nicht um.

Unten in der Vorhalle gingen die beiden Frauen in die Küche, und Frevisse begab sich in den Wohnsaal. Die Bediensteten hatten die auf Böcke gelegten Speisetafeln hervorgeholt und U-förmig aufgebaut, das offene Ende zur Küche hin, um das Auftragen der Speisen zu erleichtern.

Meister Payne war zurückgekehrt, Colfoots Leiche mußte also jetzt im Stall liegen. Er sah Frevisse, als sie den Wohnsaal betrat, kam auf sie zu und führte sie zum Kopfende der Tafel, wo Mistress Payne und Sir Perys bereits ihre Plätze eingenommen hatten. Rechts neben Mistress Payne war ein freier Platz, wahrscheinlich Magdalens; heute abend würde Frevisse dort sitzen. Meister Payne führte sie zu ihrem Stuhl; mit einem leisen Dank setzte sie sich und wusch ihre Hände in dem Becken mit warmem Wasser, das Edward ihr hinhielt.

Er und Richard würden als Söhne des Hauses ihre Eltern und alle, die am Kopfende der Tafel saßen, bedienen. Es war ein schöner, eleganter Brauch, und Edward erfüllte seine Aufgabe voller Anmut. Aber als Frevisse, um Konversation zu machen, leichthin sagte: »Wenn Reinlichkeit gleich nach der Frömmigkeit kommt, kann Waschen dann nicht als eine Form des Gebets betrachtet werden?«, kam nicht die schlagfertige gelehrte Antwort, die sie erwartet hatte. Er hob den Kopf, als hätte er vergessen, was er tat, bis sie ihn angesprochen hatte. Mitleidig wurde Frevisse klar, daß er mit seinem Vater gegangen sein mußte, um Colfoots Leiche zu holen, und daß er zum ersten Mal in seinem Leben mit einem gewaltsamen Tod konfrontiert worden war.

»J-ja«, stammelte er. Ganz offensichtlich wußte er nicht, auf was für eine Bemerkung er antwortete. »Wahrscheinlich.«

Frevisse lächelte ihn tröstend an, während sie ihre Hände an dem Handtuch abtrocknete, das über seinem Arm hing.

Die drei kleineren Kinder saßen mit zwei Dienstmägden weiter unten am Tisch. An einem gewöhnlichen Abend hätten Magdalens Kammerfrauen sich zweifellos zu ihnen gesetzt, aber heute würden sie mit ihrer Herrin auf ihrem Zimmer speisen. Drei Dienstmänner saßen auf der linken Seite des Tisches. Es mußte noch einen Koch und zumindest eine Küchenhilfe geben, aber ansonsten war der gesamte Haushalt anwesend. Frevisse bemerkte anerkennend, daß die Paynes eine vernünftige Anzahl von Dienstleuten beschäftigten: ausreichend für ihre Bedürfnisse, aber nicht übermäßig viele, und alle waren gepflegt und wußten sich zu benehmen. Selbst die Kinder Kate und Bartholomew verhielten sich unter den Augen ihres Vaters ruhig und sittsam.

Alle erhoben sich, als Sir Perys das Tischgebet sprach. In trockenem, schnellen Ton sagte er kurz die notwendigen Formeln her, und alles setzte sich wieder hin und machte sich ans Essen.

Unweigerlich drehte sich die Unterhaltung schon beim ersten Gang um Colfoots Tod. Frevisse gab sich damit zufrieden zuzuhören, während sie aß. Der Salat aus Blattgemüse aus dem Garten war hervorragend, raffiniert gemischt und angemacht. Die Soße für das Fleisch war etwas dünn; Mistress Payne, die sich dessen bewußt war, murmelte Frevisse zu, während das Gespräch zwischen den Tischen munter dahinplätscherte: »Das Mehl geht uns langsam aus, wißt Ihr, und im ganzen Umkreis gibt es keins mehr zu kaufen. Wir hoffen, welches aus London zu bekommen, aber unser Mann ist noch nicht zurückgekehrt. Und selbst wenn – der Preis – nach der Mißernte letztes Jahr …«

Frevisse, die sehr gut wußte, wie knapp jedermanns Vorräte nach der Ernte des letzten Jahres waren, und die auch daran dachte, wie selten sie in St. Frideswide zwischen den großen Festtagen Fleisch bekamen, nickte. »Es ist trotzdem köstlich. Und unsere Köchin würde sicher liebend gern von

Eurem Koch erfahren, wie er den Salat angemacht hat. Er ist ganz hervorragend.«

Mistress Paynes Gesicht lief vor Freude zartrosa an. Ihre sanfte Natur schien selbst auf das bescheidenste Kompliment anzusprechen.

Aber es waren der Mord und Colfoot, was Frevisse am meisten interessierte. Der allgemeinen Unterhaltung war klar zu entnehmen, daß der Mann nicht beliebt gewesen war.

»Viele Männer haben ihn gehaßt, so wie er sich aufgeführt hat«, sagte einer der Dienstleute. »Ein Wunder, daß ihn nicht schon längst einer abgemurkst hat.«

»Und er ist seiner Art bis zum Ende treu geblieben«, warf eine der Frauen ein. »Es heißt, er hat letzte Nacht im Dorf eine Frau zusammengeschlagen. Die, die in der Schenke arbeitet.«

Der Mann namens Jack gab ein Geräusch von sich, das der Anfang eines derben Kommentars war, aber Mistress Paynes Blick ließ ihn verstummen. Ein anderer der Dienstmänner sagte: »Und gestern ist er ausgeraubt und sein Bedienter verletzt worden, gleich hinter dem Dorf.«

»Vor oder nachdem er diese Frau zusammengeschlagen hat?« fragte Frevisse.

»Du, Adam, du hast es uns erzählt«, sagte eine der Frauen. »War es vorher oder nachher?«

Adam, der ganz auf sein Essen konzentriert gewesen war, riß sich davon los und blickte sich um, als würde die Antwort neben ihm in der Luft hängen. »Vorher.« Sein grobes Gesicht zeigte jetzt Gewißheit. »Ja. Vorher. Er war in der Schenke …«

»Das war fast das ganze Dorf«, bemerkte Jack. »Wegen dem Regen.«

»Er war in der Schenke«, wiederholte Adam. Er hatte nicht vor, sich ablenken zulassen. »Und er und sein Dienstmann hatten die Schenke verlassen und waren erst kurz hinter dem Dorf, als sie überfallen wurden.«

»Von hinten«, sagte der dritte Dienstmann. »Colfoot hat nicht gesehen, wer es war.«

»Er hat ihn nur kurz von hinten gesehen, als er zwischen den Bäumen verschwand«, stimmte Adam zu. »Aber er muß einen Verdacht gehabt haben. Und dann, nachdem er seinen Dienstmann ins Dorf zurückgebracht hatte, damit der Hilfe bekam, und ihn bei der Witwe gelassen hatte, die ihn pflegen sollte, hat er sich Beatrice vorgeknöpft.«

»Colfoot hat Beatrice zusammengeschlagen?« rief Jack aus. »Aber doch sicher nicht gleich. Doch sicher erst später, als alle anderen nach Hause gegangen waren.«

»Ja, als keiner mehr da war, der ihr helfen konnte«, sagte Adam bitter. »Als er wußte, daß wahrscheinlich niemand mehr da sein würde außer ihr und der alten Nan. Und wenn doch jemand dagewesen wär, hätt' der die Tür verriegelt, also brauchte er sich keine Gedanken darüber zu machen, daß ihn jemand sehen könnte. Er mußte einfach nur abwarten, bis alle weg waren.«

Als er den Ausdruck auf ihren Gesichtern sah, wurde ihm verspätet klar, daß seine Worte eine ziemlich intime Kenntnis von Beatrices Gewohnheiten verrieten. Er interessierte sich plötzlich sehr für das, was auf seinem Teller lag.

»Er hat sie fast zu Tode geprügelt, sagt man«, meinte eine der Frauen. »Sie sagen, ihr Gesicht –«

»Lovie.« Mistress Paynes Ton klang eher fragend als befehlend, aber sie warf einen bedeutungsvollen Blick auf die Kinder, die interessiert lauschten. Lovie sprach den Satz nicht zu Ende.

Frevisse, die ihren eigenen Grund dafür hatte, fragte: »Colfoot war nicht bekannt dafür, Frauen zu schlagen, oder?«

Alle stimmten zu; er mißhandelte die Börsen und die Hoffnungen der Leute, nicht ihre Leiber.

»Und sie war keine – enge Freundin?« fragte Frevisse weiter. »Er war nicht etwa eifersüchtig oder so etwas?«

»Oh, nein.« Adam war sich da ganz sicher. »Nichts in der Richtung, garantiert nicht.«

»Dann muß er gedacht haben, daß sie etwas über den Raubüberfall wußte.« Meister Payne sprach den Gedanken aus, der Frevisse ebenfalls gekommen war. »Und er hat sie zusammengeschlagen, damit sie es ihm erzählt.«

Erfreut über diese gute Gelegenheit erkundigte sich Frevisse: »Hat er etwas davon erwähnt, als er Euch heute morgen besuchen kam?«

»Von der Frau hat er nichts gesagt, er hat nur berichtet, er sei überfallen worden, und sein Dienstmann sei verletzt. Er haßte es, wenn irgend etwas beschädigt wurde, das ihm gehörte, und noch mehr haßte er es, etwas zu verlieren, insbesondere Geld. Er ist zu mir gekommen, weil er, wie er sagte, jetzt genau wüßte, daß es Geächtete hier in der Gegend gäbe, eine ganze Bande. Er wollte, daß ich mit ihm zum Sheriff ging und verlangte, daß er gegen sie vorgeht.«

Er gab sich große Mühe, Frevisse dabei nicht anzusehen. In ebenso neutralem Tonfall fragte Frevisse: »Was habt Ihr geantwortet?«

»Daß ich nie Ärger gehabt und nie von irgendwelchem Ärger in der Umgebung gehört hätte. Ich sagte, es wäre sicher ein Einzelfall gewesen, und sicher müsse der Sheriff informiert werden, aber ein Feldzug gegen Geächtete, von denen wir noch nicht einmal wüßten, ob sie existierten, erschiene mir zum gegenwärtigen Zeitpunkt übertrieben.«

»Und was hat er geantwortet?«

»Ich sei ein kurzsichtiger Narr, und es wäre wirklich ein Wunder, daß es Leute gäbe, die mir ihren Besitz anvertrauten.« Meister Paynes Lächeln war leicht bitter. »Er war ebenso jähzornig wie arrogant. Wahrscheinlich war es das, was ihn dazu brachte, diese Frau zusammenzuschlagen, wenn er annahm, sie wüßte etwas.«

»Vielleicht hat diese Beatrice ihn umgebracht«, brachte Mistress Payne vor. »Oder jemand, der deswegen wütend auf ihn war. Wenn er sie so schwer verletzt hat, meine ich.«

»Sie kann nicht aufstehen«, sagte Adam.

Lovie warf ein: »Es heißt, ihr Gesicht ist ruiniert.«

»Aber dann könnte jemand Colfoot getötet haben, um sie zu rächen«, schlug Frevisse vor.

»Wer würde schon eine Hure rächen?« höhnte der dritte Dienstmann. »Sie ist niemandes Freundin.«

»Vielleicht dieser Wildhüter«, erklärte Jack.

Frevisse erkannte, daß Meister Payne plötzlich ganz angespannte Aufmerksamkeit war. Adam meldete sich zu Wort. »Der würde seinen Hals nicht für sie riskieren. Man muß schon ein Volltrottel sein, um das zu denken.«

»Ich hab' überhaupt nicht gesagt, daß ich das denke«, protestierte Jack.

Der dritte Mann warf ein: »Aber seht mal, das Ganze macht doch eine Art von Sinn. Warum ist Colfoot hinter ihr her gewesen? Weil er dachte, sie weiß, wer ihn überfallen hat. Das muß der Grund sein. Wir wissen nicht, was Colfoot wußte, aber nehmen wir mal an, ihr Alter hat ihn überfallen und Colfoot kriegt das raus und rächt sich an ihr, weil er an den alten Nick nicht rankommt.«

»Und als der alte Nick das rauskriegt, erledigt er ihn«, stimmte Jack ihm zu. »Das wär' möglich.«

Frevisse befürchtete plötzlich, daß sie wußte, wer der Wildhüter war; es war unwahrscheinlich, daß hier zwei Wildhüter mit dem gleichen Namen herumliefen.

Meister Payne warf ein: »Oder vielleicht hatte Colfoot einfach Pech und ist noch einmal überfallen worden. Und diesmal hatte er Zeit, sich zu wehren, und ist gestorben. Das wäre die einfachste Erklärung.«

Es folgte ein allgemeines Nicken. Es wäre einfacher, wenn der Täter ein Fremder war, jemand, der längst wieder verschwunden war. Aber das war nicht sehr wahrscheinlich, und alle wußten das.

»Aber er hat nicht mal sein Pferd genommen. Das stand keine fünfzig Yards entfernt neben der Straße und graste«, wandte Jack ein.

»Ein schlechter Dieb also, der nicht mal das Pferd mitnimmt«, sagte der dritte Diener grinsend.

»Oder einer, der weiß, daß Pferde leichter wiederzuerkennen sind als Münzen und das Risiko nicht eingehen wollte, nicht, nachdem er den Mann umgebracht hatte«, sagte Adam nachdenklich.

»Und vielleicht war Mord das, was er die ganze Zeit vorgehabt hat, und das Pferd und das Geld wollte er gar nicht«, überlegte Jack.

»Fast jeder hat Colfoot so sehr gehaßt, daß das gut möglich ist«, sagte Lovie.

Frevisse fiel auf, daß jetzt, wo Colfoot tot war, in der Vergangenheitsform von dem Haß gegen ihn gesprochen wurde, als würde der Haß aufhören, sobald der Mann tot war. Ihr kam der Gedanke, daß die Liebe mit dem Tod nicht aufhörte; für den Haß galt sicherlich dasselbe. Aber vielleicht galt es nicht als höflich, das zu sagen. Oder es galt als gefährlicher; schließlich könnte ja ein rachsüchtiger Geist in der Nähe herumschweben.

»So verhaßt war er nicht, daß ihn jemand umgebracht hätte«, sagte die zweite Dienstmagd.

»Na ja, er ist tot, oder? Und er ist nicht in sein eigenes Schwert gefallen. An dem war kein Blut.«

»Aber hatte er es gezogen?« fragte Frevisse.

»Oh, er hatte es gezogen, klar. Es lag neben ihm auf der Straße«, erinnerte sich Adam. »Sie haben nicht mal das mitgenommen.«

»Sie?« Frevisse sah Meister Payne an. »Wurde er denn von mehreren angegriffen?«

Unten am Tisch murmelte einer der Männer: »Gut möglich. Gab Leute genug, die seinen Tod wollten.«

Aber Meister Payne erwiderte: »Das ist schwer zu sagen. Die Straße ist so aufgeweicht, daß ein Pferd bis zu den Fesseln im Schlamm versinkt, und sie wird viel benutzt. Die Stelle, wo wir ihn gefunden haben, ist ein einziger Sumpf. Es ist unmöglich, anhand der Spuren festzustellen, wie viele es gewesen sein mögen.«

»Aber es ist trotzdem wahrscheinlich, daß es jemand aus der Gegend war«, sagte Lovie. Offensichtlich gefiel ihr der Gedanke, daß sich ein Mörder in der Nähe aufhielt. »Seit einer Woche oder mehr sind hier oder im Dorf keine Fremden gesehen worden. Jedenfalls habe ich nichts gehört.«

Frevisse zählte für Lovie offenbar nicht zu den Fremden. Sie war eine Nonne, alle wußten, wer sie war und wo sie herkam, und es war unwahrscheinlich, daß sie rausging und irgendwelche Männer auf der Straße ermordete. Aber es würde Lovie freuen, wenn sie hörte, daß irgendwelche anderen Fremden gesichtet worden waren. Ein Jammer, daß ihr da niemand helfen konnte, dachte Frevisse sarkastisch und beugte sich etwas zur Seite, damit Edward den letzten Gang vor ihr abstellen konnte: in Scheiben geschnittene Äpfel, die mit Zimt und Zucker in Milch gedünstet worden waren. Ein erfreulicher Abschluß eines gut zubereiteten Essens, das Frevisse nicht gebührend gewürdigt hatte.

Einen Moment lang dachte sie mehr ans Essen als an den Mord. Dann sagte Meister Payne, langsam wie jemand, dem plötzlich etwas klar wird: »Doch, es war heute ein Fremder hier. Im Obstgarten. Und Colfoot hat ihn gesehen.«

Alle lauschten wie gebannt. Sie sahen ihn an, und Meister Payne, der die leere Luft hinten im Wohnsaal anstarrte, als würden seine Gedanken daher kommen, fuhr fort. »Meine Schwester ist heute morgen allein im Obstgarten spazierengegangen. Ein Mann, ein abgerissen aussehender Fremder, kam aus den Wäldern auf der anderen Seite des Flusses und hat sie angesprochen.«

Mistress Payne schnappte nach Luft. Meister Payne legte beruhigend seine Hand auf die ihre. »Es ist nichts passiert. Er hat ihr nichts Böses angetan. Er war nur unhöflich. Er war so unverschämt, ihr ein Gespräch aufzuzwingen. Möglich, daß doch noch etwas geschehen wäre, aber Colfoot kam zufällig dazu. Er hat sich auf die Suche nach ihr gemacht, nachdem er sich von mir verabschiedet hatte.«

Lovie warf ein: »Es stimmt, er hat mich gefragt, wo sie wär' und ich hab' ihm gesagt –«

Ein Blick von Meister Payne brachte sie zum Schweigen. Im selben bedächtigen Tonfall wie zuvor sagte er: »Colfoot sah, daß der Mann dort nichts zu suchen hatte und Mistress Dow Angst einjagte. Er vertrieb den Mann, und ich bezweifle, daß er sehr höflich dabei vorgegangen ist. Der Bursche muß ihm später aufgelauert und ihn umgebracht haben.«

»Die arme Magdalen!« rief Mistress Payne aus. »Wie verstört sie gewesen sein muß! Kein Wunder, daß sie lieber in ihrem Zimmer bleibt. Sie hat es so gut verborgen, als ich bei ihr war. Armer Schatz. Der Mann muß ihr schreckliche Angst eingejagt haben.«

Frevisse versuchte, ein ausdrucksloses Gesicht zu machen. Welche Gefühle auch immer es gewesen sein mochten, die Magdalen an diesem Nachmittag durchlitten hatte, panische Angst hatte nicht dazugehört. Und außer Will Colfoot hatte sie keinen Mann erwähnt. Wer immer der Mann sein mochte, der, wie Meister Payne behauptete, im Obstgarten gewesen war, für Magdalen war er kein Fremder gewesen. Wenn er überhaupt existierte. Warum sonst sollte sie am Fenster sitzen und nach ihm Ausschau halten?

Dann kam ihr ein ganz anderer Gedanke. Wo war Nicholas hingegangen, als er heute morgen Meister Paynes Arbeitszimmer verlassen hatte? In den Obstgarten, um sich mit Magdalen zu treffen? War er von Colfoot überrascht worden, der ihn erkannte, ins Haus zurückkehrte und Meister Payne mitteilte, daß seine Schwester sich mit einem Geächteten traf?

Das würde sicherlich Magdalens Anspannung und die sorgsame Wortwahl ihres Bruders hier am Tisch erklären.

Erklärte es auch Will Colfoots Tod? Nicholas konnte sich darauf verlassen, daß Oliver Payne den Mund hielt, aber Colfoot würde nicht schweigen. Oder war Meister Payne so verzweifelt bestrebt, seine Verbindung zu Nicholas geheimzuhalten, daß er selbst Colfoot umgebracht hatte?

Die Familie diskutierte über Meister Paynes Theorie. Der Stoff reichte bis zum Ende des Mahles, und niemandem fiel auf, daß Frevisse sich nicht länger an der Unterhaltung beteiligte.

Aber ihr fiel auf, daß Mistress Payne ebenfalls schweigsam war, und sie vermutete, daß ihre Gastgeberin erleichtert war, als Frevisse ihr Angebot ablehnte, den Abend im Kreis der Familie zu verbringen. Sie entschuldigte sich damit, daß sie Schwester Emma nicht so lange alleinlassen und der Obhut einer anderen anvertrauen sollte. Frevisse wusch sich die Hände in dem Becken, das Edward ihr reichte. Er war immer noch schweigsam und hielt den Blick gesenkt. Selbst bei Richard war heute abend keine Spur eines Lächelns zu sehen. Egal, wie verhaßt Colfoot gewesen sein mochte, er war jemand, den sie gekannt hatten und der in unmittelbarer Nähe eines gewaltsamen Todes gestorben war. Und seine Leiche lag im Stall auf der anderen Seite des Hofes, und es war unvermeidlich, daß sie an ihn dachten.

Dankbar, entkommen zu können, ging sie nach oben.

Als sie vor Magdalens Tür stand, hörte sie Schwester Emmas Stimme. Sie klang belegt und etwas heiser, aber durchaus entschlossen.

»Ich bin ganz sicher, daß Salbei gut gegen Schleim im Hals ist. Und bittere Minze ist gut gegen Husten. Ich bin sicher, das ist es, was Schwester Claire immer empfiehlt. Nicht Haselnuß. Und Schwester Claire hat ein großes Wissen. Sie besitzt Bücher über diese Dinge. Seit Jahren behandelt sie in St. Frideswide die Kranken. Stimmt das nicht, Schwester Frevisse? Hat Schwester Claire uns nicht im letzten Winter, als wir diese fürchterliche Grippe hatten, alle mit Salbei und bitterer Minze behandelt?«

Da sie sich die Nase putzen mußte, legte sie eine Pause ein, und Frevisse sagte schnell, solange sie die Gelegenheit hatte: »Schwester Claire hat Salbei und bittere Minze genommen, ja. Und sie hätte auch Haselnüsse genommen, aber der Herbst war so naß, daß die Nüsse verrottet sind, bevor sie reif werden konnten.«

»Der Herr gibt und der Herr nimmt«, sagte Schwester Emma weise. »Also Salbei und bittere Minze ist am besten«, fügte sie an Magdalen gewandt hinzu, die neben ihrem Bett stand. »Aber ich werde das hier trinken, wenn das alles ist, was Ihr habt.« Magdalen gab ihr ihre Arznei. Schwester Emma trank und sank dann mit einem schmerzvollen Atemzug, der in einem Hustenanfall endete, tiefer in ihre Kissen zurück. »Es geht mir viel besser«, versicherte sie dem Raum im allgemeinen. »Ich wirke bloß noch nicht so.«

Magdalen überließ es Maud, die Decken hochzuziehen und Schwester Emma, die unermüdlich weiterredete, fest einzupacken. Magdalen ging zu Frevisse hinüber, die am anderen Ende des Raums stehengeblieben war.

»Geht es ihr wirklich besser?« fragte Frevisse.

»Ja. Der Schleim löst sich, und der Husten ist nicht schlimmer geworden. Aber sie hört nicht auf zu plappern, und so kann sie natürlich nicht schlafen.«

»Dann geht es ihr besser«, sagte Frevisse.

Magdalen schien ihre Patientin zu vergessen. In der, wenn auch geringen Ungestörtheit, die die Entfernung ihnen bot, fragte sie: »Wie war es beim Nachtmahl? Was ist gesagt worden?«

Mit großer Sorgfalt erzählte Frevisse ihr alles, selbst den Klatsch über Beatrice und den »alten Nick«. Sie versuchte, die richtige Reihenfolge einzuhalten und achtete die ganze Zeit auf Magdalens Reaktion. Aber Magdalen, die angespannt lauschte, zuckte nicht mit der Wimper, bis Frevisse ihr zum Schluß die Geschichte ihres Bruders von dem Fremden, der sie im Obstgarten angesprochen hatte, erzählte. Da runzelte sie leicht die Stirn. Frevisse hielt inne und fragte dann: »War es denn ein Fremder? Oder kennt Ihr ihn?«

Magdalen zögerte einen verräterischen Augenblick lang und schüttelte dann den Kopf. Das verriet Frevisse nicht, welche Frage sie damit beantwortet oder ob es überhaupt eine Antwort war. Frevisse wartete, aber Magdalen schwieg beharrlich, bis Frevisse weitererzählte. Sie zeigte keine weitere Gemütsregung, bis Frevisse mit dem Satz endete: »Also waren sich alle einig, daß dieser Bursche, den Colfoot verjagt hat, ihm aufgelauert und ihn umgebracht haben muß.«

Da riß Magdalen den Kopf hoch, als wäre sie mit einer Peitsche geschlagen worden, und schrie, ganz offen rasend vor Wut: »Nein! So ist es nicht gewesen! Ich werde nicht zulassen, daß Oliver das tut!« Und bevor Maud und Bess vom anderen Ende des Raums herbeigestürzt waren oder Frevisse sie aufhalten konnte, war sie hinausgerannt, ohne die Tür hinter sich zu schließen.

Kapitel 12

»Was ist denn jetzt passiert?« erkundigte sich Schwester Emma vom Bett her. »Schwester Frevisse, was habt Ihr Euch dabei gedacht? Ihr habt sie aufgeregt. Nur wenn Vorsicht übt der Gast, fällt er dem Hausherrn nicht zur Last.«

Nichts konnte Schwester Emma davon abhalten, kluge Sprichwörter von sich zu geben. Abgelenkt ging Frevisse zu ihr und beruhigte sie mit der Versicherung, eine Familienangelegenheit hätte Mistress Dow so aus der Fassung gebracht, nicht etwas, das sie, Frevisse, getan hatte.

»Das will ich auch nicht hoffen!« erklärte Schwester Emma. »Ich mag gar nicht darüber nachdenken, was die Ehrwürdige Mutter zu all dem sagen wird, und wir wollen doch nicht alles noch schlimmer machen, indem wir dieser Familie Unannehmlichkeiten bereiten.« Frevisses Gewissen regte sich, als ihr klar wurde, daß sie ihren zweiten Brief nie geschrieben hatte. Schwester Emma plapperte weiter. »Sie haben ein schönes Haus, nach dem wenigen zu urteilen, an das ich mich erinnere. Dieses Gemach ist auch schön, und ich nehme an, es ist nicht das beste, das sie haben.« Maud und Bess, die wahrscheinlich froh waren, ihren Pflichten und Schwester Emma für eine Weile entronnen zu sein, befanden sich am anderen Ende des Raumes. Schwester Emma senkte die Stimme zu einem Flüstern. »Wer sind diese Leute, bei denen wir zu Besuch sind?«

Ebenfalls mit leiser Stimme antwortete Frevisse: »Nicholas hat uns hierher gebracht. Ihr erinnert Euch. Meister Payne ist ein Geschäftspartner von ihm, und er hat Nicholas den Gefallen getan, uns aufzunehmen. Meister Payne und seine Familie sind sehr freundlich zu uns gewesen. Mistress Dow ist seine verwitwete Schwester.«

»Sie haben zweifellos allen Komfort, den sie sich nur wünschen können. Wer ist dieser Meister Payne?«

Die Antwort auf diese Frage füllte die kurze Zeit aus, die noch blieb, bis die Dunkelheit völlig hereingebrochen war und Magdalen zurückkehrte. Frevisse versuchte, Schwester Emma nur soviel zu erzählen, daß ihre Neugier befriedigt wurde, ohne neue Fragen aufzuwerfen. Ganz bewußt sagte sie nichts von dem Mord, und wie es sich traf, ermüdete Schwester Emma leicht. Nach einigen Ausrufen über den Zustand der Welt – ein bloßer Landverwalter konnte aufsteigen und leben wie ein Ritter, ja besser, ihr eigener Bruder lebte kaum derart komfortabel, wo sollte das denn noch hinführen? – wurde sie schläfrig. Als Magdalen zurückkehrte, war Schwester Emma eingeschlafen.

Es war deutlich erkennbar, daß Magdalen in keiner besseren Stimmung war als vorhin. Auf ihre knappen Befehle hin holten ihre Mägde die Rollbetten unter dem großen Bett hervor und bereiteten erst das Gemach und dann Magdalen und sich selbst zum Zubettgehen vor. Magdalen ging währenddessen unruhig auf und ab. Sie blieb gerade lange genug stehen, um sich ausziehen und in ihr Nachtgewand hüllen zu lassen, und jede Hilfe beim Kämmen oder Flechten ihres Haares lehnte sie ab. »Laßt gut sein«, sagte sie ungeduldig. »Verschwindet für eine Weile. Du kannst auch zu Bett gehen, Bess, wenn du willst, es ist ja alles bereit. Aber ich will nicht reden oder gestört werden. Geht jetzt.«

Frevisse fing den Blick auf, den die beiden Kammerfrauen austauschten. Offensichtlich war Magdalen nicht immer so. Aber Maud verließ gehorsam den Raum, und Bess entschied sich, ins Bett zu kriechen und sich mit ihren Gedanken, wie immer die aussehen mochten, dort zusammenzurollen.

Frevisse erlaubte sich, zu Magdalen zu gehen, die mit zusammengeballten Fäusten vor dem kleinen Feuer saß, das ihre Frauen angezündet hatten, um die feuchte Kälte des Abends zu vertreiben. Als sie sich neben Magdalen niederließ, warf die ihr einen Seitenblick zu.

»Er hält an seiner Geschichte fest«, flüsterte sie heftig und böse. Sie wußte, daß noch andere Ohren im Raum waren, aber es gelang ihr nicht, sich zu beherrschen. »Er sagt, es müsse der Mann im Obstgarten gewesen sein. Aber er war es *nicht*!«

»Könnt Ihr Euch da so sicher sein?« fragte Frevisse.

»Ja! Er weiß nur, daß wir gesehen worden sind. Ich glaube nicht mal, daß er Colfoot erkannt hat. Er ist sofort verschwunden.«

»Was hat Colfoot getan?«

»Er hat behauptet, er hätte ihn erkannt. Er sagte, er hätte ihn gestern im Dorf gesehen und wüßte, daß er ein Dieb sei, ein Geächteter.« Magdalen schauderte zusammen. »Und dann hat er gelacht – er hatte eine häßliche Lache – und mich am Arm gepackt, als ich weggehen wollte. Jetzt müsse ich ihn heiraten, sagte er, jetzt hätte Oliver keine Wahl mehr. Niemand sonst würde mich mehr nehmen, wenn bekannt würde, daß ich mich heimlich mit einem Geächteten träfe. Und er würde dafür sorgen, daß jeder es erfuhr.«

Frevisse zuckte innerlich zusammen. Nicholas hatte mit seiner Zecherei in Wirtshäusern und seinen heimlichen Liebschaften mehr Ärger angerichtet, als er ahnte. Eine weitere Lüge, die er ihr erzählt hatte: Er hatte behauptet, er würde die Wälder nie verlassen, weil er Angst habe, sich zu zeigen.

Magdalen fuhr fort: »Dann hat er mich gezwungen, mit ihm ins Haus zurückzukehren. An der Tür riß ich mich los und rannte die Treppe hoch. Er ging zu Oliver.«

Atemlos hielt sie inne, als die Wut wieder in ihr hochstieg.

»Und er hat ihm erzählt, was er gesehen hat«, soufflierte Frevisse.

»Und hat ihm erzählt, was er gesehen hat«, bestätigte Magdalen. »Er hat gedroht, meinen Namen in der ganzen Grafschaft in den Schmutz zu ziehen, wenn Oliver nicht dafür sorgen würde, daß ich ihn heirate.« Sie sah Frevisse an, ihre Augen leuchteten mit einer Mischung aus Bitterkeit und Zorn. »Wir haben uns umarmt. Wir standen dort am Rande des Obstgartens und haben uns umarmt, das ist alles. Sonst ist nichts passiert. Aber Colfoot wollte schreckliche Dinge herumerzählen und mich ruinieren. Oliver ließ mich herunterrufen, nachdem Colfoot gegangen war. Er war immer noch rasend vor Wut. Die Familie und ihr Ruf bedeuten ihm fast alles.«

»Aber er ist auf Colfoots Erpressung nicht eingegangen?«

Magdalen hob stolz den Kopf. »Das würde er nie tun! Er hat ihn aus dem Haus gejagt. Beide kochten vor Wut, aber Oliver hat keinen Zweifel daran gelassen, daß Colfoot niemanden zur Ehe zwingen würde. Dann hat Oliver nach mir schicken lassen.« Der stolze Kopf senkte sich wieder.

»Und auf Euch war er ebenso wütend.«

»Ganz genau. Erstens, weil ich mich heimlich mit jemandem getroffen habe. Und zweitens, weil es jemand war, mit dem ich mich nie hätte treffen dürfen. Und drittens, weil ich mich hatte erwischen lassen, und das auch noch von Colfoot.« Ihre Stimme brach vor Unglück. »Oh, Schwester Frevisse, ich habe soviel Ärger gemacht. Ich bin in solchen Schwierigkeiten.«

Unwillkürlich blickte Frevisse auf Magdalens Schoß. Magdalen legte eine Hand auf den Bauch und sagte hastig: »Das nicht, nein! Es ist nichts – Derartiges zwischen uns gewesen.« Tränen schimmerten in ihren Augen, flossen aber nicht.

»Ihr würdet ihn heiraten, wenn Ihr könntet?«

»Auf der Stelle. Wenn wir könnten.«

»Wie lange kennt Ihr ihn schon?«

»Fast ein Jahr.«

»Und Ihr habt Euch immer heimlich getroffen?«

»Wann immer wir konnten.«

Frevisse spürte, daß Magdalen nicht alles gesagt hatte, aber Magdalen hatte sie bereits stärker ins Vertrauen gezogen, als sie je erwartet hatte. Frevisse ergriff ihre Hand und sagte, wohl wissend, wie unzulänglich ihre Worte waren: »Es ist Zeit für die Komplet. Ich werde Euch in meine Gebete einschließen.«

Sie sagte das nicht nur, um das Gespräch zu beenden; am Nachmittag hatte sie die Stundengebete schon wieder versäumt, und im Augenblick brauchte sie dringend den Trost des Gebets.

Magdalen neigte den Kopf. »Das Gebet ist alles, worauf ich meine Hoffnung noch richten kann. Ich danke Euch, daß Ihr mir erlaubt habt, mein Herz zu erleichtern.«

Frevisse war schon vor langer Zeit zu dem Schluß gekommen, daß es eine kostspielige Angelegenheit sein konnte, sich »das Herz zu erleichtern«, aber sie sagte nur: »Es tut mir leid, daß ich Euch nicht helfen kann.«

Magdalen erhob sich. Sie sah plötzlich sehr müde als, als hätte die Befreiung ihrer aufgestauten Gefühle ihre Kräfte erschöpft. »Ich glaube nicht, daß irgend jemand mir helfen kann. Es liegt in Gottes Hand. Schlaft gut.«

»Ihr auch«, erwiderte Frevisse.

Kapitel 13

Frevisse erwachte aus einem rastlosen Schlaf und blieb reglos liegen. Sie erinnerte sich, wo sie war und warum sie hier war, und obwohl es unmöglich war, genau festzustellen, wie spät es war, nahm sie an, daß Jahre der Gewohnheit sie wahrscheinlich rechtzeitig zu Matutin und Laudes hatten aufwachen lassen. Unter dem Druck der letzten Tage hatte sie die Mitternachtsgottesdienste versäumt. Jetzt hatte sie Gelegenheit, diesen Fehler zu korrigieren; und die Gebete stiegen in ihr auf, fast ohne daß sie sich bemühen mußte. Der anderen wegen, die um sie herum schliefen, stand sie nicht auf. Sie blieb im Bett, während Schwester Emma kehlig neben ihr ein- und ausatmete. Magdalen und Bess, die auf den Rollbetten näher am Boden schliefen, atmeten leiser.

Es lag Trost in den vertrauten Gebeten. Sie legten sich wie

Balsam über die Sorge und innere Unruhe, die sie mit in den Schlaf genommen hatte. Aber sie hatte kein Gebetbuch bei sich, das ihr hätte sagen können, welche Psalmen heute nacht an der Reihe waren. Sie zögerte und sagte dann einfach ihre Lieblingspsalmen auf. Sie begann auf Latein, glitt dann aber, ohne es zu merken, ins Englisch der Wicliffe-Bibel ihres Onkels hinüber, die sie zuerst gelehrt hatte, daß die Psalmen in ihrer Muttersprache ebenso klangvoll waren wie auf Latein, und für sie gelegentlich tröstlicher. Sie endete mit ihrem Lieblingspsalm:

»Der Herr ist mein Hirte, mir wird nichts mangeln. Er weidet mich auf einer grünen Aue und führet mich zum frischen Wasser. Er erquicket meine Seele. … und ob ich schon wanderte im finsteren Tal, fürchte ich kein Unglück; denn du bist bei mir, dein Stecken und Stab trösten mich. Du bereitest vor mir einen Tisch im Angesicht meiner Feinde. Du salbest mein Haupt mit Öl und schenkest mir voll ein. Gutes und Barmherzigkeit werden mir folgen mein Leben lang, und ich werde bleiben im Hause des Herrn immerdar.«

Aber als sie fertig war, blieben ihr nichts als ihre eigenen Gedanken und die schlichte Tatsache, daß sie ebenso durch eigenes Zutun wie durch das Tun anderer an diesen Ort und in diese Lage geraten war. Und daß sie jetzt notgedrungen etwas tun mußte. Sie hatte sich dafür ausgesprochen, Nicholas seine Begnadigung zu gewähren, und jetzt schien es, als wäre er des Mordes an Colfoot schuldig. Wenn das stimmte, sollte er gehängt werden, nicht begnadigt, und sie mußte ihren Irrtum korrigieren.

Aber schließlich konnte es auch sein, daß er mit Colfoots Tod nichts zu tun hatte und fälschlich bezichtigt worden war. Beim Nachtmahl hatte Meister Payne gezögert, bevor er enthüllt hatte, daß ein Mann bei Magdalen im Obstgarten gewesen war. Da es sich dabei fast mit Gewißheit um Nicholas gehandelt hatte, war es kein Wunder, daß Meister Payne gezögert hatte, bevor er ihn bezichtigte. Er mußte hin- und hergerissen gewesen sein; er wollte Gerechtigkeit, aber es war gefährlich für ihn, den Verdacht auf einen Geächteten zu lenken, mit dem er unleugbar Geschäfte gemacht hatte.

Und was war, wenn Nicholas nicht schuldig war? Es war übel, um Begnadigung für einen Mörder zu bitten, aber noch übler war es, einem unschuldigen Mann seine Hilfe zu verweigern. Und es wäre ein Unrecht gegenüber Magdalen, die es verdient hatte, zumindest die Wahrheit zu erfahren, wie immer sie auch aussehen mochte.

Langsam und widerstrebend begann Frevisse zu überlegen, wie sie es schaffen konnte, dem Payne-Haushalt Fragen über den gestrigen Tag zu stellen. Der Gedanke ließ sich nicht vermeiden, denn wenn Nicholas nicht der Mörder war, dann war es fast sicher jemand aus diesem Haus.

Und wenn das stimmte, dann würde vielleicht jede Wahrheit, die sie herausfand, Magdalen weh tun.

Matt wünschte sich Frevisse, sie wäre zurück in St. Frideswide und vor ihr läge nichts außer den Gebeten und Pflichten eines gewöhnlichen Tages. Keine Entscheidungen, die sie nicht treffen wollte.

* * *

Bess ging allein zum Morgengebet und zum Frühstück herunter und kehrte später mit Bier, kaltem Fleisch, Brot und einer Brühe für Schwester Emma zurück. Als sie das Tablett absetzte, verkündete sie: »Ich glaube fast, Sir Perys denkt, er könnte den Sheriff und den Crowner allein mit seinen Gebeten herbeischaffen, und wenn wir nur inbrünstig genug mitbeten würden, kämen sie um so schneller. Ich dachte, wir würden verhungern, solange hat er gebetet. Er hat sogar gebetet, der Mörder möge Reue empfinden, als würden seine Worte reichen, um das zustande zu bringen.« Sie schnaubte. »Ich müßte schon auf das Seil starren, mit dem ich gehenkt werden soll, ehe ich bereuen würde, Colfoot umgebracht zu haben.«

»Bess«, sagte Magdalen tadelnd. Sie hatte Schwester Emma, die jeden Bissen wie ein Jungvogel mit weit aufgerissenem Schnabel entgegengenommen hatte, mit der dünnen Hühnerbrühe gefüttert. Schwester Emma vergaß den Löffel und sah sie mit geweiteten Augen an.

»Jemand ist ermordet worden?« fragte sie. »Wer ist Colfoot?«

»Ein Mann, den niemand mochte. Er ist gestern gestorben, nicht weit von hier«, erklärte Frevisse.

»Jemand hat ihn erstochen und ihn tot auf der Straße liegenlassen, fast vor unserem Tor«, fügte Bess hinzu. »Hunderte von Leuten haben ihn gehaßt, und wir wissen nicht, wer es getan hat.«

»Hier läuft ein Mörder frei herum?« fragte Schwester Emma mit steigender Beunruhigung.

»Wer immer es getan hat, ist schon längst weit fort«, sagte Magdalen fest und warf einen zügelnden Blick auf Bess.

Bess senkte den Kopf und nahm den Tadel zur Kenntnis, redete aber weiter. »Jedenfalls können der Sheriff und der Crowner gar nicht bald genug kommen, das ist jedenfalls meine Ansicht. Und Colfoots Leute, damit wir die Leiche loswerden. Sogar tot ist der Mann noch eine Plage. Jack, Adam und Tam müssen abwechselnd den ganzen Tag und die ganze Nacht bei ihm Wache halten, bis seine eigenen Leute kommen und das übernehmen. Und die ganze Zeit liegt sein Mörder wahrscheinlich hier irgendwo auf der Lauer.«

Magdalens Hand zuckte ein wenig; ein paar Tropfen Suppe kleckerten auf das Mundtuch, das sie unter den Löffel hielt. Aber ihre Stimme klang gelassen, als sie Schwester Emma den Löffel in den Mund schob und ruhig sagte: »Der Mörder ist inzwischen sicher meilenweit entfernt.«

Schwester Emma schluckte rasch und fragte: »Wer ist der Mörder, Schwester Frevisse?«

Frevisses Erstaunen war ebenso groß wie das von Magdalen und Bess. »Ich habe keine Ahnung«, sagte sie.

»Aber natürlich habt Ihr das.« Schwester Emma schmollte. So was wißt Ihr doch immer.«

Magdalen wandte sich an Frevisse. »Ist das wahr?«

Frevisse winkte ab, als sie diesen Unsinn hörte, aber Schwester Emma beharrte: »In St. Frideswide tut sie das ständig.«

»Das tue ich nicht«, sagte Frevisse mit einiger Schärfe. Aber Magdalen und Bess sahen sie weiterhin an, und verteidigend fügte sie hinzu: »Zweimal ist im Kloster etwas geschehen, und unsere Priorin hat mich gebeten, die Wahrheit herauszufinden. Es war nichts Besonderes dabei. Ich habe nur Fragen gestellt.«

»Aber beide Male hat sie bewiesen, daß der Crowner unrecht hatte. Er dachte, es wäre jemand anders gewesen, und Schwester Frevisse hat bewiesen, daß es nicht so war«, verkündete Schwester Emma und machte den Mund auf, um mehr Brühe zu bekommen.

»Die schwachsinnigste Gans von einem Mädchen in Oxfordshire könnte die Wahrheit eher herausfinden als unser Crowner Meister Montford«, erwiderte Frevisse scharf.

»Na, ich hatte jedenfalls keine Ahnung, wer der Mörder war«, erklärte Schwester Emma. »Und auch sonst niemand. Aber sie hat es ganz leicht herausgefunden. Ein alter Fuchs braucht keinen Lehrer, heißt es.«

Magdalen blinzelte, als sie diese Beschreibung von Frevisse hörte. Sie klopfte den Löffel auf dem Rand der Schüssel ab, damit er nicht tropfte, und drückte ihn Schwester Emma in die Hand. Während Schwester Emma allein weiteraß, sah sie Frevisse an und fragte: »Aber Ihr seid wirklich gut darin, die Wahrheit herauszufinden?«

»Manchmal, mit Gottes Hilfe«, entgegnete Frevisse widerstrebend. Nach ihrem Versagen letzte Weihnachten hatte sie viel von ihrem Stolz auf ihre Fähigkeiten eingebüßt. Damals war sie so erpicht darauf gewesen, die Unschuld einer bestimmten Person zu beweisen, daß ein Mensch gestorben war, der sonst hätte leben können.

»Dann findet jetzt die Wahrheit heraus«, sagte Magdalen ruhig.

Frevisse kannte Magdalen erst ein paar Tage, aber sie kannte sie gut genug, sich nicht von ihrer ruhigen Art täuschen zu lassen. Sie besaß Leidenschaft und Kraft. Und in dieser Sache waren sie beide vom selben Wunsch beseelt; Frevisse war ebenso daran interessiert, die Wahrheit zu erfahren wie Magdalen. Aber sie wollte auch, daß Magdalen verstand, was die Wahrheit sie kosten konnte. Sie wählte ihre Worte sorgfältig. »Ich werde Fragen stellen müssen. Ich werde über jedes einzelne Mitglied dieses Haushaltes sehr viel mehr erfahren müssen, als ich jetzt weiß. Ich muß wissen, was sie gestern getan haben und in der Zeit davor.«

»Ich werde jede Frage beantworten, die Ihr stellt«, erwiderte Magdalen. »Über jeden einzelnen im Haus.«

»Und wenn ich herausfinde, daß es jemand war, der Euch … nahesteht? Ein Familienmitglied oder ein … Freund?«

»Besser die Wahrheit kommt an den Tag, als man wird von Zweifeln zernagt?« bemerkte Schwester Emma zweifelnd.

Magdalen warf ihr einen Blick zu, überrascht darüber, daß dieses Sprichwort zutreffend war, aber dann sah sie Frevisse an, unerschrocken und unbeirrbar. »Ich will die Wahrheit wissen, egal was es mich kostet.«

Frevisse holte tief Luft. Sie hatte sowieso nur wenig Appetit auf ihr Frühstück gehabt, und jetzt hatte sie ihn ganz verloren, also faltete sie die Hände im Schoß und fing an. »Was ist mit Eurem Bruder?«

Magdalen sah verblüfft aus. »Oliver? Sicher denkt Ihr doch nicht –« Sie unterbrach sich und fragte ganz ruhig: »Was soll mit ihm sein?«

»Er ist der Landverwalter wievieler Grundherren?«

»Von fünfen. Er verwaltet ihre Ländereien hier und in Berkshire.«

»Und das seit einer Reihe von Jahren.«

»Das hat er schon getan, bevor er und Iseult geheiratet haben. Er ist sehr erfolgreich.«

»Hat er eigenen Grundbesitz?«

»Dieses Gut und ein paar Ländereien in Berkshire, und in Bedford, Burford und Oxford vermietet er Häuser. Alles mit seinem eigenen Geld erworben.«

»Er hat keine Schulden oder steckt sonstwie in Schwierigkeiten?«

Frevisse achtete genau auf Magdalens Reaktion, aber wenn ihr irgendwelche Unziemlichkeiten bekannt waren – etwa seine Verbindung mit einem Geächteten –, zeigte ihr sanftes Achselzucken das nicht. »Er verwaltet sein Geld gut, und seine Investitionen zahlen sich aus. Er bekommt weit mehr heraus, als er hineinsteckt.«

»Wie lange und wie gut hat er Colfoot gekannt?«

»Sie kannten sich seit Jahren, aber Oliver hat immer Abstand von ihm gehalten. Er hat Colfoots Art, Leute zu schikanieren und nur zu oft zu betrügen, nie gutgeheißen.«

»Aber er hatte keine Angst vor ihm?«

Magdalen zeigte offen ihr Erstaunen. »Vor Colfoot? Warum

hätte er Angst vor ihm haben sollen? Colfoot konnte ihm doch nichts anhaben.«

Bis gestern.

»Also bestand nie ernstliche Gefahr, daß Euer Bruder Euch zwingen würde, Colfoot zu heiraten?«

Bess gab ein rüdes, abfälliges Geräusch von sich. Sie hatte Magdalens Platz eingenommen und war eifrig damit beschäftigt, Schwester Emma mit Brühe zu füttern. Eine effektive Methode, sie zum Schweigen zu bringen. Magdalen lächelte leicht. »Oliver hätte mich zu so etwas überhaupt nicht zwingen *können*. Ich bin Witwe und nicht abhängig vom Willen irgendeines Mannes, was das angeht.«

»Aber er verwaltet Euren Besitz?«

»Ja, aber er berät sich mit mir, bevor er irgend etwas entscheidet. Mein Mann war sehr viel älter als ich. Er hat mich gelehrt und mir zugetraut, daß ich ebensoviel von der Verwaltung seines Besitzes verstehen könne wie er. Also weiß ich, was Oliver mit dem tut, was mir gehört, und warum er es tut.«

»Was ist mit Iseult?«

»Ihr meint, ob er sich mit ihr berät? Nicht über ihren gemeinsamen Besitz, nein.«

»Aber er überläßt es ihr, den Haushalt zu leiten und die Dienstboten zu beaufsichtigen?«

»Gewiß.« Magdalen lächelte. »Ich weiß, sie wirkt verhuscht und unentschlossen, aber sie ist weder dumm noch schwach. Es ist einfach ihre Natur, daß sie so wirkt. Oliver ist notgedrungen häufig unterwegs, um sich um die Ländereien zu kümmern, die er verwaltet. Dann hat sie hier das Sagen, und sie erfüllt ihre Aufgabe gut. Stets ist alles in guter Ordnung, und die Dienstboten sind bereit, alles zu tun, was sie anordnet, weil die Bediensteten ihr fast so am Herzen liegen wie ihre Kinder. Sie verteidigt jeden, der sich in ihrer Obhut befindet, wie eine Löwin – Oliver, die Kinder, die Bediensteten, und sogar mich, nun, wo ich hier lebe.«

»Was könnt Ihr mir über die Bediensteten sagen?«

»Da fragt Ihr am besten Bess. Sie kennt sie besser als ich.«

Schwester Emma schluckte den letzten Löffel Brühe, seufzte und kuschelte sich tiefer in ihre Kissen. »Jetzt fühle ich mich schläfrig«, verkündete sie und putzte sich die laufende Nase. »Ich fühle mich wirklich viel besser.« Sie begann zu husten; als der Anfall nicht aufhören wollte, kam Bess mit einem Spucknapf. »Wenn ich bloß mit dem Husten aufhören könnte«, keuchte Schwester Emma endlich. »Diese Anfälle erschöpfen mich so.«

Magdalen tätschelte ihr die Hand. »Der Husten reinigt die Lunge. Morgen werdet Ihr Euch schon viel besserfühlen.«

Schwester Emma legte sich in ihre Kissen zurück, murmelte etwas Zustimmendes und schloß die Augen.

Leise sagte Magdalen über Schwester Emmas Kopf hinweg zu Frevisse: »Ich bleibe bei ihr, bis sie eingeschlafen ist. Geht und unterhaltet Euch dort drüben mit Bess.«

Bess begleitete Frevisse bereitwillig zum Fenster. Sie steckten die Köpfe zusammen, und Frevisse fragte: »Was wurde beim Frühstück über den Mord und ... gestern gesagt?«

Bess schwieg einen Augenblick und dachte nach, dann antwortete sie: »Nichts Neues eigentlich. Eigentlich überhaupt nicht viel. Die Männer sind müde, weil sie abwechselnd bei Colfoot wachen mußten, und ich glaube, Mistress Payne hat ihren Frauen gesagt, sie sollten nicht schwatzen, also war außer Sir Perys' Gebeten nicht viel zu hören.« Sie rückte näher an Frevisse heran. »Ich hoffe, es war dieser Fremde, der Mistress Dow im Obstgarten belästigt hat, nicht jemand, den wir kennen.«

Hieß das, daß Bess nichts von Magdalens heimlichen Treffen im Obstgarten wußte? Oder wollte sie loyal das Geheimnis bewahren? Frevisse fragte: »Ist es wahr, was Mistress Dow gesagt hat? Die Dienstboten sind glücklich hier?«

»Mistress Payne ist eine gute Herrin. Und der Herr überläßt die Leitung des Hauses meistens ihr. So sollte es natürlich auch sein.«

»Erzähl' mir etwas über die Bediensteten.«

Bess zögerte. Frevisse drängte: »Was ist mit Maud? Du und Maud wart schon bei Mistress Dow, als sie noch in ihrem alten Heim wohnte?«

»Sie würde nur uns beide brauchen, hat sie gesagt. Eigentlich bräuchte sie nur eine von uns, es gibt hier so wenig zu tun, aber wir haben beide keine Familie, zu der wir gehen könnten, also sind wir mit ihr hierhergekommen. Meistens bediene ich sie. Maud ist geschickt mit Nadel und Faden und kann gut bügeln, sie tut viel für Mistress Payne.« Bess lächelte wie über einen heimlichen Scherz. »Ich glaube, sie ist in Tam verschossen, der in den Ställen arbeitet. Wenn Mistress Dow je von hier weggeht, wird Maud sicher einen Grund finden, um hierbleiben zu können.«

»Tam?«

»Der Stallknecht. Kann gut mit Pferden umgehen und noch besser mit dem Vieh.«

»Und in wen bist du verschossen?«

Bess errötete ein wenig, was ihr sehr gut stand. »In niemanden, der mich irgendwie beachten würde«, sagte sie schüchtern. Und fügte dann hinzu: »In Jack.«

»Wenn Mistress Dow geht, wirst du also vielleicht ebenfalls bleiben?«

»Ganz bestimmt nicht.« Allein die Vorstellung empörte Bess. »Jack könnte ja mitkommen, wenn ich ihm gefalle. Aber das ist nicht so«, fügte sie bedauernd hinzu. »Er hat ein Mädchen im Dorf, und wenn seine Mutter und ihre Eltern zustimmen, wird er sie heiraten. Mistress Payne hat bereits gesagt, sie könnte hier in der Küche arbeiten, wenn sie ihn heiratet.«

»Und der andere Dienstmann? Adam, heißt er nicht so?«

»Der arbeitet hart. Nicht, daß Jack das nicht auch täte, aber Adam scheint sogar noch mehr Arbeit haben zu wollen, als ihm zugeteilt wird.« Bess rückte mit einem wissenden Kopfnicken noch dichter an Frevisse heran. »Der will mehr, als gut für ihn ist, und ich spreche jetzt nicht von der Arbeit.«

Frevisse war nie besonders gut im Klatschen gewesen, sie hatte den Bogen nie richtig rausgekriegt. Aber sie erkannte eine Eröffnung, wenn sie ihr angeboten wurde. Sie setzte eine Miene auf, die großäugiges Interesse ausdrückte, und Bess nickte wieder. »Beatrice aus der Weizengarbe. Das ist die Schenke im Dorf. Adam geht da öfter hin, als er sollte, und zwar nicht nur wegen dem Bier.«

Frevisse erinnerte sich an das Gespräch gestern beim Nachtmahl. »Aber er ist nicht der einzige, der an Beatrice interessiert ist, nicht wahr?«

»Nein, aber er ist der einzige, der sie für besser hält, als sie ist.« Bess senkte bedeutsam die Stimme. »Er ist der einzige, der daran denkt, sie zu heiraten.«

»Nein!« Frevisse mußte ihre Überraschung nicht vortäuschen.

»Doch.« Bess war offensichtlich erfreut über Frevisses Reaktion. »Er hat sie so gern, daß er sie immer noch will, selbst nachdem ihr gutes Aussehen aus ihr herausgeprügelt worden ist – habt Ihr davon schon gehört? Das sagt Lovie jedenfalls.«

»Und was ist mit Lovie?«

»Sie tut für Mistress Payne, was ich für meine Herrin tue. Aber sie leistet keine so gute Arbeit wie ich, obwohl man sich ja nicht selber loben sollte. Sie quasselt ständig und hat nicht viel im Kopf ...«

Bess hatte sehr klare Ansichten über jedes Mitglied des Payne-Haushaltes. Frevisse erfuhr viel über die Bediensteten, einschließlich des Jungen, der Tam in den Ställen half. »Er ist Lovies Bruder. Nicht sehr helle, aber ein guter Arbeiter«, vertraute Bess ihr an.

Als Schwester Emma in tiefen Schlaf gefallen war, schloß Magdalen sich ihnen an und fügte ihre Kommentare hinzu. Als sie fertig waren, hatte Frevisse das Gefühl, daß sie jetzt genug wußte, um sich im Haus umzusehen und festzustellen, was sie sonst noch in Erfahrung bringen konnte.

»Die kleineren Kinder werden jetzt am Vormittag Unterricht bei Sir Perys haben«, erklärte Magdalen. »Und Edward und Richard werden bei ihrem Vater sein, das sind sie immer, wenn er zu Hause ist. Oliver wollte heute zu einer seiner Rundreisen aufbrechen und wahrscheinlich eine Woche wegbleiben, aber nach dem, was passiert ist, muß er hierbleiben.«

»Wo ist Mistress Payne?«

»Sie könnte überall sein, je nachdem, wo sie gebraucht wird. Versucht es in ihrem Schlafgemach auf der anderen Seite der Diele, da die Kinder in der Stube Unterricht haben.«

Bevor sie aus dem Zimmer ging, überprüfte Frevisse, ob ihr Schleier richtig saß und ordentlich festgesteckt war, nicht so sehr der Schicklichkeit wegen, sonder weil sie Zeit brauchte, um sich für das Eindringen in das Leben der Paynes zu wappnen. Sie mußte die Wahrheit herausfinden, obwohl auch einiges dafür sprach, sich nicht einzumischen – aber jetzt fühlte sie sich verpflichtet, es zu tun.

Als sie an die Tür gegenüber klopfte, rief jemand: »Herein«, und sie fand sich im großen Schlafgemach des Hauses wieder. Wie Magdalens Zimmer nahm es die ganze Länge des Hauses ein, war offen bis zu den Dachbalken und hatte einen

Kamin. Aber insgesamt war der Raum größer. In ihm standen nicht nur das breite Bett, das Meister und Mistress Payne teilten, sondern auch zwei weitere Betten, in denen die jüngsten Kinder schliefen, und in einer Ecke ein großer Webstuhl. Wie in Magdalens Gemach gab es Truhen zur Aufbewahrung von Kleidung und anderen Dingen sowie verschiedene Schemel und einen bequemen Stuhl, aber das große Fenster gegenüber des Kamins ging auf den Hof und die Felder jenseits der Straße hinaus, nicht auf den Obstgarten. Die Kammerzofe Lovie saß am Fenster, wo das Licht an diesem bedeckten Morgen am besten war, einen Stapel Leinentücher neben sich.

Sie war froh über Frevisses Erscheinen. Sie wäre über jede Gesellschaft froh gewesen, aber ein neues Gesicht war natürlich noch besser. Frevisse folgte der eifrigen Einladung der Kammerfrau, setzte sich und begann trotz Lovies Protesten ebenfalls Leinentücher zusammenzufalten.

»Alles ist ganz bestürzt wegen diesem Mord«, sagte Lovie. »Dabei war Euer Besuch ja schon aufregend genug. Wie Ihr Euch im Wald verirrt habt und Schwester Emma – so heißt sie doch, nicht wahr? – krank geworden ist. Kein gutes Wetter zum Reisen, das kann man nicht anders sagen. Was für ein Glück, daß Ihr diesem Wildhüter begegnet seid und ihm der Gedanke kam, Euch hierherzubringen.«

Frevisse bestätigte das alles bereitwillig und fragte: »Bekommt ihr ihn hier oft zu Gesicht?«

»Dann und wann. Meister Payne kennt ihn am besten, und er kommt manchmal her, aber nicht oft, nein.«

»Im Dorf ist er besser bekannt, nehme ich an.«

»Oh, ja, das denke ich schon. Zumindest in manchen Häusern.«

Lovie lächelte wissend und zwinkerte Frevisse zu, was zu weiteren Fragen einladen sollte. Frevisse beschloß, nicht die

Unwissende zu spielen, und fragte: »Und Beatrice aus der Weizengarbe hat ihn lieber als Adam?«

Lovie gab einen leisen, schockierten Laut von sich. »Gerüchte verbreiten sich doch wie ein Lauffeuer! Die Leute plaudern wirklich alles aus, ohne Rücksicht darauf, wem sie was erzählen.« Aber dann nickte sie und schob sich näher an Frevisse heran. Sie senkte die Stimme, obwohl das, was sie zu sagen hatte, ganz gewiß kein Geheimnis war. »Aber ich denke, Adam könnte jetzt bessere Chancen haben. Dieser Teufelsbraten Nick wird sie nicht mehr wollen, wo sie doch ihr hübsches Gesicht verloren hat.«

»Aber Adam schon? Dessenungeachtet und obwohl ... und obwohl ...«

Lovie ersparte ihr die Mühe, eine höfliche Umschreibung zu finden, und nickte heftig. »Oh, Adam weiß alles über sie. Sie hat ihm trotzdem gefallen, von Anfang an. Er mag sie immer noch, obwohl er sie gestern besucht hat.«

»Er hat sie gestern besucht?«

»Das hat er in der Tat. Sobald er es gehört hat, ist er runter ins Dorf. Als er das Wirtshaus betrat, kam Nick gerade die Treppe runter. Von dem hat sie keinen Trost bekommen, nehme ich an, nach dem, was Adam gesagt hat. Nachdem er mit Beatrice gesprochen hatte, hatte er vielleicht eine Wut im Bauch, auf Nick und auf Colfoot. Nein, jetzt wird sie eher bereit sein, Adam zu erhören. Sonst wird sie keinen mehr kriegen, nicht nach dem, was über ihr Gesicht gesagt wird. Soweit es Adam angeht, ist es ganz gut, daß Colfoot tot ist. So wütend wie er gestern auf ihn war, hätt' es mich nicht gewundert, wenn er ihm an die Gurgel gesprungen wäre.« Hastig hielt sie sich die mit Grübchen versehene Hand vor den hübschen Mund. »Oh, ich nehme an, das hätte ich nicht sagen sollen, nach dem, was passiert ist.« Aber sie hörte sich eher amüsiert an als besorgt darüber, daß Frevisse sie ernst nehmen könnte. Sie griff nach einem weiteren Handtuch und faltete es zusammen. »Nur eins ist klar – ich möchte nicht in Nicks Haut stecken, wenn Adam ihn das nächste Mal zu sehen kriegt. Nein, das möchte ich ganz bestimmt nicht.«

Frevisse, überwältigt von der Wortflut, die auf ihre simple Frage hin über sie hereingebrochen war, schwieg einen Augenblick. Ein plötzlicher Regenschauer prasselte gegen das Fenster. Lovie seufzte. »Langsam glaube ich wirklich, daß das immer so weitergehen wird. Die Wäsche riecht jetzt immer nach Rauch, weil wir sie in der Küche trocknen müssen.«

Hinter einer Tür auf der anderen Seite der Diele erhob sich ein Chor von Kinderstimmen, der die gerade gelernte Lektion wiederholte. Frevisse blickte auf. »Sir Perys bekommt zweifellos nichts geschenkt bei all den Kindern, die er unterrichten muß.«

Lovie kicherte. »Mit den größeren Jungs hatte er keine großen Probleme, und die kleine Katherine ist zumindest fügsam. Aber diesen Bartholomew würde ich nicht um alles Gold in Oxford unterrichten wollen, und Kate ist auch nicht viel besser.«

Hinter der Tür polterte etwas Schweres zu Boden, und Bartholomews junge Stimme brüllte: »Ich will aber nicht! Das mache ich nicht!«

Sie hörten einen Schlag mit dem Rohrstock und ein Aufheulen. Dann kehrte wieder Stille ein. Lovie unterdrückte ein weiteres Kichern. »Kein Mann, der bereit ist, viel einzustecken, unser Sir Perys. Er duldet keinen Widerspruch von Leuten, die seiner Ansicht nach unter ihm stehen, und das tun sie, wenn sie keine Scholaren aus Oxford sind. Selbst wenn sie seinen Lohn bezahlen.«

Auf der Treppe waren Fußtritte zu hören. Frevisse faltete gerade das letzte Leinentuch zusammen, als Mistress Payne eintrat, mit Maud im Gefolge. Frevisse und Lovie erhoben sich respektvoll. Mistress Payne bedeutete ihnen mit flatternden Händen, sich wieder hinzusetzen. Sie hatte eine Ladung sandfarben-rosa Tuchs im Arm, Yards ebenso fein gewebter wie gefärbter Wolle.

Fadenreste, die von dem leeren Webstuhl in der Ecke herabhingen, zeigten, wo das Tuch gewebt worden war. Nach einer hektisch-nervösen Begrüßung durch Mistress Payne erklärte Frevisse, daß sie es einfach leid sei, sich in Magdalens Gemach aufzuhalten und sie sich die Zeit damit vertrieben hätte, sich mit Lovie zu unterhalten. Dann lobte sie den Stoff, den Maud gerade auf dem Bett ausbreitete. »Was wollt Ihr daraus machen?«

»Vielleicht Kleider für die Mädchen, dachte ich. Aber vielleicht sollte ich auch einen Umhang für mich selbst daraus machen, ich weiß es noch nicht.«

»Euer alter Umhang ist unten am Saum bereits an drei Stellen geflickt, Herrin«, mischte Lovie sich ein. »Was für eine Schande, wenn Ihr ihn im nächsten Winter noch tragt. Eure Mädchen haben Winterkleider genug.«

»Ja, das stimmt wahrscheinlich.« Mistress Payne war nicht überzeugt, obwohl ihre Hand liebevoll über den Stoff strich. »Aber ich bezweifle, daß genug davon da ist, um einen Umhang daraus zu machen.«

»Doch, das ist es, wenn wir dies als kurze Seite nehmen«, setzte Maud an. Schwungvoll griff sie nach dem Stoff und legte ihn Mistress Payne um die Schultern. Mit einer Hand hielt sie das gewebte Tuch fest, mit der anderen hielt sie ein Stück des Stoffes zur Seite. »Hier, seht, das würde sehr gut gehen. Wir schneiden dieses lange Ende ab und machen eine Kapuze daraus. Und dann schneiden wir die Mitte in Dreiecksform zu, wenden den Stoff und nähen die Teile zusammen. Das gäbe einen genau richtigen glockenförmigen Umhang.«

»Und die Farbe steht Euch wunderbar«, fügte Frevisse hinzu.

Mistress Payne errötete leicht. Die sanfte Rosenfarbe ihres Gesichts entsprach fast der Farbe der Wolle. Sie murmelte etwas, das klang wie, Frevisse sei sehr freundlich. Frevisse murmelte etwas Höfliches zurück und fragte dann: »Gibt es irgend etwas, das ich tun könnte, damit ich nicht einfach herumsitzen muß?« Sie warf einen Blick auf den Nähkorb, der neben einem der Schemel stand. »Vielleicht könnte ich etwas ausbessern?«

Mistress Payne folgte ihrem Blick und seufzte das müde Seufzen einer Mutter, die mit ihren Kindern nicht mithalten kann. »Dieses Hemd gehört Bartholomew«, sagte sie und zog es aus dem Nähkorb. »Er hat es schon wieder zerrissen. Glaubt Ihr ...?«

Sie hielt es Frevisse zweifelnd hin. Der Riß war zackig und fast handbreit.

»Ich bin nicht gut im Kunststopfen«, warnte Frevisse sie. Alle Welt begehrte die Näharbeiten, die in englischen Nonnenklöstern entstanden, aber keine dieser Arbeiten war durch Frevisses Hände gegangen. Ihre Talente lagen auf anderen Gebieten.

Mistress Payne lachte; es klang überraschend fröhlich. »Bei Bartholomew wäre das auch verschwendet. Er hat die Sachen wieder zerrissen, bevor irgend jemandem auffällt, wie gut oder schlecht sie geflickt sind.«

Maud breitete den Stoff wieder aus und machte sich ans Zuschneiden, Lovie verließ mit ihrem Stapel gefaltetem Leinen den Raum, und Frevisse und Mistress Payne setzten sich und flickten. Der kurze Regenschauer war vorbei, das Sonnenlicht spielte unbeständig zwischen den Wolken und sandte gelegentlich einen Strahl durch die Fenster. Mistress Payne sortierte ihre Garnstränge und reichte Frevisse einen, dessen Farbe fast genau der von Bartholomews blauem Hemd entsprach.

»Nicht, daß es eine Rolle spielt, ob die Farben zusammenpassen oder nicht«, sagte sie. »Gewöhnlich sind seine Sachen schon kurz nach dem Anziehen wieder völlig verdreckt. Aber man fühlt sich doch verpflichtet, es wenigstens zu versuchen.«

»Waren all Eure Söhne so lebhaft, als sie klein waren?«

»Keiner war so lebhaft wie Bartholomew, das muß ich schon sagen.« Mistress Paynes übliche, aufgeregte Unsicherheit verschwand, wenn sie von ihren Kindern sprach, und wurde durch freudigen Stolz ersetzt. »Edmund noch am ehesten. Er war der Älteste, und wir wollten, daß er der Nachfolger seines Vaters wird, aber ich denke, er wäre schließlich Soldat geworden. Er konnte nie genug von dem Krieg in Frankreich hören. Er hatte das Herz eines Löwen und liebte das Abenteuer. Genau wie Bartholomew.« Ihr Gesicht leuchtete einen Augenblick vor tief erinnerter Zuneigung; dann brach ihr Lächeln, und sie blinzelte schnell und beugte sich über ihre Näharbeit. »Aber das Fieber läßt sich nicht immer besiegen. Und jetzt ist Edward unser Ältester.«

Um sie von der Erinnerung an ihren Verlust abzulenken, sagte Frevisse: »Edward scheint ein richtiger Gelehrter zu sein. Magdalen sagt, er will Advokat werden.«

»Ja, in der Tat. Keins der anderen Kinder besitzt seinen Hang zur Gelehrsamkeit. Er geht völlig darin auf. Eine Zeitlang dachte ich, er würde die kirchliche Laufbahn einschlagen, aber er sagt, er hätte keine Zeit für die Spielchen der Kirchenmänner, die Gott mit ihren geheuchelten Gebeten spotten und gleichzeitig ein weltliches Leben führen.«

Mistress Payne fiel plötzlich wieder ein, mit wem sie sich unterhielt. »Oh! Bitte vergebt mir!«

Frevisse lächelte beruhigend und mit ehrlicher Belustigung. »Die Beobachtung Eures Sohnes ist für nur allzu viele Kirchenmänner durchaus zutreffend. Dafür braucht Ihr nicht um Vergebung bitten.«

Mistress Payne sah sie mit einem freundlichen, verwirrten kleinen Stirnrunzeln an. »Es ist viel leichter, sich mit Euch zu unterhalten, als ich gedacht ...« Sie errötete wieder, beugte sich tiefer über ihre Näharbeit und bemerkte hastig: »Ja, Edward kann sehr gut mit Worten umgehen. Nicht, daß er nicht tapfer wäre, versteht Ihr. Er und Edmund haben sich oft furchtbar geprügelt, und keiner von beiden war bereit, auch nur einen Fußbreit nachzugeben. Sir Perys mußte sie mit seinem Rohrstock auseinanderprügeln. Das fand ich schrecklich. Gott sei Dank ist Richard viel friedfertiger. Den kann nichts in Rage bringen. Oder zumindest fast nichts. Richard wird wie sein Vater Landverwalter werden. Er hat einen guten Kopf dafür, wenn er auch kein Gelehrter ist.«

Frevisse fragte, und Mistress Payne plauderte fröhlich weiter, über ihre Kinder und ihren Haushalt. Einiges hatte Frevisse bereits von Magdalen, Bess oder Lovie erfahren; das meiste schien von sehr geringem Nutzen zu sein, und als sie mit dem Flicken des Hemdes fertig war, dachte sie darüber nach, wie sie es anstellen sollte, woanders weiterzumachen. Da sagte Mistress Payne: »Also, obwohl die Zeiten dieses Jahr so hart sind, können wir gar nicht daran denken, einen von unseren Leuten hinauszuwerfen. Sie sind uns treu ergeben, und wir ihnen. Und natürlich versuchen wir zu helfen, so gut wir können, selbst wenn die Leute nicht zu unserem Haushalt gehören. Gerade gestern bin ich zur Kate der Familie Wilcox geritten, um zu fragen, ob ich irgend etwas für die Mutter tun könnte. Sie liegt mit der roten Ruhr danieder.

Erst wollte ich eine meiner Frauen mit Suppe hinschicken, beschloß dann aber, doch lieber selbst zu gehen.« Mistress Payne schüttelte traurig den Kopf. »Ich fürchte, sie muß mit dem Schlimmsten rechnen.«

Frevisse ließ ihre Stimme ruhig klingen, als sie fragte: »Wann seid Ihr gegangen?«

»Gestern.«

»Vor oder nach dem Mittagessen?«

»Wieso, direkt nach –« Mistress Payne brach ab. Verschiedenste Gefühle spiegelten sich in ihrer Miene. »Wieso, direkt nachdem Meister Colfoot hier war«, fuhr sie langsamer fort. »Oliver war so wütend, daß ich dachte, ich gehe am besten sofort, und wenn ich zurückkomme, ist alles wieder in Ordnung. Ich muß in der Kate der Wilcoxes gewesen sein, als Meister Colfoot – getötet wurde.«

Sie wirkte so bleich, als hätte sie den Mord selbst beobachtet. Frevisse wußte, es wäre freundlicher gewesen, das Thema zu wechseln, aber sie fragte statt dessen: »Seid Ihr allein losgeritten?«

»Oh, nein, natürlich nicht.« Es schickte sich nicht für eine Frau, ohne Begleitung auf den Straßen unterwegs zu sein; außerdem war es gefährlich. Iseult war leicht überrascht, daß Frevisse es für nötig befand, solch eine Frage zu stellen. »Jack ist mit mir gekommen. Ich wollte, daß Adam mich begleitet, er ist größer und mutiger, aber er war nicht zu finden. Ist es nicht einfach furchtbar, wenn so etwas passiert? Wir haben den Mann verabscheut, und selbst jetzt ist niemand wirklich traurig über seinen Tod. Ich wünschte, der Sheriff würde sich beeilen und herkommen, damit Colfoots Leute ihn von unserem Gut wegschaffen können.«

»Ich hab' die Männer sagen hören, wir können frühestens morgen mit dem Sheriff und dem Crowner rechnen«, warf Maud ein.

»Oh, nein!« rief Mistress Payne aus. Und das löste eine Diskussion über königliche Beamte aus, die einem zwischen den Füßen herumkrochen, wenn man wünschte, sie wären drei Grafschaften entfernt, und nie zur Stelle waren, wenn man sie brauchte. Da sie das auch nicht weiterbrachte, entschuldigte Frevisse sich und ging.

Kapitel 14

Frevisse blieb einen Augenblick auf der Treppe stehen, um nachzudenken. Colfoot schien von so vielen Menschen gehaßt worden zu sein, daß es allzu viele Antworten auf die große Frage gab, wer seinen Tod gewünscht hatte, aber – nur mal als Zwischenbilanz – wer davon kam wirklich in Betracht? Meister Payne vielleicht, weil Colfoot ihn durch Magdalen bedroht hatte. Und weil er ein Temperament besaß, das sogar seine Frau fürchtete. Magdalen selbst, aus Angst vor Colfoots Drohung, sie zu heiraten oder zu ruinieren. Und ganz offensichtlich Nicholas, weil Colfoot zwischen ihn und Magdalen getreten war und die Begnadigung gefährden konnte. Wieviel würde ihr Cousin für seine Begnadigung riskieren, fragte sie sich. Oder Adam war es gewesen, aus Rache für das, was Colfoot Beatrice angetan hatte.

Nachdenklich schloß sie die Augen. Magdalen mußte unschuldig sein – sie war in ihrem Zimmer gewesen und hatte keine Gelegenheit gehabt, Colfoot zu erstechen. Es sei denn, sie hatte jemand anders damit beauftragt. Wenn ja, hätte das geschehen müssen, als sie ins Haus zurückkehrte, zwischen ihrer Flucht vor Colfoot und ihrem Eintreffen im Zimmer; oder auf dem Weg zu oder von ihrem Bruder, als er sie das erste Mal zu sich rief, nachdem Colfoot gegangen war. Wen könnte sie gefragt haben? Sicherlich einen der männlichen Dienstboten. Wahrscheinlich Adam oder Jack, da Tam gewöhnlich im Stall war. Oder möglicherweise doch Tam, wenn er sich zufällig gerade irgendwo aufgehalten hatte, wo sie mit ihm sprechen konnte.

Frevisse hielt nichts von alledem für sehr wahrscheinlich, doch es gab andere Gründe, in Erfahrung zu bringen, wo die männlichen Dienstboten gewesen waren. Magdalen war nicht die einzige, die ihnen den Auftrag erteilt haben konnte, Colfoot umzubringen. Meister Payne kam viel eher in Frage und hätte mehr Gelegenheit gehabt, mit ihnen zu sprechen, und vielleicht waren sie der Familie so treu ergeben, daß sie getan hatten, was er verlangte.

Folglich muß sie auch herausfinden, wo Payne sich aufgehalten hatte, nachdem Colfoot gegangen war. Und hatte er lediglich Kenntnis von Nicholas' Schutzgelderpressungen, oder war er daran beteiligt? Oder mußte er selber Schutzgelder an Nicholas bezahlen? Und wie viele andere im Hause Payne wußten, wer Nicholas wirklich war?

Außerdem würde sie sehr gern wissen, wohin Nicholas gegangen war, nachdem er Magdalen im Obstgarten zurückgelassen hatte. Hatte er in der Nähe auf eine Nachricht von ihr gewartet? Wenn er das getan hatte, konnte Magdalen eine ihrer Frauen zu ihm geschickt haben. Bess war den ganzen Nachmittag im Zimmer gewesen, nicht wahr? Aber Maud nicht. Gewarnt von Maud oder einer anderen Frau, konnte Nicholas Colfoot gefolgt sein und ihn getötet haben, um seiner selbst willen ebenso wie um Magdalens willen. Warum hatte Magdalen gestern den ganzen Nachmittag aus dem Fenster gesehen, wenn sie nicht nach einem Zeichen von ihrem Geliebten Ausschau gehalten hatte?

Doch um das meiste davon herauszufinden, mußte sie mit Nicholas selbst sprechen, daran führte kein Weg vorbei. Aber das war nicht möglich. Sie konnte nur hoffen herauszufinden, wo Maud gewesen war. Aber Maud war noch immer bei Mistress Payne, also mußte das warten.

Daraufhin erwog sie, Meister Payne ausfindig zu machen, um ihn freiheraus nach seiner Beziehung zu Nicholas zu fragen. Aber sie hegte den Verdacht, daß er ihr Interesse und ihre Fragen nicht billigen würde. Vielleicht sollte sie das Gespräch mit Meister Payne besser verschieben, bis sie mit allen anderen fertig war. Sie ging die letzten Stufen hinunter und betrat die Küche.

Die Küche war ein langgestreckter Raum mit einer breiten Feuerstelle und einem eingebauten Backofen in einer Stirnwand, Vorratsschränken mit Regalen und schweren Schlössern an den Türen, und zwei langen, wuchtigen Arbeitstischen in der Mitte. Verschiedene Bunde Kräuter und Zwiebeln hingen von den Dachsparren herab, und der ganze Raum war warm vom Herdfeuer und erfüllt von Essensdüften. Der Koch und sein Küchenjunge waren am hinteren Tisch; der Junge zerstampfte gerade etwas in einem Mörser, und der Koch beugte sich mit grüblerischer Miene über seine Schulter, als ob es Gold wäre, das sie prüften. Keiner von beiden blickte auch nur flüchtig zu ihr auf.

Aber wie sie gehofft hatte – in Anbetracht des anhaltenden Nieselwetters und der Tatsache, daß sie sie nirgendwo anders im Haus gesehen hatte –, waren Mistress Paynes andere Kammerzofe und Jack und Adam um den vorderen Tisch versammelt. In einer Küche gab es immer etwas zu tun, das sich als Vorwand benutzen ließ, sich aufzuwärmen und in Gesellschaft zu sein, und alle machten sich tatsächlich nützlich. Jack wusch Rhabarber, der dem frischen Schlamm und seinen feuchten Schuhen nach zu urteilen gerade aus dem Garten geholt worden war. Die Kammerzofe schälte den Rhabarber und schnitt ihn in einer großen Schüssel in kleine Stückchen. Adam saß vor einem Schleifstein und schärfte eine Ansammlung von Küchenmessern, die neben ihm auf dem Tisch ausgebreitet lagen.

Sie blickten alle auf und begrüßten sie. Adam schickte sich an, respektvoll aufzustehen, aber Frevisse bedeutete ihm mit einer Handbewegung, sich wieder zu setzen.

»Ich bin es einfach leid, in Mistress Dows Gemach zu bleiben, und Mistress Payne hat zu tun, deshalb dachte ich, ich sehe nach, ob ich hier Gesellschaft und Unterhaltung finde«, sagte sie mit entwaffnender Freundlichkeit.

»Oh, jawohl, hier seid Ihr in guter Gesellschaft«, sagte Jack vergnügt. »Besser jedenfalls, als draußen im Regen zu sein.«

Er und die Kammerzofe waren offensichtlich guter Dinge. Sie plauderten unbefangen mit Frevisse über ihre Reise und die Gesundheit der anderen Nonne und rissen mit gesenkter Stimme derbe Witze über den Koch; der dächte an nichts anderes als ans Essen, und wenn er freien Zugang zu den Lebensmitteln hätte, wäre er so breit wie seine eigene Küche.

»Aber keinem Herrn gefällt es, einen allzu dicken Koch zu haben – es bedeutet, der Koch ißt mehr und besser als er selbst«, sagte Jack. »Ich wäre jetzt Koch, wenn meine Familie mich irgendwo in die Lehre hätte geben können.«

»Wärst du nicht«, erhob die Kammerzofe Einspruch. »Weshalb solltest du das wollen?«

»Warum sollte ich es wohl warm und trocken haben wollen? Warum sollte ich soviel zu essen haben wollen, wie ich will? Vielleicht würde ich hin und wieder Fettspritzer und

Anschnauzer abbekommen, aber angeschnauzt werde ich sowieso. Und Fett ist auch nicht schlimmer als Schlamm.« Er deutete auf seine Stiefel. Er hatte sich bemüht, sie abzuwischen, aber sie waren noch immer über und über mit altem wie auch frischem Schlamm bedeckt. »Versuch mal, sie bei diesem Wetter sauberzuhalten«, murrte er. »Gestern war ich gerade mit Mistress Payne nach Hause gekommen und hatte meine Stiefel geputzt, da mußte ich kehrtmachen und die Leiche von diesem Bastard Colfoot holen gehen – bitte um Verzeihung, Mylady – und schon war ich wieder bis zu den Knien besudelt. Zu dumm, daß er kein trockeneres Plätzchen zum Sterben finden konnte.«

»Du bist nicht der einzige, der dieses Problem hat«, bemerkte Adam. Er hatte bislang kaum etwas gesagt, aber das stetige Wetzen der Messer hatte ihr Gespräch untermalt. Jetzt sprach er bitter. »Und du bist nicht der, der nicht nur seine eigenen Stiefel, sondern auch die von Meister Payne und die vom jungen Herrn putzen mußte.«

»Du hättest deine gar nicht so viel putzen müssen, wenn du nicht so töricht gewesen wärst, dich in diese alberne Laune hineinzusteigern und morgens ins Dorf zu laufen«, erwiderte Jack. »Und obendrein für eine Hure mit gebrochener Nase. Verzeihung, Mylady«, fügte er hinzu, während Adam mit geballten Fäusten und rotem Gesicht aufsprang.

»Gib acht, was du über Beatrice sagst!« knurrte er.

»Wie geht es ihr?« warf Frevisse vermittelnd ein. »Ich hörte, sie wurde schwer verletzt.«

Adam focht einen inneren Kampf zwischen seiner Wut auf Jack und dem Bedürfnis, ihr eine höfliche Antwort zu geben. Höflichkeit und sein Wunsch, von Beatrice zu sprechen, siegten. Er rieb sich mit rauher Hand das grobe Gesicht und warf Jack einen letzten wütenden Blick zu. »Es sieht schlimmer aus, als es ist, hofft die alte Nan. Wir dachten schon, innen drin wäre etwas zerrissen, so übel wie das ganze Gesicht und die Rippen zugerichtet sind, aber es scheint nicht so. Jedenfalls hat sie heute weniger Schmerzen.«

»Du warst heute morgen wieder dort?« fragte die Kammerzofe ungläubig.

Adam warf ihr einen warnenden Blick zu. »Ich mußte wissen, wie es um sie steht. Niemand außer mir und der alten Nan kümmert sich einen roten Heller um sie.«

»Und es geht ihr besser?« gab Frevisse schnell ein Stichwort.

»Wir glauben schon. Die Blutergüsse sehen schrecklich aus, aber die Wunden verheilen wahrscheinlich sauber. Nur ...« Er stockte, zerrissen zwischen dem Bedürfnis, über Beatrice zu sprechen, und dem Schmerz über das, was er gesehen hatte. »Nur, nachdem, was er ihr angetan hat, wird sie nie wieder so werden, wie sie mal war.«

»Es heißt, ihre Schönheit sei dahin«, sagte das Dienstmädchen sanft.

Adam beugte sich wieder über Schleifstein und Messer. »Sie wird nicht mehr so gut aussehen wie vorher. Aber sie wird immer noch Beatrice sein.«

Frevisse sah, wie Jacks Gesicht sich zu einer derben Bemerkung verzog, bis er sich eines Besseren besann. Adam blickte über den Tisch hinweg zu ihr auf. »Sie hatte ein schlimmes Leben, Mylady, aber ihr Herz ist gut. Sie war so gut, wie das Leben es ihr erlaubte. Nun, wenn sie es mir erlaubt, werde ich es für sie besser machen.«

Diesmal konnte Jack sich nicht beherrschen. »Du Narr! Du warst doch nicht so dumm, ihr etwas zu versprechen?«

Verdrossener Starrsinn verhärtete Adams grobe Züge. »Wir haben uns gestern unterhalten. Sie war in Tränen aufgelöst, nachdem dieser Kerl, der Wildhüter, gegangen war. Sehr fürsorglich ist der. Er hat sie so eingeschüchtert, daß sie ihm erzählt hat, wer ihr das angetan hatte, und dann ging er zornentbrannt fort, ohne ein einziges freundliches Wort für sie. Aber ich habe ihr zugehört, und dann hat sie mir zugehört. Den ganzen Vormittag bis zur Tischzeit habe ich bei ihr gesessen. Und ich bin froh, daß jemand Colfoot umgebracht hat, sonst hätte ich es selbst tun müssen. Aber vielleicht hat er immerhin eine gute Tat in seinem Leben vollbracht, ohne es zu wollen.« Er blickte wütend von seiner Arbeit auf und sah Jack an. »Also habe ich mir meinen Morgenschlamm wenigstens auf ehrliche Art und Weise geholt. Du bist mit Mistress Payne geritten und hattest keinen Grund, so auszusehen, als du nach Hause kamst, bis über die Knöchel verdreckt.«

»Jetzt reicht's«, rief Jack und knallte einen nassen Rhabarberstengel auf den Tisch. »Glaubst du, ich hätte meine Zeit damit verschwendet, mir da im Flur die Beine in den Bauch zu stehen? Das ganze Haus stank nach ... äh ... Exkrementen – Gott schütze die Frau –« Er bekreuzigte sich. Frevisse und die anderen taten es ihm nach – die rote Ruhr konnte ebenso schnell zum Tod führen wie das Fieber. »– deshalb bin ich weggegangen, um nachzusehen, ob der Regen den Winterweizen in Over Field schon überschwemmt hat.«

»Und?« fragte die Kammerzofe. Wie reich der Tisch im Winter gedeckt sein würde, hing davon ab, wie gut das Getreide wuchs.

»Noch nicht. Aber wir bekommen besser bald trockenes Wetter, und länger als zwei Tage hintereinander.«

»Wie kommt man von hier aus dorthin?« fragte Frevisse beiläufig.

»Ihr geht zum Dorf, biegt zwischen Tompsons Hof und dem der lahmen Bet nach rechts ab, dann kommt Ihr geradewegs auf Wilcox' Hof zu. Das Feld ist noch ein Stück weiter.«

Niemand schien sich zu wundern, warum sie danach fragte. Frevisse hatte längst festgestellt, daß die meisten Leute dachten, was sie interessierte, müßte selbstverständlich auch jeden anderen interessieren. »Colfoot war also in der entgegengesetzten Richtung unterwegs, als er getötet wurde«, sagte sie.

»So weit weg ist die Stelle eigentlich nicht«, sagte Jack. »Der Weg macht einen Bogen, so daß Ihr von Over Field nur über zwei Felder zu gehen bräuchtet, um auf die Landstraße zu kommen, die er genommen hat.«

Er sagte das so freimütig, daß es schwerfiel zu glauben, er hätte diese Felder überquert, Colfoot getroffen und getötet und wäre über die Felder zurückgegangen. Ein Anflug von Schuldbewußtsein hätte in seiner Antwort mitschwingen müssen. Und die Zeit schien nicht zu stimmen. Wenn er mit Mistress Payne geritten war, bevor er Colfoot nachsetzte, hätte der schon weiter vom Herrenhaus entfernt sein müssen, vermutete Frevisse. Aber vielleicht sollte sie sich nicht mit einer bloßen Vermutung zufriedengeben.

»Ihr beide habt Colfoots Leichnam geholt?« fragte sie.

Jack und Adam nickten gleichzeitig. »Wir und Meister Payne. Wir haben ein Gatter und ein Pferd genommen und ihn nach Hause geschleppt«, sagte Adam. »Das war nicht leicht bei dem Schlamm, und er ist kein Federgewicht. Fett geworden von anderer Leute Hunger, möge er in der Hölle schmoren.«

»Es war eine halbe Meile oder mehr. Das muß wirklich hart gewesen sein, nicht wahr?« fragte Frevisse.

»Es war schon hart, aber ganz so weit denn doch nicht. Eine Viertelmeile vielleicht«, sagte Adam.

»Du hast ihn gefunden, nicht wahr?«

Adam drückte das Messer, das er gerade wetzte, etwas fester an den Schleifstein. Dinge, an die er sich nicht erinnern wollte, ließen seine Stimme grimmig klingen. »Ja. Er lag da wie ein abgestochenes Schwein. Ein großer Klumpen auf der Straße.«

»Es war wohl alles voller Blut?« fragte die Kammerzofe mit gebanntem Schaudern.

»Soviel Blut war da gar nicht«, gab Adam widerwillig zu. »Hauptsächlich ein großer Fleck auf seinem Rock.«

»Und du hast niemanden gesehen?« fragte Frevisse.

»Keine Menschenseele. Aber ich kam vom Herrenhaus. Wer auch immer es getan hat, wäre in die andere Richtung gelaufen, würde ich meinen, weg von der Stelle, wo er ihn umgebracht hat. Er wäre nicht so dumm gewesen, herumzustehen und Maulaffen feilzuhalten.«

Plötzlich fiel Frevisse eine zeitliche Unstimmigkeit auf. »Du wolltest nach einer Weide sehen, als du ihn fandest, wenn ich dich richtig verstanden habe. Aber du warst zuerst im Dorf und hast Beatrice besucht. Bist du erst hierher zurückgekommen oder direkt vom Dorf zur Weide gegangen?«

Adam warf ihr unter gerunzelten Brauen einen mißtrauischen Blick zu, bevor er unwillig antwortete: »Nein, ich bin geradewegs vom Dorf gekommen, ohne zwischendurch herzukommen. Ich sollte mich um die Weide kümmern und dachte, ich mache es am besten, bevor ich zurückgehe, weil ich durch den Besuch bei Beatrice mit der Arbeit im Rückstand war.«

»Und zwischen dem Dorf und der Stelle, wo Colfoots Leiche lag, ist dir niemand auf der Straße begegnet?« fragte Frevisse, um den aufkeimenden Verdacht zu zerstreuen, den ihre Fragen offensichtlich bei ihm ausgelöst hatten.

»Niemand. Wer das getan hat, wäre wohl kaum übermütig auf der Straße herumspaziert. Er hätte sich in die Büsche geschlagen oder durch den Wald davongemacht. Auf diesem Weg ist er auch gekommen und hat Colfoot aufgelauert, vermuten wir.«

Die Kammerzofe erschauerte. »Es war jemand, der vorhatte, ihn umzubringen. Er ist ihm nicht nur zufällig begegnet, er ist ihm von woanders gefolgt. Das meint Meister Payne. Es war niemand von hier, der ihn fast vor unserer Haustür getötet hat.«

»Könnten es vielleicht Geächtete gewesen sein?« regte Frevisse an. »Gibt es keine Räuber hier in der Gegend?«

Die drei Dienstboten tauschten schnelle Blicke aus, ehe Jack antwortete. »Wenn es welche gibt, haben sie ziemlich lange keinen Ärger mehr gemacht.«

»Keinen Ärger?« sagte Frevisse mit demonstrativer Überraschung. »Das ist aber ungewöhnlich für Geächtete.«

Jack legte einen Finger an die Nase als Zeichen, daß etwas so nah war, daß er es wittern konnte, er aber zu klug war, es zu erwähnen.

Adam war weniger zurückhaltend. »Na ja, irgend jemand hat schließlich den alten Colfoot ausgeraubt, oder? Er hat ja wohl nicht seinem eigenen Dienstmann eins auf die Rübe gegeben und die eigene Geldbörse gestohlen.«

»Wie ich den alten Colfoot kenne, traue ich ihm das glatt zu, wenn dabei etwas für ihn herausgesprungen wäre«, hielt Jack dagegen.

»Wahrscheinlich willst du auch behaupten, daß er sich selbst erstochen hat«, spottete Adam.

»Aber gewiß doch«, höhnte Jack. »Vielleicht hat er ja entdeckt, daß er sich irgendwie selbst betrogen hatte, und war so erbost darüber, daß er sich aus Rache umgebracht hat.«

»Wahrscheinlich war es der Kerl, der Mistress Dow im Obstgarten belästigt hat«, sagte die Kammerzofe besänftigend. »Ein Fremder, der längst fort ist. Der war es bestimmt.«

Das Gespräch begann sich im Kreis zu drehen, so daß Frevisse sich entschuldigte und sich zurückzog. Adam zumindest machten ihre Fragen allmählich mißtrauisch, also war es wohl besser, wenn sie die drei eine Zeitlang in Ruhe ließ. Sie suchte Meister Payne, aber der war nicht in seinem Arbeitszimmer. Von oben war zu hören, daß der Unterricht in der Stube beendet war. Sir Perys wies die Kinder mit lauter Stimme an, ihre Schiefertafeln wegzuräumen, und zwar vorsichtig, also verzog Frevisse sich zur anderen Seite des Wohnsaals, da sie kein Bedürfnis verspürte, in die Kinderschar zu geraten, die nun geräuschvoll die Treppe von der Stube zum Arbeitszimmer hinunterkam.

Sie erwog kurz, hinaus zum Stall zu gehen, um mit Tam zu sprechen, entschied aber, daß sie wieder in Magdalens Zimmer zurückkehren sollte. Auf der Treppe traf sie Maud. Maud trat beiseite, um sie auf der schmalen Stiege vorbeizulassen, aber Frevisse blieb stehen und sagte im Plauderton: »Das Wolltuch wird einen schönen Mantel für Mistress Payne abgeben. Mistress Dow sagt, du bist eine hervorragende Näherin.«

Maud lächelte geschmeichelt. »Dafür hab' ich wohl wirklich ein Händchen.«

»Macht es dir nichts aus, zwei Frauen gleichzeitig zu dienen? Wird es dir nicht zu beschwerlich?«

»Oh, nein, keineswegs. Sie sind beide unbeschreiblich freundlich. Und zur Zeit braucht Mistress Dow mich selten.«

»Alle reden über den Mord«, meinte Frevisse. »Alle scheinen sich erinnern zu können, wo sie gerade waren, als es passierte. Ich muß Schwester Emma gerade mit Brühe gefüttert haben, glaube ich. Ist die Vorstellung nicht merkwürdig, etwas ganz Gewöhnliches zu tun« – sie hatte nicht die geringste Ahnung, was sie gemacht hatte –, »während jemand nur einen Katzensprung entfernt stirbt?«

Aufgetaut durch das Gespräch über ihre beiden Herrinnen, sagte Maud bereitwillig: »Daran mußte ich auch denken. Ich habe gerade bei der kleinen Kate in der Stube Maß für ein neues Kleid genommen, als es geschehen sein muß. Das ist etwas, das ich schon oft getan habe, und jetzt werde ich dabei jedesmal daran denken, daß Meister Colfoot getötet wurde. Ist das nicht traurig?«

Frevisse stimmte zu. »Steht Kate still, wenn ihr Maß genommen wird?«

»Die doch nicht!« Maud lachte. »Ich habe ihr gerade gut zugeredet, da hörten wir das Geschrei im Wohnsaal, als Meister Colfoot kam, sich mit Meister Payne zu streiten. Dann hatte ich alle Hände voll zu tun, um Kate davon abzuhalten, die Treppe hinunter zu entwischen und an der Tür zu lauschen, als sie ins Arbeitszimmer gingen! Solange sie nicht fertig waren, wollte Kate nicht still stehen und brav sein.«

»Konntest du wirklich hören, was sie gesagt haben?« fragte Frevisse ehrfürchtig, um sie zum Sprechen zu ermuntern.

Maud machte ein verdrießliches Gesicht. »Nein. Ich konnte hören, daß sie wütend waren, aber sie sprachen zu leise, als daß wir etwas hätten verstehen können. Und glaubt nicht, Kate hätte es nicht versucht. Aber sie vergaßen nicht, daß die Wände Ohren haben können, und wir verstanden kein Wort. Trotzdem schaffte ich es nicht, dem Kind Maß zu nehmen, bis sie fertig waren, vorher gab Kate keine Ruhe. Sie kann ein kleines Biest sein.« Doch Maud sagte das mit einem liebevollen Lächeln, und Frevisse lächelte ebenfalls und stieg weiter die Treppe hinauf.

Also war Maud mit Kate beschäftigt gewesen und konnte nicht mit Magdalen gesprochen haben, als Magdalen zu ihrem Bruder ging. Frevisse hat das unbefriedigende Gefühl, daß sie an diesem Vormittag viel erfahren und nichts herausgefunden hatte.

Als sie oben an der Treppe ankam, sah sie Sir Perys, der sich unter Verbeugungen aus dem Schlafgemach der Paynes zurückzog. Sie wartete, bis er die Tür geschlossen und sich umgedreht hatte, dann knickste sie mit einem liebenswürdigen Lächeln. »Habt Ihr Mistress Payne berichtet, welche Fortschritte Eure jungen Scholaren machen?«

»Der einzige wahre Scholar im Haus ist Meister Edward«, antwortete er müde. »Die anderen lernen kaum etwas, und auch das nur, wenn ich mit der Rute in der Hand darauf bestehe.«

Er sah nicht nur erschöpft, sondern auch zermürbt aus, und Frevisse überlegte, daß sein Los durchaus das härteste im ganzen Haushalt sein könnte. Er war sowohl Geistlicher als auch Hauslehrer, aber wahrscheinlich mußte er die meiste Zeit den Schülern widmen, die von seinem Unterricht nichts wissen wollten, während für seine Andachten kaum Zeit blieb. Doch als sie ansetzte, etwas Aufmunterndes zu sagen, zog Edward den Vorhang zu der Kammer zurück, die er mit Richard teilte und fragte: »Sir Perys?« Er war schlicht gekleidet, trug einen dunkelblauen, anspruchslos geschnittenen Rock, der von einem einfachen schwarzen Gürtel zusammengehalten wurde. Er verbeugte sich vor Frevisse, aber ehe er etwas sagen konnte, nahm ihm Sir Perys das aufgeschlagene Buch aus der Hand und blickte kurzsichtig die Seite an.

»Bei diesem Text wünscht Ihr Hilfe? Der ist doch nicht schwierig!« Er las in raschem, fließendem Latein: »*Improperium exspectavit cor meum et miseriam, et sustinui qui simul mecum constristaretur, et non fuit; consolantem me quaesivi, et non inveni.* Eine schöne Textstelle für Euch, muß ich sagen. Auch für mich sehr passend!« Er gab ihm das Buch zurück. »Dummer Junge!«

Frevisse las und sprach mühelos Englisch und Französisch, aber ihre Lateinkenntnisse waren gering. Dennoch klangen diese Worte vertraut. Einer der Psalmen, dachte sie.

Edward sah sie an, es war ihm offensichtlich peinlich, in

ihrer Gegenwart ausgescholten zu werden. »Ich – ich bitte um Verzeihung, Mylady«, stotterte er. »Ich wollte nicht –«

»Edward, mein Lieber, studierst du immer noch?« Das war Mistress Payne, die in der Tür zu ihrem Schlafzimmer stand, Besorgnis in ihrer Miene und Stimme. »Solltest du nicht besser eine Weile etwas anderes tun?«

Ehe Edward antworten konnte, sagte Sir Perys eilfertig: »Bitte, ich flehe Euch an, Mylady, überlaßt das mir.«

»Aber er sieht sehr müde aus.«

»Wenn er müde ist, liegt es daran, daß er sich ständig herumtreibt und seine Kräfte mit unnützem Zeitvertreib verausgabt.«

Mistress Payne ging zu Edward und legte ihm die Hand auf die Stirn. »Du hast doch kein Fieber, Schatz?«

»Mir geht's sehr gut«, sagte Edward und entzog sich ihr. »Ich bin nicht müde. Mir geht's wirklich gut.«

Er überragte seine Mutter um fast einen Kopf. Es war komisch anzusehen, wie sie ihn umsorgte wie eine Henne, der das Küken über den Kopf gewachsen war. Er fing ihren Arm ab und küßte ihr die Hand, wobei er angestrengt lächelte. »Mutter, wie soll ich der beste Gelehrte Englands und ein Rechtsanwalt werden, auf den ihr alle stolz sein könnt, wenn ich nicht hart arbeite?«

Sie blickte wieder Sir Perys an. »Aber Ihr gebt doch acht, ihn nicht zu überanstrengen? Muß er denn zu Hause so hart arbeiten wie in Oxford?«

Sir Perys war verschnupft. »Ich bin durchaus imstande, seine Bedürfnisse in dieser Hinsicht zu beurteilen. Ich versichere Euch, Mylady –«

Frevisse zog sich in Magdalens Zimmer zurück, da sie den Eindruck hatte, es handele sich um einen alten Konflikt zwischen Mutter, Hauslehrer und Sohn.

Kapitel 15

Nachdem sie sich in so kurzer Zeit mit so vielen Menschen hatte befassen müssen, stellte Frevisse fest, daß Magdalens Zimmer ihr beinah wie eine Zufluchtsstätte vorkam.

Unglücklicherweise lag Schwester Emma hellwach auf ihre Kissen gestützt und schwatzte unermüdlich zwischen quälenden Hustenanfällen. Der Husten war wieder schlimmer geworden, aber sie gab sich alle Mühe, ihn zu ignorieren – zugunsten einer angeregten Unterhaltung mit Bess, die neben dem Bett saß, und mit Magdalen, die wieder am Fenster Platz genommen hatte, wo das Licht für ihre Stickerei am besten war.

»Ja, Ihr solltet das Haus meines Bruders sehen. Nicht so neu wie dieses natürlich, unsere Familie lebt dort schließlich schon seit *Generationen*.«

Drei, das wußte Frevisse zufällig: Ein Großvater hatte sein

Vermögen mit Plünderei im französischen Krieg gemacht und ein Anwesen gekauft, passend zu seiner neu erworbenen Ritterwürde.

»Aber sehr komfortabel. Als Kind hatte ich ein großes Zimmer ganz für mich allein. Nachdem meine Schwestern geheiratet hatten und ausgezogen waren, natürlich. Oder es schien mir damals so groß. Ich war fast noch ein Kind, als ich ins Kloster ging, ich fand in *sehr* jungen Jahren zum Glauben, und ich habe es nie bereut –«

Nachdem Schwester Emmas Vater das Vermögen seines Vaters durchgebracht hatte, ohne zu eigenem zu kommen, fand er die Aussteuer seiner dritten Tochter für das Kloster billiger als für die Ehe.

Frevisse ertappte sich plötzlich bei diesem lieblosen Gedanken und beeilte sich reuevoll, Bess zu Hilfe zu kommen.

Schwester Emma freute sich, sie zu sehen. »Schwester Frevisse«, fing sie an, »wir haben uns wunderbar unterhalten!«

Bess hatte einen so glasigen Blick, daß Frevisse sich denken konnte, wer sich unterhalten hatte. Doch Schwester Emmas Begeisterung wurde von einem Hustenanfall unterbrochen, und Frevisse holte einen Becher vom Tisch und hielt ihn, während Emma trank. Als sie ihn ihr abnahm, fühlte Frevisse verstohlen ihre Hand. Sie war immer noch heiß.

Ermattet und erhitzt sank Schwester Emma zurück in die Kissen. »Das zehrt richtig an meinen Kräften«, seufzte sie. »Der Geist ist willig, aber das Fleisch ist schwach, wißt Ihr. Aber was rede ich da? Was habt Ihr über den Mord erfahren?«

Magdalen stand plötzlich auf und ließ ihre Stickerei in einem unordentlichen Haufen auf den Erkersitz fallen. »Ich gehe nach draußen, einen Spaziergang machen. Ich brauche frische Luft.«

»Herrin, Euer Bruder hat gesagt –«, setzte Bess an.

»Mein Bruder ist nicht mein Herr! Ich gehe nicht weiter als bis in den Obstgarten«, antwortete Magdalen und verließ das Zimmer.

Frevisse und Bess tauschten einen mitfühlenden Blick, und dann begriffen sie beide und sahen Schwester Emma an, die mit unschuldiger Überraschung zur Tür starrte. »Du meine Güte«, sagte sie. »Was man tut in Eile, bereut man mit Weile, sage ich immer. Aber was den Mord angeht, Schwester Frevisse, ich denke …«

Sie ließen sie weiterreden in der Hoffnung, sie würde müde werden und wieder einschlafen. Aber jedesmal, wenn sie einzudösen schien, machte ein erneuter Hustenanfall sie wieder vollends wach und gesprächig.

Frevisse dachte gerade, sie würde aus schierer Langeweile vor Schwester Emma einschlafen, als die nachmittägliche Stille von einem gellenden Schrei zerrissen wurde, der irgendwo draußen anschwoll und verstummte, gefolgt von einem Brüllen, dann noch mehr Gebrüll, diesmal im Hof selbst.

»Herr, erbarme dich!« stieß Schwester Emma aus. »Was –?«

Frevisse war schon zur Tür hinaus. Sie erreichte die Treppe vor Edward, Richard und Sir Perys und war rechtzeitig unten in der Vorhalle, um zu den Hausbediensteten zu stoßen, die alle gleichzeitig aus der Hintertür in den Hof drängten.

»Der Obstgarten!« rief jemand. »Das war im Obstgarten!«

Aber die Stallburschen, die als erste dorthin gerannt waren, woher der gellende Schrei gekommen war, kamen schon durch das Gartentor zurück. Jetzt hielten sie Rechen, Heugabel oder Stock – was immer sie in der Eile gegriffen hatten – betreten in der Hand und waren offensichtlich verwirrt.

Meister Payne, der hinter ihnen kam, in einer Hand das Schwert, die andere unbarmherzig um Magdalens Arm geklammert, war nicht im geringsten verwirrt, sondern fuchsteufelswild.

»Du hast dich davongeschlichen, um dich mit dieser *Kreatur* zu treffen!« tobte er. »Ein Hausierer? Ein verfluchter, zerlumpter, von Tür zu Tür ziehender Hausierer? Noch tiefer konntest du wohl nicht sinken, Magdalen?«

Magdalen, die sich gegen seinen Griff wehrte, schrie ihn an: »Das ist meine Sache, nicht deine!«

»Nicht meine Sache –« Meister Payne erstickte fast vor Wut. »Mein Gott, Magdalen, er ist ein *Mörder*!«

»Ist er *nicht*!«

»Oliver, du tust ihr weh!« Mistress Payne zwängte sich durch die Menge der Bediensteten vor. »Und alle hören zu! Bring' sie wenigstens ins Haus.«

Meister Payne war so aufgebracht, daß er sich darum nicht geschert hatte, aber ihre Worte brachten ihn wieder halbwegs zur Besinnung. »Bringt sie in die Stube, sie bleibt dort. Jack, kümmere dich darum. Sie darf das Zimmer nicht verlassen und keinen Moment alleine bleiben.« Aber bevor er Magdalen losließ, sagte er ihr mit zähneknirschendem Zorn ins Gesicht: »Wir werden deinen Hausierer zur Strecke bringen. Und wenn wir ihn nicht dingfest machen können, sage ich dem Sheriff, wie er aussieht, damit er die Verfolgung übernehmen kann. Der Mann ist bekannt hier in der Gegend. Er wird nicht entkommen.«

Er stieß sie weg zu seiner Frau. Magdalen stolperte seitlich in Mistress Paynes Arme und klammerte sich an sie, jetzt konnte sie die Tränen nicht mehr zurückhalten. Frevisse legte schützend einen Arm um ihre Schultern, und gemeinsam mit Mistress Payne führte sie Magdalen durch die versammelten Dienstboten ins Haus. Jack heftete sich an ihre Fersen.

Da es das beste zu sein schien, Magdalen so schnell wie

möglich den Blicken zu entziehen, nahmen sie lieber die näher liegende Stiege, statt durch den Wohnsaal zur anderen Treppe zu gehen, die direkt zu Mistress Paynes Stube führte. Auf der engen Wendeltreppe stolperte Magdalen und taumelte so unglücklich gegen Frevisse, daß Mistress Payne hinter ihnen zurückfallen mußte, und Jack hinter ihr. Als sie durch die Biegung der Treppe von den anderen getrennt waren, flüsterte Magdalen – plötzlich weinte sie gar nicht mehr – Frevisse verzweifelt zu: »Oliver denkt, er hätte ihm nur den Rock zerfetzt, aber er hat ihn verletzt, ich habe es gesehen. Vielleicht kann er nicht weit kommen. Bitte findet ihn. Helft ihm.«

»Der Hausierer –«, fing Frevisse an.

»Er hat niemanden getötet! Vertraut Bess.«

Für weitere Erklärungen blieb keine Zeit. Vermutlich auf Mistress Paynes Anordnung hatte Lovie die jüngeren Kinder im Haus behalten, aber sie warteten neugierig lärmend oben an der Treppe. Sie schoben Magdalen weg von Frevisse, und dann kam Mistress Payne, hinter ihr Jack, mit Edward und Richard dicht auf den Fersen. Richard beklagte sich, daß der Vater ihnen die Teilnahme an der Verbrecherjagd verboten hatte. Sie brachten Magdalen unter lautstarkem Tumult zur Stube, und niemand beachtete Frevisse, die still zur Seite getreten war, um sie vorbeizulassen.

Sie ging in Magdalens Zimmer, um Bess' und Schwester Emmas rasende Neugier zu befriedigen. Sie wählte jedes Wort mit Bedacht, um sie nicht unnötig zu beunruhigen, und erzählte, was sich vermutlich zugetragen hatte und was gesagt worden war. Es gab keinen Grund, etwas zu verschweigen – Bess würde es von den anderen Dienstboten erfahren, sobald sie sie traf. Aber Schwester Emmas Ausrufe wie »arme Mistress Dow« und »Wie konnte das nur passieren, was meint Ihr?« und »Nein, man darf gewiß nicht zulassen, daß er herumstrolcht und weiter Leute umbringt, mehr kann ich dazu nicht sagen. Der Mensch kann nicht aus seiner Haut heraus, wißt Ihr« und »Ein Hausierer! Was hat sie sich denn dabei gedacht!« brachten Frevisse an den Rand des Wahnsinns, bis starker Husten und anschließendes hartnäckiges Bestehen auf einem Tröpfchen bittere Minze Schwester Emmas Redeschwall eine Zeitlang unterbrachen.

»Ihr liegt jetzt still«, sagte Frevisse mit notgedrungen vorgetäuschter Geduld, »und ich spreche die Sext. Ihr könnt schweigend folgen.«

»Mhmhhhh«, stimmte Schwester Emma zu. Sie schlief mittendrin ein, bevor Frevisse fertig war.

Frevisse beendete das Stundengebet, ohne zu stocken, dann stand sie von der Bettkante auf und sagte zu Bess: »Könnt Ihr eine Weile bei ihr wachen?«

»Ich dachte, ich sollte zu Mistress Dow gehen«, fing Bess an.

Frevisse ließ etwas von ihrer Besorgnis durchscheinen. »Sie hat mich gebeten, etwas für sie zu erledigen. Sie meinte, ich solle dir vertrauen.«

Bess öffnete den Mund, um nachzufragen, aber dann bewies sie ihre Vertrauenswürdigkeit, indem sie ihn wieder schloß. Statt zu widersprechen oder Fragen zu stellen, sagte sie bloß: »Dann geht nur, und Gott sei mit Euch. Sie ist eine edle Dame, und wenn sie darum bittet, muß es recht sein.«

Aber Magdalens Liebster war ein Hausierer, obwohl Frevisse den Verdacht hegte, Geächteter wäre treffender, und vielleicht ein Mörder.

Als sie durch den Raum ging, dachte sie an Verbandszeug und nahm das Leinenhandtuch, das neben der Waschschüssel hing, rollte es fest zusammen und versteckte es im Ärmel ihrer Ordenstracht.

Sobald sie aus dem Zimmer getreten war, bewegte sie sich

betont würdevoll, sorgsam darauf bedacht, nicht den Eindruck von Eile zu vermitteln. Sie hielt den Blick gesenkt, die Hände in den Ärmeln vergraben, eine vertraute Geste, die ihr den Anschein einer Gelassenheit verlieh, die sie nicht im geringsten spürte. Wenn irgend jemand fragen sollte, würde sie sagen, sie wolle bloß etwas frische Luft schnappen, aber sie sah niemanden, und niemand rief ihr hinterher, als sie aus dem Haus und über den Hof zum Gartentor ging.

Im Obstgarten war es ruhig, so daß sie Hoffnung schöpfte. Wenn Magdalen recht hatte und ihr Liebster schwer verletzt war, mußte er sich irgendwo ganz in der Nähe verkrochen haben. Wenn er das getan und die Jagd auf ihn am Rand des Obstgartens begonnen hatte, wäre er wahrscheinlich sofort entdeckt worden. Da man ihn noch nicht gefunden hatte, war er entweder doch unverletzt und hatte die Beine in die Hand genommen, oder aber Meister Payne – der nicht wußte, daß der Hausierer verletzt war – hatte die Verfolgung im Wald hinter dem Obstgarten aufgenommen, ein schnelles Tempo angeschlagen, um ihn einzuholen, und ihn so völlig verfehlt.

Sobald sie im Obstgarten war, fiel es ihr nicht schwer zu erraten, wo Magdalen sich mit ihm getroffen hatte: Dichte Stachelbeersträucher am Bach schützten ein kleines Fleckchen Gras vor Einblick vom Haus und vom übrigen Garten. Frevisse überlegte kurz, wie sie es geschafft hatten, sich im kahlen Winter unbemerkt zu treffen. Dann dachte sie, daß die Sträucher leider auch die Sicht auf jeden versperrten, der sich näherte, wenn nicht sehr scharf aufgepaßt wurde, und so mußten die Liebenden gestern und, welch Dummheit, auch heute überrascht worden sein. Warum waren sie das Risiko eingegangen, sich heute zu treffen? Und woher hatte Magdalen gewußt, daß er hier war? Sie hatte es ganz sicher gewußt, als sie plötzlich aus ihrem Zimmer ging. Es mußte ein vereinbartes Zeichen geben.

Aber diese Fragen halfen ihr nicht weiter. Jetzt ging es darum, daß Magdalen an ihren Liebsten glaubte, und daß beide verzweifelter denn je waren. Traurig, wieviel Unglück mit dem bißchen Freude verbunden war, die die beiden in kurzen Augenblicken hier gefunden hatten. Frevisse sah sich auf dem kleinen Rasen um. Keine abgeknickten Zweige oder niedergetretenes Gras, wie es aufgeregte Männer auf der Suche hinterlassen hätten. Auch kein Blut. Sie versuchte einzuschätzen, wohin ein verletzter Mann vor einem bewaffneten Angreifer fliehen würde. Sicherlich weg vom Haus.

Frevisse ging zur tiefer gelegenen Seite der Lichtung, wo die Dornsträucher den Bach abschirmten, und fand die Stelle, die hindurchführte: ein schmaler Pfad, wahrscheinlich vom Rotwild ausgetreten, das sich Obst aus dem Garten holte. Er war breit genug, daß ein Mann hindurchschlüpfen konnte, doch für sie mit ihren Röcken war es etwas schwerer. Aber sie zwängte sich hindurch – und entdeckte einen leuchtenden Blutfleck auf einigen Blättern ungefähr in Hüfthöhe und mehr Blut auf dem Boden ein Stückchen weiter. Magdalen hatte recht gehabt, er war verwundet.

Der Pfad führte zum Bachufer. Hier war der Bach schmal, das Ufer auf dieser Seite hoch, niedrig auf der anderen. Es war ein leichter Sprung für einen Mann oder einen Hirsch. Trotz des dichten Gestrüpps aus Erlen und Brombeersträuchern am anderen Ufer war der schmale Pfad, der hindurchführte, deutlich zu erkennen. Mit einem Aufseufzer bei dem Gedanken, wie sie frischen Schlamm auf Schuhen und Saum erklären sollte, raffte Frevisse ihre schweren Röcke hoch, rutschte das Ufer hinunter, watete durch den Bach und schlüpfte auf dem Pfad durch die Büsche in den dahinterliegenden Eichenwald.

Hier gab es kein dichtes Unterholz – so nah am Herrenhaus diente der Wald zweifellos zum Sammeln von Brennholz und im Herbst den Schweinen als Weide. Aber das wenige Gestrüpp war nicht zerknickt oder niedergetrampelt, woraus sie schloß, daß die Jagd nicht hier ihren Ausgang genommen oder vorbeigeführt hatte. Auch der verletzte Mann hatte diesen Weg wohl nicht genommen – es gab kein Blut auf dem Wildwechsel. Frevisse schlug sich abwechselnd auf beide Seiten des Pfads. Ihre leichten Schuhe machten dabei schwache Quatschgeräusche auf dem aufgeweichten Boden, und der nasse Saum ihres Unterrocks klebte bei jedem Schritt hinten an ihren Fesseln. An diesem grauverhangenen Tag war es schwer, zu finden, was sie brauchte, aber endlich stieß sie auf abgeknickte Zweige, die zeigten, daß hier jemand vorbeigekommen war, der es zu eilig hatte, um sich in acht nehmen zu können. Und im Morast war eine Schleifspur, die aussah, als ob jemand ausgerutscht sei und sich im letzten Moment wieder gefangen hatte. Neben der Spur war wieder ein leuchtender Blutfleck. Danach war es leichter, die Zeichen zu finden und ihnen zu folgen.

Sie führten zurück zum Bach, wo das Ufer auf dieser Seite immer noch niedrig und auf der gegenüberliegenden hoch war. Er floß jetzt zwischen dem Wald und einer Wiese dahin, gesäumt von einem breiten Streifen Erlen auf beiden Böschungen. Da sie das Wasser liebten, wuchsen sie hier üppig, wie geschaffen für Weidenruten zum Bauen und Korbflechten sowie zur Uferbefestigung. Aber bei letzterem versagten sie manchmal, und Frevisse entdeckte eine Stelle, die wie ein ideales Versteck aussah. An einer scharfen Biegung des Bachs war das Ufer eingebrochen und hatte ein Gewirr von Erlen mitgerissen. Noch verankert von Wurzeln, die nicht vollständig losgerissen waren, neigten sich Bäume und Grasnarbe vom höhergelegenen Ufer zum Bach hinunter, und es war immerhin möglich, daß dahinter gerade genug Platz war, einen Mann aufzunehmen.

Aber von ihrem Standort aus konnte sie das nicht sicher sagen. Frevisse sah sich aufmerksam um und vergewisserte sich, daß niemand in der Nähe war, und dann durchquerte sie wieder den Bach und kauerte sich neben die umgestürzten Erlen, so daß sie jetzt von der Böschung verdeckt war.

»Bist du da?« sagte sie mit gedämpfter Stimme. »Magdalen hat mich geschickt. Ich bin gekommen, um dir zu helfen.«

Einen Augenblick dachte sie, sie hätte sich geirrt. Aber dann rührte sich etwas im Dunkel unter dem Hang, und eine leise Stimme fragte: »Schwester Frevisse?«

»Evan!« stieß sie hervor. »Wie schwer seid Ihr verletzt? Könnt Ihr herauskommen?«

»Ich versuch's«, sagte er. Die Zeit, die er brauchte, um den Kopf und die schlammverschmierten Schultern ins Freie zu schieben, verriet seine Schmerzen. »Ich bin am Oberschenkel verwundet. Es blutet nicht mehr so stark, aber ich schaffe es nicht, die Blutung zu stillen.«

»Kommt heraus, wenn Ihr könnt. Vielleicht kann ich Euch helfen.« Sie zog das Leinenhandtuch hervor. »Es ist niemand in der Nähe, soweit ich sehen kann. Sie sind alle fortgegangen, um Euch zu jagen. Meister Payne hat gar nicht bemerkt, daß er Euch verwundet hat, und sie vermuten Euch schon in größerer Entfernung, deswegen haben sie hier gar nicht erst gesucht.«

Evan brachte ein angespanntes Lächeln zustande, aber sobald er begann, vollends hinauszukriechen, wurden die Schmerzen so stark, daß er die Lippen zu einer dünnen Linie zusammenpreßte. Frevisse kletterte in das Gebüsch, um ihm nach Kräften zu helfen, und als er frei war, brachte sie ihn dazu, sich auf den abgesenkten Uferrand dicht ans Wasser zu legen, wo sie die Verletzung sehen und das Tuch befeuchten konnte, um die Wunde zu reinigen. Erschöpft streckte er sich aus und hielt ergeben still, regungslos bis auf bebende, unregelmäßige Atemzüge durch zusammengebissene Zähne – wegen der Schmerzen, die sie ihm bereitete, als sie sein zerfetztes Beinkleid von der Wunde löste.

»Euer Versteck hat der Verletzung nicht gutgetan«, sagte Frevisse, als sie begann, den klaffenden Schnitt zu reinigen. »Und ich habe nichts als Wasser, um die Wunde auszuwaschen.« Schwester Claire in St. Frideswide verwendete Wein zum Reinigen schwerer Schnittwunden. Sie behauptete, das würde besser vor Krankheit schützen als Wasser. Aber im Augenblick hatte Frevisse nichts anderes. Sie redete weiter, um Evan wenigstens ein bißchen von den Schmerzen abzulenken, die sie ihm zufügte. »Aber es ist ein ausgezeichnetes Versteck, wenn man von dem Schmutz absieht.«

»So geht es oft im Leben«, sagte Evan flach atmend. »Ausgezeichnet, bis auf den Schmutz. Ist mit Magdalen alles in Ordnung?«

»Bis auf den Zorn ihres Bruders und die Sorge um Euch.« Frevisse entschlüpfte unwillkürlich ein Stoßseufzer, als sie schließlich die Wunde deutlich erkennen konnte. Meister Paynes Hieb hatte einen schmalen, tiefen Schnitt quer über der Außenseite von Evans linkem Oberschenkel hinterlassen. Nicht so tief, daß der Muskel durchtrennt war, aber tief genug, daß es immer noch blutete. Und zu weit oben am Bein, so daß es nicht amputiert werden könnte, wenn der schlimmste Fall eintrat und die Wunde brandig wurde. Wenn es ihr gelang, ihn in Sicherheit zu bringen, müßte sie noch einmal gesäubert werden, und zwar gründlich.

Evan lag mit abgewandtem Gesicht da, zuckte hin und wieder zusammen und sog hörbar die Luft durch zusammengebissene Zähne ein. Um ihr Mitleid zu überspielen, sagte

Frevisse: »Habt Ihr Pläne für Eure Flucht geschmiedet, oder wolltet Ihr einfach daliegen und verbluten?«

»Ich wollte nach Einbruch der Dunkelheit zum Lager aufbrechen, wenn ich dann noch die Kraft habe.«

»Und wenn Ihr die Kraft nicht habt?« fragte Frevisse. Sie glaubte nicht, daß er es schaffen würde.

»Wenn ich hier sterben muß, wird mich wahrscheinlich nie einer finden, und sie können wenigstens meine Leiche nicht in Ketten hängen und an der Wegkreuzung verfaulen lassen. Wenigstens das bliebe Magdalen erspart.«

»Und sie würde nie erfahren, was aus Euch geworden ist? Wenn Ihr Magdalen etwas ersparen wolltet, hättet Ihr Euch von Anfang an von ihr fernhalten müssen.«

Zuerst antwortete Evan nicht. Dann sagte er: »Nachdem ich mich in sie verliebt hatte, hätte ich mir dann auch die Kehle aufschlitzen können. Das wäre aufs gleiche hinausgelaufen. Es hätte mich umgebracht, unsere Liebe zu verleugnen.«

Mehr als seine Worte ließ seine ruhige Gewißheit Frevisse innehalten. Fast war sie bereit zu glauben, daß die Liebe zwischen den beiden, für die Magdalen die Hand ins Feuer legte, größer war als die Torheit dieser Zuneigung. Sanfter, als sie erwartet hatte, sagte sie: »Ihr könnt nicht geglaubt haben, daß Hoffnung für Eure Liebe besteht. Nicht bei dem großen Standesunterschied zwischen ihr und Euch. Ihre Familie würde das niemals billigen. Und Ihr ...«

Sie beendete den Satz nicht – Evan wußte, was er war.

»Ich hatte die Hoffnung, bald kein Geächteter mehr zu sein. Das wäre ein Anfang gewesen. Deshalb habe ich Nicholas darin bestärkt, sich um eine Begnadigung zu bemühen. Auch habe ich nicht alles vergeudet, was ich ›erworben‹ habe. Ich würde nicht mit leeren Händen vor sie treten. Und sie hat eigenen Besitz. Sie ist nicht abhängig von ihrer Familie.« Als ob er in Frevisses Gedanken ihren letzten, größten Vorbehalt lesen könnte, nämlich den beträchtlichen Standesunterschied, fügte er hinzu: »Und ich war nicht immer ein Hausierer.«

»Ihr kommt aus guter Familie?«

»So gut, daß sie mich nie wieder sehen wollten, nachdem ich Schande über sie gebracht hatte. Und sie *haben* mich nie wieder gesehen. Ich war ein dummer Junge und habe dumme Sachen angestellt, und vielleicht bin ich mit den Jahren nicht viel klüger geworden. Aber ja, ich stamme aus einer guten Familie. So gut, daß ich Magdalen keine Schande machen würde.« Er brach stöhnend ab, als Frevisse das frisch zusammengefaltete Tuch fest auf die Wunde drückte.

»Ich muß die Blutung stillen«, sagte sie. »Wenn es nicht aufhört zu bluten, werdet Ihr sterben.«

Evan pflichtete ihr mit einer leichten Kopfbewegung bei, aber machte keine Anstalten zu sprechen. Nur das Plätschern des Baches und Tropfen, die von Blättern fielen, waren zu hören, als Frevisse das Handtuch mit einem Streifen Stoff von seinem Beinkleid festband, damit es nicht verrutschte.

Als sie fertig war, war sein Gesicht aschfahl. Sie ließ ihn einen Augenblick ruhig liegen. Ob es wirklich stimmte, was Evan über sich gesagt hatte? Seine Manieren und Sprechweise waren deutlich besser als die eines Bauern. Also war vielleicht etwas Wahres an seiner Behauptung, von vornehmer Herkunft zu sein.

Aber ob das zutraf oder nicht, es war nicht ihre Sache. Sie war hier draußen und setzte ihren Ruf aufs Spiel, weil Magdalen sie um Hilfe gebeten hatte. Da sie sich nun einmal darauf eingelassen hatte, fand Frevisse, konnte sie die beiden nicht einfach im Stich lassen.

Sie sagte: »Ihr werdet den weiten Weg zu Nicholas' Lager

nie schaffen. Und wahrscheinlich läßt Meister Payne mittlerweile jeden in der Umgebung nach Euch fahnden wegen des Mordes an Colfoot.«

»Ich habe ihn nicht getötet.«

Frevisse ließ sich nicht auf dieses Thema ein. Statt dessen sagte sie: »Hierher kommt wahrscheinlich so schnell niemand. Bald ist Tischzeit, da denken alle eher ans Abendessen als an Euch. Zwischen den umgestürzten Bäumen seid Ihr sicher. Ihr legt Euch besser dort hin, als in Euer Loch zurückzukriechen und das Risiko einzugehen, daß der Verband sich lockert. Ich komme wieder.«

Evan hob den Kopf, den er auf die Hand gestützt hatte, und blickte sie ungläubig an. »Ihr könnt nicht wiederkommen! Ihr habt schon zu viel aufs Spiel gesetzt. Sagt Magdalen, daß es mir gutgeht, daß die Verletzung harmlos ist. Sagt ihr –«

Frevisse packte ihn an der Schulter. »Ihr habt nicht die geringste Chance, weit genug zu kommen, um die Verfolger abzuschütteln. Wenn Ihr Euch bewegt, wird die Wunde wieder aufbrechen, und Ihr werdet das Morgengrauen nicht mehr erleben. Und ob sie Euch an der Wegkreuzung aufhängen oder nicht, der Kummer wird Magdalen ins Grab bringen.«

Evan zuckte unter ihrem festen Griff und dem Nachdruck ihrer Worte zusammen und nickte.

Unerbittlich fuhr Frevisse fort: »Dann hört mir zu. Ich denke nicht, daß Ihr Colfoot getötet habt. Aber Meister Payne möchte uns unbedingt glauben machen, daß Ihr es getan habt. Wir müssen Euch am Leben erhalten und vom Verdacht reinwaschen, sonst wird nie jemand nach dem wahren Mörder suchen. Hier draußen werdet Ihr nicht am Leben bleiben.« Nicht wenn es wieder regnete. Nicht ohne ein Dach über dem Kopf, Wärme und Nahrung.

»Wenn Nicholas davon wüßte, würde er mich holen.«

»Ich habe keine Möglichkeit, ihm eine Nachricht zukommen zu lassen. Habt Ihr eine?«

»Nein.«

»Dann hilft uns das nicht weiter. Laßt Euch erst einmal von mir zwischen die Bäume helfen.«

Mit grimmigem Schweigen ertrug Evan die Schmerzen und die Anstrengung, die jede Bewegung für ihn bedeutete. Doch als er zwischen den Bäumen auf dem schrägen Uferhang lag, fürs erste gut genug versteckt, sagte er: »Das ist eine seltsame Vergeltung für die Schwierigkeiten, in die ich Euch gebracht habe.«

Frevisse hatte ihre Handlungsweise nicht unter dem Gesichtspunkt von Belohnung oder Vergeltung betrachtet. Überrascht zögerte sie, dann antwortete sie: »Ihr habt gesagt, Ihr wart ein dummer Junge. Nehmen wir einmal an, ich bin eine törichte Frau, dann geht es auf. Bleibt am Leben, bis ich Euch hole.«

Kapitel 16

Wegen der dichten Wolkendecke würde es früh dunkel werden, hoffentlich bis zum Nachtmahl, wenn der ganze Haushalt sich im Wohnsaal und in der Küche einfand. Das war der richtige Augenblick, um Evan ins Haus zu bringen. Sie wußte schon, wo sie ihn verstecken würde, aber in der Zwischenzeit mußte der Rest des Nachmittags überstanden, der Schmutz auf ihrem Ordensgewand erklärt und Schwester Emma berücksichtigt werden.

Ihr Ordensgewand war kein Problem. »Ich bin an einer schlammigen Stelle ausgerutscht und hingefallen«, sagte sie, erst zur Kammerzofe Lovie, der sie begegnete, als sie ins Haus trat, und dann zu Schwester Emma, die wach und aufrecht im Bett saß. Bess wollte, daß sie den Habit auszog und ihr zum Reinigen gab. Aber Frevisse wußte, daß sie ihn doch nur wieder schmutzig machen würde, und bestand darauf, daß einfaches Ausbürsten fürs erste genügte. Bess setzte ihr nicht zu, doch Schwester Emma redete ohne Punkt und Komma, unterbrochen nur von regelmäßigen Hustenanfällen – wie lästig es doch sei, auf einer Reise krank zu werden, und war es nicht erstaunlich, daß noch niemand von ihrer Familie sie besucht hatte, und ...

Doch nicht aus diesem Grund fragte Frevisse Bess, ob noch etwas von Mistress Paynes Mohnsirup übrig sei.

Schwester Emma vorsätzlich zu betäuben, war eine Verzweiflungsmaßnahme. Frevisse versuchte, sich selbst zu überzeugen, daß Schwester Emma den Mund halten würde, wenn ihr alles sorgfältig erklärt würde. Aber als Bess das Getränk brachte – Mohnsirup in heißem, gewürzten Wein –, nahm Frevisse den Becher und stellte ihn auf den Nachttisch. »Hier ist Eure Arznei, Schwester. Nein, wartet. Sollen wir zuerst die Vesper beten?«

»Oh, nein. Ich werde sie sofort einnehmen. Was du heute kannst besorgen, das verschiebe nicht auf morgen. Wißt Ihr, dieser Husten weckt mich immer, wenn ich gerade eingeschlafen bin. Nein, ich nehme die Arznei. Dann muß ich während der Vesper nicht husten, und wenn wir fertig sind, kann ich schlafen.«

Frevisse reichte ihr den Becher. Schwester Emma trank ihn genüßlich aus. Dann bekreuzigten sie sich und begannen mit dem Eröffnungsgesang der Vesper: »›*Deus, in adjutorium meum intende.*‹« Erhöre mich, Herr, denn deine Güte ist tröstlich; wende dich zu mir nach deiner großen Barmherzigkeit, denn mir ist angst; erhöre mich eilends.

Das Stundengebet war kurz, aber Schwester Emma war lange vor dem Schlußpsalm eingeschlafen. Als Frevisse sich von den Knien erhob, drehte sie sich zu der hinter ihr wartenden Bess um und sagte: »Findet heraus, wo sich alle aufhalten und wie lange sie voraussichtlich bleiben werden.«

Bess blickte sie mit kaum verhohlener Neugier an, sagte aber nur: »Ja, Mylady«, und ging.

Als sie fort war, strich Frevisse behutsam Schwester Emmas Decken glatt und zog die Bettvorhänge zu. Dann blieb nichts mehr zu tun, als im Zimmer auf und ab zu gehen und ihren eigenen Gedanken nachzuhängen, ans Fenster zu treten und zuzuschauen, wie der trübe Abend allmählich dunkler wurde, und auf Bess' Schritte zu horchen.

Als sie kam, war Frevisse fast krank vor Sorge. Sie steckte die Hände in die Ärmel, um das Zittern zu verbergen. Bess trat ein, vor Eile ein wenig außer Atem, und balancierte ein Tablett mit drei Abendessen. »Ich mußte warten, damit ich das hier gleich mitnehmen konnte«, erklärte sie. »Ich sagte, Ihr wolltet bei Schwester Emma bleiben und hättet mich gebeten, Euch Gesellschaft zu leisten, aber mir ist keine Ausrede eingefallen, warum ich nicht warten sollte, um das Essen hochzubringen. Darum hat es so lange gedauert. Alle gehen jetzt zum Nachtmahl, nur Adam hält bei Magdalen in der Stube Wache.«

Dann kam ihnen mit ziemlicher Sicherheit eine Zeitlang niemand in die Quere. Frevisse betete zu Gott, daß die Zeit reichen würde.

»Bess, es gibt da etwas, das wir tun müssen.«

Es war wie in einem Alptraum. Die heimliche Flucht aus dem Haus in die schummrige Dämmerung. Das Wiederfinden des Weges durch den Obstgarten und am Bach entlang. Und die Angst, Evan könnte nicht mehr dort sein.

Aber er war da, wenn auch durchgefroren, naß und so steif, daß er selbst mit ihrer Hilfe kaum hochkam, und als sie ihn auf den Beinen hatten, konnte er gerade noch hinken. Der Rückweg schien eine Ewigkeit zu dauern, und über allem hing wie ein Damoklesschwert die Möglichkeit, daß das

Nachtmahl vorüber sein könnte, bevor sie das Haus erreichten. Oder daß Evans Kräfte ihn verlassen und sie beide nicht in der Lage sein würden, ihn zu tragen.

Endlich erreichten sie die Hintertür, unbemerkt, soviel sie wußten, und Evan hielt sich noch auf den Beinen. Frevisse ließ ihn an die Wand gelehnt stehen, während sie vorsichtig die Tür zur Vorhalle öffnete und angestrengt horchte, bis sie sicher war, daß die Luft rein war. Gedämpfte Unterhaltung vom Wohnsaal verriet ihr, daß das Abendbrot noch nicht beendet war. Aber es konnte jederzeit jemand hier vorbeikommen – von der Küche mit dem nächsten Gang oder vom Wohnsaal mit leeren Schüsseln. Zum Zerreißen gespannt vor Angst und dem Zwang zur Eile, wo es keine Eile geben konnte, brachten Bess und sie Evan durch die Vorhalle zur dunklen Stiege.

Inzwischen war er mit seinen Kräften fast am Ende. Auf den Stufen fiel er vornüber auf Hände und Knie, und Frevisse packte ihn im allerletzten Augenblick unter dem Arm, um seinen Sturz aufzuhalten und eine geräuschvolle Landung zu verhindern.

»Ihr müßt da hoch«, flüsterte sie und zog ihn auf die Füße. »Wir können Euch nicht tragen. Ihr *müßt* selber gehen.«

Er tat es, quälend langsam, Frevisse ging an seiner Seite – es kam ihr vor, als ob sie ständig jemandem diese Treppe hochhalf – Bess schob von hinten, so gut sie konnte. Kurz vor dem oberen Ende der Treppe hielten sie an, um zu horchen, aber es war kein Laut zu hören.

»Die Tür«, keuchte Frevisse. Evan stützte sich jetzt beinahe mit seinem ganzen Gewicht auf sie, so daß sie nicht mehr tun konnte, als ihn festzuhalten. Bess zwängte sich an ihnen vorbei, ebenfalls zitternd vor Nervosität, öffnete die Tür und ging an Evans andere Seite. Gemeinsam schleppten sie ihn in Magdalens Zimmer. Frevisse konnte kaum glauben, daß sie es geschafft hatten, und befahl: »Mach die Tür zu«, doch Bess war schon dabei und stieß ein Dankesgebet hervor, als die dünne Schranke zwischen ihnen und der unmittelbaren Gefahr sich schloß, während Frevisse Gott nur stumm dankte.

»Das Rollbett«, sagte Frevisse. »Das an der Wand.«

Weil das große Bett sehr hoch war, verbarg es das Rollbett vor Blicken von der Tür. Wenn nicht jemand weiter ins Zimmer trat, war einer, der darin lag, nicht zu sehen. Und sollte es gar nicht zu verhindern sein, daß jemand hereinkam, konnten sie das Rollbett mitsamt Evan wieder unter das große Bett schieben. Solange er ruhig war, würde er einigermaßen sicher sein, zumindest für kurze Zeit.

Gemeinsam halfen sie ihm ins Bett und scherten sich nicht darum, was seine schmutzige, blutige Kleidung auf den Laken anrichten würde. Evan legte sich zurück und konnte ein lautes Stöhnen nicht unterdrücken, als er seine Glieder endlich ausstreckte. Bess zündete eine Lampe an. Als sie zurückkehrte und ihr damit leuchtete, sah Frevisse mit Entsetzen, wie bleich er war und wie grau sein Gesicht. Er hatte viel zuviel Blut verloren. Er mußte etwas essen, aber noch wichtiger war Flüssigkeit. Doch sie war nicht sicher, ob er die Kraft haben würde, etwas zu trinken.

Während sie still um Gottes Hilfe und Barmherzigkeit betete, setzte sie ihm den Becher an die Lippen und ermunterte ihn zu trinken. Es gelang ihr tatsächlich, ihm etwas Wein einzuflößen. Sie hoffte, Wein würde einer Wunde nicht nur äußerlich, sondern auch innerlich guttun. Wenigstens kehrte eine Spur von Farbe in sein Gesicht zurück, und sie sagte zu Bess: »Bringt mir das Bier vom Nachtmahltablett und Schwester Emmas Brühe.«

Mit ihrer Hilfe trank Evan das Bier, aber als sie versuchte, ihm etwas Brühe mit dem Löffel einzuflößen, drehte er stöhnend den Kopf weg.

»Psst!« flüsterte Frevisse beschwörend. »Man wird Euch hören!« Sie bereute, daß sie Schwester Emma den ganzen Mohnsirup gegeben hatte. Und sie wußte nicht, was sie mit dem Verband anstellen sollten – der provisorische war blutdurchtränkt. Doch das konnte einen Augenblick warten – sie mußte verhindern, daß Evan aus purer Entkräftung in den Tod sank.

»Eßt«, zischte sie ihn an. »Magdalen möchte Euch gewiß nicht tot neben ihrem Bett finden. Eßt das.«

Sie zwang den Löffel zwischen seine Zähne, und er kam soweit zu sich, daß er sich Mühe gab. Ein wenig Brühe lief in seinen Mund, noch ein bißchen, und er schluckte.

Als sein Gesicht mehr Farbe hatte – immer noch nicht viel, aber besser als das Leichengrau von eben –, wandte sie sich seiner Wunde zu. Statt die Verletzung durch Abnehmen des durchweichten Tuchs zu reizen, faltete sie ein zweites und legte es über das erste. Sie war erst halb fertig damit, es festzubinden, da klapperte der Türriegel. Der Schreck ließ Frevisse das Herz bis zum Halse schlagen. Bess und sie sprangen auf und suchten fieberhaft nach einer Beschäftigung, die ungezwungen wirkte und sie trotzdem zwischen Bett und Tür brachte.

Doch Jack warf ihnen nur einen flüchtigen Blick zu, als er eintrat und Magdalen die Tür aufhielt.

»Ich werde die ganze Nacht draußen vor der Tür sein«, erklärte er ihr etwas verlegen, aber bestimmt. »Ihr wißt, daß Ihr nicht hinausgehen dürft. Wenn Ihr es versucht, muß ich Euch festhalten und Meister Payne davon berichten.«

Mit ihrer ruhigen Würde sagte Magdalen: »Ich weiß. Das hat er unmißverständlich kundgetan. Ich werde Euch keine Schwierigkeiten machen.«

»Dann ist es ja gut«, sagte Jack. Er machte eine kurze Verbeugung zu Frevisse. »Ihr könnt natürlich kommen und gehen, wie es Euch beliebt, Mylady.«

»Danke«, sagte Frevisse mit nur leicht angespannter Stimme und zwang sich zu einem Lächeln.

»Also dann«, sagte Jack. Da die drei Frauen ihn standhaft anblickten, zog er es vor, nichts mehr zu sagen. Er ging und schloß die Tür hinter sich.

»Ach, Mylady!« platzte Bess heraus und eilte zu Magdalen, die sie mit einer Handbewegung zum Schweigen brachte.

»Wenn du freundlich bist, werde ich weinen, und wenn ich erst angefangen habe, kann ich nicht mehr aufhören«, sagte sie. Dann fiel ihr Blick auf Bess' Schuhe. Ihre Augen weiteten sich, und sie sah scharf auf Frevisses. »Ihr seid ja beide voller Schlamm. Wie kommt denn das?«

»Magdalen –«, setzte Frevisse warnend an.

Aber Magdalen hatte zu viele Stunden auf dem schmalen Grat zwischen Hoffnung und Verzweiflung geschwankt. Ihre Selbstbeherrschung brach endgültig zusammen. Mit leiser, gequälter Stimme fragte sie drängend: »Habt Ihr ihn gefunden? Lebt er? Wo ist er?«

Frevisse trat vor, um Magdalen den Weg abzuschneiden, und machte sich bereit, ihr die Hand auf den Mund zu legen, falls sie laut aufschreien sollte. »Er ist hier. Er ist verwundet, genau wie Ihr gesagt habt, aber er ist –«

Magdalen war jetzt weit genug im Zimmer, um an Frevisse vorbei das Rollbett sehen zu können. Sie holte tief Luft, stürzte vor und fiel neben Evan in der schmalen Lücke zwischen Bett und Wand auf die Knie. Schwach streckte er ihr eine Hand entgegen. Magdalen umfaßte sie mit beiden Händen, beugte sich über ihn und sprach so leise etwas zu ihm, daß niemand sonst es hören konnte, aber zwischen Lachen und Weinen sah sie ihn froh und besorgt zugleich an.

Evan hob die andere Hand und strich ihr mit den Fingern

sanft über die Wange. »Es ist nur eine leichte Verletzung«, sagte er leise. »Sie wird heilen.« Magdalen vergrub ihr Gesicht an seiner Halsbeuge, und er legte ihr den Arm um die Schulter und hielt sie, so gut er konnte.

Frevisse ließ sie den großen Augenblick auskosten, aber dann sagte sie: »Die Wunde muß gesäubert werden. Er muß die nassen Kleider ausziehen, wieder warm werden und etwas zu essen bekommen. Könnt Ihr uns dabei helfen?«

»Ja«, sagte Magdalen leidenschaftlich. »Ja.« Sie richtete sich auf und trocknete ihre Tränen. »Etwas zu essen ist da. Gut. Und ein Hemd von Edward, das ich gerade geflickt habe, das kann er anziehen. Wir können das Leinen, aus dem ich einen neuen Unterrock machen wollte, als Verbandszeug benutzen. Bess, mach mir soviel Wasser heiß, wie wir haben, und bei meinen Arzneimitteln in der Truhe dort ist Salbe.« Da Evan sich in ihrer Obhut befand und ihre schlimmste Angst gemildert war, hatte sie zu ihrer alten Selbstsicherheit zurückgefunden. »Schwester Frevisse, ich weiß, das ist keine Arbeit für Euch. Wollt Ihr währenddessen für uns beten?«

Frevisse verzichtete darauf, anzumerken, daß der Verband an Evans Bein ihr Werk war und daß sie Schwester Claire mehr als einmal geholfen hatte, verletzte Männer aus dem Dorf zu verarzten. Sie nickte bloß und setzte sich auf einen Schemel an der Tür. Es war gut, daß Magdalen – und sei es nur für kurze Zeit – zu beschäftigt war, um darüber nachzudenken, in welcher Gefahr sie alle schwebten, und ganz besonders Evan.

Kapitel 17

Bess schlief so tief wie Schwester Emma, und im ganzen Haus war kein Laut mehr zu hören, bis auf den Regen am Fenster. Frevisse hatte nicht die leiseste Ahnung, wie spät es war, nur daß es tief in der Nacht oder sehr früh sein mußte, aber sie und Magdalen konnten noch immer nicht schlafen. Jetzt, da Evan aus einer seiner kurzen Ruhephasen aufgewacht war, saßen sie zu dritt beisammen und besprachen, was besprochen werden mußte.

Sie hatten alle Lichter im Zimmer gelöscht, außer einer Lampe mit kleiner Flamme, die am Fußende des Bettes stand, in dem Bess schlief. Durch das Essen und Magdalens Pflege hatte Evan sich soweit erholt, daß er aufgestützt gegen die Kissen lehnte. Er war jetzt gewaschen und trug das frische Hemd von Edward. Der Schein der Lampe verlieh seinem Gesicht einen goldenen Ton, so daß er beinah gesund aussah. Aber er lag apathisch still wie ein Schwerkranker, und Magdalen saß bei ihm und ließ seine Hand nicht einen Augenblick los, als ob sie fürchtete, sie würde ihn sonst verlieren.

Was durchaus passieren konnte, ob sie ihn festhielt oder nicht.

Frevisse dachte, wenn die Wunde sich nicht entzündete, würde sie recht gut verheilen. Er brauchte nur Zeit. Aber die würde er nicht haben, wenn man ihn entdeckte.

»Wenn es doch eine Möglichkeit gäbe, Oliver zu überzeugen, daß Evan unschuldig ist«, sagte Magdalen. »Oder wenn wir ihn aus dem Haus schmuggeln könnten, seine Wunde ist ja jetzt versorgt.«

Frevisse bezweifelte, daß Magdalen ernsthaft glaubte, ihr Bruder könnte dazu überredet werden, Evan zu verschonen, wenn er seiner erst einmal habhaft geworden war. Oliver Paynes Zorn war so groß gewesen, sein Entschluß zu endgültig. Und Evan verschwinden zu lassen – nun, allein die zwingende Notlage und viel Glück hatten sie befähigt, ihn hierher zu bringen. Darauf konnten sie sich nicht noch einmal verlassen. Und selbst wenn, jede Bewegung würde das Risiko mit sich bringen, daß die Wunde wieder aufbrach, und viel Blut durfte Evan nicht mehr verlieren, wenn er überleben sollte.

»Wenn Nicholas irgendwie erfahren könnte, was geschehen ist, holt er mich vielleicht«, sagte Evan.

»Und überzeugt Meister Payne, Euch gehen zu lassen?« wandte Frevisse ein. »Weiß er überhaupt, daß Ihr einer von Nicholas' Männern seid?«

Magdalen machte eine kleine, schnell wieder abgebrochene Bewegung, als Evan antwortete: »Nein. Wir hielten es für besser, daß Nicholas der einzige von uns war, der Kontakt zu Payne hatte. So konnte ich Payne und seine Unternehmungen etwas im Auge behalten, ohne daß er wußte, wer ich war.«

Leise und drängend sagte Magdalen: »Schwester Frevisse, Ihr *wißt*, was Evan ist?«

Verblüfft wurde Frevisse klar, daß sie angenommen hatte, Magdalen hätte keine Ahnung, was Evan war, und offensichtlich hatte Magdalen dasselbe von ihr angenommen. »*Ihr* wißt es?« wiederholte sie.

Magdalen lachte leise. »Daß er ein Vogelfreier ist? Ja. Daß seine Familie ihn wegen einer Dummheit fallengelassen hat, die er bereitwillig zugibt, und daß er ein Hausierer war und dann auf Geächtete stieß, deren Kundschafter er nun ist? Ja. Er hat mir das alles gleich zu Anfang erzählt, als wir uns verliebt haben.«

Evans Miene verriet einen Schmerz, der aus einer tieferen Quelle als seiner Wunde rührte. »Als ich kam, hatte ich nichts anderes im Sinn, als herauszufinden, wie wir ihren Bruder am besten zwingen konnten, unseren Zwecken zu dienen. Mit ihr habe ich nicht gerechnet. Und als ich sie kennengelernt hatte, wollte ich keine Lüge zwischen uns. Auch auf die Gefahr hin, sie dadurch zu verlieren.«

In Magdalens Lächeln lag die Freude tief empfundener Erinnerungen. »Wir sind uns eines Tages zufällig im Hof begegnet, als er Lovie davon überzeugte, Mistress Payne würde sehen, daß seine Nähnadeln die feinsten seien, die zu haben sind. Ich hatte meine Nadeln bis auf eine alle verloren, und wir kamen ins Gespräch. Von Nadeln kamen wir auf andere Dinge, und ich fand heraus, daß mehr in ihm steckte, als es den Anschein hatte. Und als er wiederkam, fand ich einen Vorwand, mich ausführlicher mit ihm zu unterhalten. Als er das nächste Mal kam, gingen wir in den Obstgarten, um ungestört vom Kommen und Gehen im Hof miteinander reden zu können. Danach kam er häufiger, und wir haben ein Zeichen verabredet, mit dem er mich wissen lassen konnte, daß er in der Nähe war, oder wir haben Tag und Zeit ausgemacht. Auch vorher schon bin ich oft allein im Obstgarten spazierengegangen. Ich glaube nicht, daß irgend jemandem auch nur der Gedanke kam, ich hätte jetzt mehr Grund, mich dort aufzuhalten.«

Evan ließ sich von ihren Erinnerungen mitreißen und lächelte mit ihr. »Obwohl der Winter uns zu schaffen machte. Keine Blätter an den Bäumen, die uns verbargen.«

»Also konnten wir nur miteinander sprechen, wenn er ins Haus kam, um seine Waren feilzubieten, meistens in der Küche. Es war immer jemand dabei.«

»Wenigstens war ich zu dieser Zeit wohlgenährt.«

Sie lachten leise, die Köpfe zusammengesteckt. Nur wenig war ihnen vergönnt gewesen, doch sie hatten ihr ganzes Herz daran gehängt.

»Aber das hilft uns jetzt nicht weiter«, sagte Frevisse. Der kurze, unbeschwerte Augenblick war verflogen. Magdalen richtete sich auf, ohne seine Hand loszulassen. »Woher wißt Ihr, wer Evan ist? Und woher wißt Ihr von Nicholas und seinen Geschäften mit meinem Bruder?«

»Nicholas ist mein Cousin, allerdings hatte ich ihn seit sechzehn Jahren nicht mehr gesehen. Evan war dabei, als er mich vor ein paar Tagen entführen ließ. Sie wollten mich dazu bewegen, meinem Onkel zu schreiben, damit er sich für eine Begnadigung für Nicholas und seine Männer einsetzt.«

»Eine Begnadigung?« Magdalen blickte mit neu erwachter Hoffnung von Frevisse zu Evan und wieder zurück. »Evan könnte begnadigt werden?«

»Mein Onkel hat die Macht, Begnadigungen zu erwirken, ja. Ich habe ihm am Morgen nach meiner Ankunft hier geschrieben. Euer Bruder weiß davon.«

»Aber wenn Evan begnadigt werden sollte –«

»Für die Dinge, die dazu geführt haben, daß er geächtet wurde«, unterbrach Frevisse. »Von Mord war nicht die Rede.«

»Er hat Colfoot nicht ermordet!«

»Ich glaube nicht, daß Euer Bruder die Absicht hat, ihn so lange am Leben zu lassen, bis er das auf irgendeine Art und Weise bewiesen hat. Wenn er hier entdeckt wird, ist er ein toter Mann, und das Thema Begnadigung hat sich erübrigt.«

Die Stille der Nacht folgte drückend auf ihre Worte. Magdalen schloß die Augen und sah elend aus, aber sie widersprach nicht. Evan wandte den Kopf ab. Frevisse starrte in eine dunkle Ecke. Sie hatte nicht die geringste Vorstellung, was sie jetzt tun sollten. Das Schweigen dauerte an, bis Magdalen ohne aufzublicken sagte: »Wir müssen einen Weg finden, Oliver dazu zu zwingen, Evan gehen zu lassen.«

Frevisse und Evan sahen Magdalen an. »Evan, du hast mir erzählt, Oliver legt das Geld an, das Nicholas ihm bringt. Das Geld, das ihr von anderen Leuten ›einsammelt‹.«

»Meinen Anteil und den von Nicholas«, bestätigte Evan. »Allerdings denkt Oliver, es gehöre nur Nicholas.«

»Und er führt Buch darüber«, sagte Magdalen. »Oliver führt über alles Buch.«

»Nicholas sagt, er hat eine Schriftrolle gesehen, auf der unsere Gewinne verzeichnet waren, ja«, stimmte Evan zu.

Aber Frevisse erhob Einspruch: »Euer Bruder würde doch wohl nicht Buch über seine Geschäfte mit Geächteten führen?«

»Nicholas ist hier als Wildhüter bekannt«, erwiderte Magdalen. »Die Leute haben ihre Zweifel daran, aber niemand hat das Märchen in Frage gestellt. Solange Oliver behauptet, er habe geglaubt, mit dem ehrlich verdienten Geld eines Ehrenmannes Geschäfte zu machen, hat er nichts zu befürchten.« Sie hielt inne, öffnete den Mund, stockte wieder und erklärte schließlich mit angespannter Stimme: »Oliver ist nicht immer ehrlich. Und wenn er irgend jemanden betrügen würde, dann Nicholas, einen Geächteten, der wahrscheinlich getötet oder gefangengenommen wird, bevor er Oliver zur Rechenschaft ziehen kann. Der nicht in der Lage ist, Forderungen gegen ihn geltend zu machen.«

Evan starrte sie an. »Er würde es nicht wagen, Nicholas zu betrügen!«

»Wenn er irgend jemanden betrügen würde, dann Nicholas«, beharrte Magdalen. »Oliver verachtet ihn. Er hält Nicholas für einen Dummkopf. Ich glaube, er denkt noch Schlimmeres über ihn, auch wenn er es nicht laut sagt.«

»Aber wenn Nicholas begnadigt wird und sein Geld haben will, was wird Payne dann sagen?« fragte Evan. »Es täte ihm leid, aber es wäre nichts da?«

»Daß es Verluste gegeben hat. Daß nicht so viel da ist, wie Nicholas gehofft hatte.«

»Selbst wenn Nicholas ihm das nicht abnimmt, was soll er denn tun?« warf Frevisse ein. »Sich auf Payne stürzen und seine Begnadigung verscherzen? Ihn vor Gericht bringen und wegen Geld verklagen, das aus Schutzgelderpressungen und Raub stammt? Wenn wir nur einen konkreten Beweis hätten, so daß Nicholas Meister Payne in der Hand hätte ...« Frevisse wurde plötzlich klar, was sie eben über Nicholas gesagt – und gedacht – hatte. Er war ein Lügner, das wußte sie, ein Dieb und Erpresser, und insgeheim zweifelte sie stark an seinem Willen zur Besserung. Wollte sie wirklich, daß Meister Payne ihm auf Gedeih und Verderb ausgeliefert war?

»Aber wir haben nichts in der Hand«, erklärte Evan kategorisch.

»Doch«, entgegnete Magdalen ruhig. Die Erkenntnis, daß sie ihren Bruder verriet, verdüsterte ihre Züge. »Ich wußte nicht, daß du Hoffnung auf eine Begnadigung hattest, aber du hast mir von dem Geld erzählt, das Oliver für euch anlegen sollte. Ich wußte, daß du es für uns verwenden wolltest, für unser gemeinsames Leben, weil du nicht abhängig sein wolltest von dem, was ich habe – obwohl es für uns reichen würde.«

Evan setzte zu einer Antwort an, aber sie legte die Hand an seine Wange und unterbrach so seinen Protest. »Ich weiß«, sagte sie leise. »Du wolltest mehr für uns. Das hast du schon öfter gesagt. Deshalb habe ich mir Sorgen gemacht und ...« Sie holte tief und zitternd Luft. » ... den Schlüssel gestohlen, den Oliver bei Iseult hinterlegt, wenn er länger als einen Tag fort ist. Ich habe die Truhe geöffnet und die Schriftrolle genommen, in der es um Nicholas' Geld geht.«

»Was steht drin?« fragte Frevisse. »Habt Ihr sie noch?«

Statt zu antworten, stand Magdalen auf und ging zu einer ihrer Truhen, die an der Wand standen. Sie griff tief in einen Stapel zusammengefalteter Wäsche und holte ein fest zusammengerolltes Pergament hervor.

Als Magdalen ihr die Schriftrolle reichte, fragte Frevisse: »Seit Ihr sicher, daß Betrug vorliegt?«

Magdalen holte die Lampe und hielt sie hoch, damit Frevisse besser lesen konnte. »Es sind insgesamt zwei Bögen. Seht Euch beide an.«

Auf den ersten Blick war das Konto recht ordentlich geführt. Eine Auflistung von Datumsangaben, daneben die von Nicholas erhaltenen Beträge sowie in verschiedenen Unternehmen angelegte Summen, gelegentlich mit einem Kommentar über einen bestimmten Ertrag aus einer speziellen Leistung. Tatsächlich verzeichnete der erste Bogen einen stetigen Gewinnzuwachs. Aber auf dem zweiten Blatt fanden sich die ersten hohen Verluste, und die Kommentare dazu fielen knapper aus. Frevisse nahm sich nicht die Zeit für eine sorgfältige Prüfung, aber sie gewann den Eindruck, daß Nicholas' Geld zum Ersten dieses Monats auf kaum mehr als das zusammengeschrumpft war, was er Meister Payne im Laufe mehrerer Jahre anvertraut hatte. Fast der ganze Gewinn war in weniger als fünf Monaten verschwunden.

»Oh«, sagte sie.

»Allerdings«, pflichtete Evan ihr trocken bei. Sie hatte die Rollen ins Licht gehalten. Nun bemerkte sie, daß er mitgelesen hatte. Ihre Miene mußte ihre Verblüffung verraten haben, denn er sagte: »Ich habe Euch doch gesagt, daß ich aus einer guten Familie stamme. Als jüngerer Sohn wurde ich ausgebildet, mich im Hause meines Vaters nützlich zu machen. Wie es sich so traf, wurde ich in ein Zimmer gesteckt, um die Buchhaltung zu machen. Das paßte mir nicht, aber ich lernte lesen. Diese Zahlen werden Nicholas nicht gefallen.«

»Was Nicholas mit Sicherheit nicht gefallen wird, ist dies hier.« Frevisse ließ ihren Finger über die zweite Seite wandern. »Meintet Ihr das?« fragte sie Magdalen.

Magdalen nickte. »Es ist alles mit derselben Tinte geschrieben. Alle Eintragungen seit Januar sind in einem Zug gemacht worden.«

Evan zog scharf die Luft durch die Zähne. »Ach! Das habe ich ganz übersehen! Zeigt mal.«

Er nahm den ersten Bogen. Hier war die Farbe der Tinte bei jedem Eintrag anders, weil Meister Payne nur einen Eintrag gemacht hatte, die Tinte hatte trocknen lassen und erst Tage später wieder etwas geschrieben hatte – mit einer neuen Feder und häufig deutlich andersfarbiger Tinte, denn es war schwierig, beim Anrühren der Tinte zweimal exakt den gleichen Farbton zu treffen. Doch auf der zweiten Seite waren Tinte und Federstrich vom ersten bis fast zum letzten Eintrag einheitlich. Nur die beiden letzten Einträge wichen davon ab. Aber der Rest des Blatts war in einem Zug geschrieben worden. Und diese Seite verzeichnete alle Verluste.

Grübelnd starrte Frevisse auf das Papier. Payne war ein Betrüger; konnte er auch ein Mörder sein? War er deshalb so fest entschlossen, Evan das Verbrechen in die Schuhe zu schieben? Immer mit der Ruhe, sagte sie sich. Erst mußte sie die Fakten klären.

»Wann hat Nicholas das erste Mal von einer Begnadigung gesprochen?« fragte Frevisse.

»Ich habe letzten Herbst angefangen, ihm die Idee in den Kopf zu setzen«, antwortete Evan. »Aber erst der harte Winter hat ihn überzeugt. Zum ersten Mal erwähnte er den Plan als seine eigene Idee ungefähr im Februar, glaube ich.«

»Und kurz darauf hat er es wahrscheinlich Meister Payne erzählt«, sagte Frevisse, »dem der Gedanke nicht gefiel, das ganze Geld zu verlieren, das er für jemanden verdient hatte, den er verachtete. Also hat er ein neues Kontoblatt geschrieben. Und ich bezweifle, daß Nicholas es bemerkt hätte. Ergebnisse interessieren ihn viel mehr als Einzelheiten. Er hätte getobt, aber er hätte sich damit abgefunden. Wie wäre es, wenn wir ihm die Kontoblätter mit einem Begleitbrief zukommen ließen, in dem wir erklären, daß Evan in Not ist und gerettet werden muß und daß das nötige Druckmittel beiliegt, das er Meister Payne nur unter die Nase zu halten braucht?«

»Dann kommt er«, erklärte Evan überzeugt. »Er gefällt sich in der Rolle des heldenhaften Anführers, der bereit ist, alles für seine Männer zu wagen – solange es ihm keine zu großen Umstände macht, denn dann schwindet sein Interesse. Mich hier rauszuholen, macht zwar Umstände, aber da er sowieso kommen wird, um seine Wut an Payne auszulassen, bedeutet meine Rettung kaum mehr Aufwand. Er wird kommen und es genießen, Payne zu tyrannisieren. Und mich vor Paynes

Augen zu entführen, ist eine zusätzliche Beleidigung. Aber erst müssen wir Nicholas den Brief zukommen lassen.«

»Ich kann mir ein Pferd aus dem Stall nehmen«, sagte Magdalen. »Sagt nur, wohin ich reiten soll.«

»Auf keinen Fall!« rief Evan bestürzt.

»Ihr werdet bewacht«, wandte Frevisse ein. »Das würde zuviel Aufregung geben, und wir riskieren, daß Evan entdeckt wird.«

»Dann geht Ihr«, bestürmte Magdalen Frevisse.

Aber Frevisse schreckte vor der Gefahr und der Unschicklichkeit zurück. Evan sagte: »Der Brief muß nicht bis zum Lager gebracht werden. Höchstwahrscheinlich wird einer unserer Männer irgendwann morgen – heute – in der ›Weizengarbe‹ sein, der Dorfschenke. Bei diesem Wetter haben sie meistens genug vom Wald und wollen sich ein bißchen amüsieren. Der alten Nan können wir vertrauen. Sie ist die Schankwirtin. Wenn sie etwas an Nicholas weiterleiten soll, dann tut sie es. Wenn Ihr den Brief zu ihr bringen könntet, Schwester Frevisse –«

Aber Frevisse behagte die Vorstellung, allein eine Bierschenke zu betreten, auch nicht viel mehr, als sich allein auf die Suche nach dem Lager der Geächteten zu begeben.

»Bess kann das doch machen!« rief Magdalen aus. »Niemand wird es verdächtig finden, wenn sie geht.«

Sie hatte die Lampe abgesetzt, um Evans bleiche Hand zu drücken, die auf der Decke lag. Eine warme Hoffnung schimmerte in ihren Augen, eine Hoffnung, die so stark war, daß etwas davon auf ihn überzuspringen schien. Ihre Aussichten war ein wenig besser, wenn sie Evan nur solange verstecken mußten, bis Nicholas ihn holen kam.

Die Lampe flackerte, da das Öl zur Neige ging. Der Regen rauschte laut in ihr Schweigen. Und nach einer Weile meinte

Frevisse: »Wir sollten jetzt etwas schlafen, wenn wir können, Magdalen, wollt Ihr mit zu Schwester Emma ins Bett?«

Magdalen umklammerte Evans Hand fester. »Nein. Ich werde hier schlafen.«

Mit gespielter Unbekümmertheit sagte Evan: »Ich habe kein Schwert, das ich zum Schutz deiner Tugend zwischen uns legen könnte.«

»Ich denke, deine Verletzung wird vollauf genügen«, antwortete Magdalen ebenso leichthin. Als sie weitersprach, ganz und gar nicht mehr unbekümmert, lag tiefe Liebe in ihrem Blick. »Evan, ich möchte heute nacht nirgendwo anders sein als so nah wie möglich bei dir. Diese eine Nacht. Bitte.«

Evans Antwort war so deutlich in seinen Augen zu lesen wie die Sehnsucht in den ihren. Verlegen rückte er in dem schmalen Bett zur Seite, so gut er konnte, und hielt ihr die Decken hoch. Mit einer Natürlichkeit, die über alle Sittsamkeit hinausging schlüpfte Magdalen neben ihn. Sorgsam bedacht, ihm nicht weh zu tun, schmiegte sie sich an ihn, den Kopf auf seiner Schulter, den Arm über seiner Brust. Er schloß die Augen und ließ die Wange an ihr dunkles Haar sinken, und so richteten sie sich auf die kurze Ruhe ein, die ihnen in dieser Nacht noch blieb.

Leise löschte Frevisse das Licht und stand auf, um sich neben Schwester Emma ins Bett zu legen.

Einmal, als sie sehr jung gewesen war, hatte es eine Zeit gegeben, wo sie angenommen hatte, sie würde einmal ebenso lieben und geliebt werden wie die beiden jetzt. Aber die Gegebenheiten und eine größere Liebe waren dazwischengekommen. Sie bedauerte das schon lange nicht mehr; sie konnte sich nicht einmal erinnern, ob sie es sehr lange bedauert hatte – ihr Entschluß schien ihr jetzt ganz natürlich.

Doch wenn sie Magdalen und Evan in dem kleinen Glück sah, das sie sich geschaffen hatten, wünschte sie, den beiden möge mehr vergönnt sein als das wenige, das sie gehabt hatten. Und das wahrscheinlich alles war, was sie bekommen würden.

Die Dunkelheit des Zimmers umhüllte sie, als sie sich leise zwischen die Laken tastete. Vor Tagesanbruch konnte sie nichts mehr tun. Bis dahin mußte sie den Dingen ihren Lauf lassen. Aber beten konnte sie.

Beinahe unwillkürlich fiel sie in die Gebete von Matutin und Laudes ein, sang sie stumm im Geiste. Ihre Bedrängnis war plötzlich überwältigend. Sie wünschte, sie wäre in der Kirche von St. Frideswide, sicher unter den anderen Nonnen, und ihre Stimme könnte mit den ihren emporsteigen in die vertrauten Schatten und den Duft von Weihrauch, Öl, Kerzen und kräuterbestreuten Binsen.

Improperium exspectavit cor meum et miseriam … consolantem me quaesivi, et non inveni. Die Schmach bricht mir das Herz, ich bin zutiefst verwundet … Ich habe auf Mitgefühl gewartet, doch keiner hat es mir erwiesen.

Woher stammte der Psalm? Er gehörte nicht zur Matutin oder zur Laudes, war aber dennoch sehr treffend. Sie schloß mit dem Vaterunser. Die letzten Worte, *sed libera nos a malo*, blieben hängen und gingen ihr wieder und wieder durch den Kopf. Sondern erlöse uns von dem Übel, von dem Übel, von dem Übel. Amen, Amen.

Kapitel 18

Frevisse wurde aus unruhigem Schlaf gerissen, weil neben ihr Schwester Emma sich im Halbschlaf regte und schniefte. Sie versuchte, Schwester Emma und ihren eigenen Gedanken auszuweichen, indem sie sich tiefer in die Decken verkroch. Aber es war zwecklos. Schwester Emma ächzte und warf ihren Arm herum, so daß sie Frevisse einen Knuff in den Rücken versetzte.

»Kommt ein Vogel geflogen«, murmelte sie. »Setzt sich nieder auf mein Fuß!«

Frevisse setzte sich auf und wandte sich ihr zu. »Schwester Emma, wacht auf. Ihr träumt.« Sie legte ihr die Hand auf die Schulter; das Laken und die Decke waren naß. Rasch fühlte sie Schwester Emmas Stirn und rief: »Bess, komm! Die Krise ist überstanden!«

Schwester Emma reckte sich im Halbschlaf und warf die Decken beiseite. Frevisse deckte sie wieder bis zum Hals zu.

»Nein. Ihr müßt zugedeckt bleiben, Ihr seid ganz feucht«, sagte sie mit Nachdruck. Das hätte ihnen gerade noch gefehlt, daß Schwester Emma sich erneut verkühlte.

Bess war schon angezogen und zurechtgemacht für den Tag, der sich erst durch ein graues Dämmern zwischen den Fensterläden ankündigte. Sie zog die Bettvorhänge auf Schwester Emmas Seite zurück, fühlte ebenfalls Schwester Emmas Stirn und sagte: »Das Fieber ist tatsächlich gesunken. Die Arme, jetzt wird es ihr viel bessergehen.«

»Ohhhh«, sagte Schwester Emma, schon wacher. »Ich bin ja ganz *naß*. Was ist passiert?«

»Das Fieber ist gesunken, Mylady«, wiederholte Bess. »Jetzt wird es Euch bald bessergehen.«

Hinter Frevisses Bettkante verborgen, rührte sich Magdalen. Es raschelte, und dann rumpelte das Rollbett, das unter das große Bett geschoben wurde. Frevisse hoffte, Evan würde es in dieser Beengtheit aushalten.

»Ich fühle mich aber nicht besser«, klagte Schwester Emma. Sie schnaufte kurzatmig, ihre Stimme war belegt.

»Ihr braucht nur etwas zu trinken«, beruhigte Bess sie. »Ihr schwitzt ja wie –« Sie besann sich eines Besseren, welcher Vergleich ihr auch vorgeschwebt haben mochte. »Euer Körper ist entkräftet. Ihr müßt ruhig liegen und so viel wie möglich trinken. Hier.«

Geschickt zog sie die Decken wieder hoch, die Schwester Emma wegschieben wollte, und hielt ihr zur Ablenkung einen Becher an den Mund.

»Was ist das?« verlangte Schwester Emma zu wissen. »Ich will keine Arznei mehr. Träume hatte ich ...«

»Es ist bloß Bier, Mylady. Nicht einmal gewürzt. Seht Ihr? Probiert es.«

Bess hatte die Sache offenbar vollkommen im Griff. Erleichtert setzte Frevisse sich auf die Bettkante, während

Magdalen sich aufrichtete. Ihre Blicke trafen sich kurz, sie wußten beide, was heute auf sie zukam. Schwester Emma plapperte: »Ja, so ist es besser. Du hast recht. Ich muß mehr trinken. Ich komme fast um vor Durst.«

Ihr Gesicht glänzte rosig vor Schweiß, und das kurze Haar stand ihr in feuchten, goldenen Ringellöckchen vom Kopf ab. Aber ihr Gesundheitszustand war eindeutig besser als gestern. Als sie den Becher nach einem weiteren tiefen Schluck absetzte, rief sie: »Guten Morgen, Mistress Dow! Es geht mir heute viel besser, es ist kaum zu glauben! Mir scheint, ich habe eine Ewigkeit geschlafen. Es heißt, eine Nacht voll tiefem Schlaf ersetzt eine Woche Rast. Ach, ich möchte unbedingt einen Augenblick aus diesem Bett heraus.«

»Nein!« riefen Frevisse und Magdalen im Chor.

»Nein«, wiederholte Frevisse. »Nur wenn es überhaupt nicht zu vermeiden ist. Ihr seid immer noch verschleimt.«

»Aber es ist viel besser geworden«, protestierte Schwester Emma und hustete, um das zu demonstrieren.

»Wir wollen, daß es noch besser wird«, beharrte Frevisse. »Ich meine sogar, Ihr solltet noch etwas von der Arznei nehmen.« Sie wußte nicht, wie sie den Tag überstehen sollten, wenn Schwester Emma bei Bewußtsein war und die ganze Zeit redete. Aber daß sie schlief, war vor allen Dingen notwendig, damit Evan etwas essen und seine natürlichen Bedürfnisse verrichten konnte, und sie seine Wunde versorgen konnten.

Sie drehte sich zu Magdalen um. »Meint Ihr, Mistress Payne würde uns noch ein wenig von ihrem Sirup geben?«

»Ich möchte wirklich nicht –«, fing Schwester Emma an.

»Hier, trinkt noch etwas Bier, Mylady«, unterbrach Bess sie. Während sie Schwester Emma den Becher hielt, blickte sie über das Bett hinweg Frevisse an und schüttelte den Kopf.

Frevisse verstand – sie sollte die Sache auf sich beruhen lassen. »Dann will ich mich mal ankleiden«, sagte sie und stand auf. Bess hatte die Ordenstracht gestern abend nach besten Kräften gereinigt, und Frevisse hatte in ihrem Hemd geschlafen, wie es die Klosterregel des Heiligen Benedikt verlangte. Nun zog sie sich an und befestigte ihren Schleier, während Bess Schwester Emma mit einem frisch gefüllten Becher sich selbst überließ und Magdalen beim Ankleiden half, ihr das Haar hochsteckte und sie in Schleier und Kinntuch hüllte. Von außen betrachtet, war es in jeder Hinsicht ein ganz gewöhnlicher Morgen, und so mußten sie es auch für Schwester Emma aussehen lassen. Die nippte an ihrem Bier, schwatzte und hustete gelegentlich. Dabei sank sie von Augenblick zu Augenblick tiefer in die Kissen. Bess beobachtete sie aufmerksam und nahm ihr rechtzeitig den Becher ab, bevor sie endgültig eingeschlafen war. Von einem Moment auf den anderen lag sie friedlich da, mit leicht geöffnetem Mund, die Augen fest geschlossen, der Kopf seitlich auf das Kissen gesackt.

»Wie hast du das geschafft?« flüsterte Magdalen Bess zu.

»Tüchtig trinken hat oft diese Wirkung auf den Körper, wenn das Fieber gesunken ist«, antwortete Bess flüsternd, offensichtlich zufrieden mit sich.

»Hast du ihr Mohnsirup ins Bier gegeben?« fragte Frevisse.

Bess sah schuldbewußt aus. »Das habe ich nicht gewagt. Den von gestern habe ich gestohlen, und davon ist nur ein kleiner Rest übrig.«

»Bess!« rief Magdalen aus.

»Ich habe mich nicht getraut, Mistress Payne um mehr zu bitten! Als sie mir das erste Mal etwas gab, sagte sie, daß nur eine Dosis genommen werden sollte und die nächste erst nach Tagen und Tagen. Wenn sie gewußt hätte, daß wir mehr wollen, hätte sie darauf bestanden, selbst nach Schwester

Emma zu sehen, und dann hätte sie vielleicht den Sirup ganz verweigert.«

Magdalen klopfte ihr auf die Schulter. »Dann hast du richtig gehandelt. Wir heben den kleinen Rest Sirup auf, für den äußersten Notfall.«

Es klopfte, und Adam rief durch die geschlossene Tür: »Die Familie versammelt sich zu Andacht und Frühstück! Die Herrin läßt fragen, ob Schwester Frevisse kommt?«

Frevisse holte ungeduldig Luft. »Der Brief an Nicholas ist noch nicht geschrieben«, sagte sie leise zu Magdalen.

»Ich werde es tun. Ich weiß, was gesagt werden muß. Ihr geht am besten hinunter, erzählt ihnen, daß hier alles in Ordnung ist, und bringt soviel wie möglich in Erfahrung.«

Frevisse sprach lauter, damit Adam sie hören konnte. »Ich komme gleich!«

Sie hielt einen Augenblick inne, um sich zu sammeln. Noch nie war sie so vielen Menschen mit einem so großen Geheimnis gegenübergetreten. Bess, die so bedrückt aussah, wie Frevisse sich fühlte, folgte ihr aus dem Zimmer und die Treppe hinunter. Dann ging sie in die Küche, um Frühstück zu holen, von dem Evan das meiste bekommen würde, während Frevisse sich in den Wohnsaal begab.

Aus Angst, sie würde die Morgenandacht der Paynes verzögern, stellte sie sich rasch hinter ihren Platz am Kopf der Tafel neben Mistress Payne. Sir Perys, der laut Bess' Bericht gestern eine ermüdend lange Andacht gehalten hatte, schlug heute ein flottes Tempo an und schloß, ehe irgend jemand außer Bartholomew und Kate unruhig wurde.

Anschließend setzten sich alle.

Es brauchte nicht serviert zu werden. Bier sowie Brot und kaltes Fleisch vom gestrigen Nachtmahl standen schon auf den Tischen. Das Frühstück war eine Mahlzeit, auf die kaum Umstände und wenig Zeit verwendet wurde, weil es in nur vier oder fünf Stunden Mittagessen geben würde, die Hauptmahlzeit des Tages, und die Arbeit wartete. Deshalb wurde wenig gesprochen, und niemand trödelte beim Essen, aber Frevisse erfuhr, daß man noch nicht wußte, wann der Sheriff und der Crowner eintreffen würden, und daß Meister Payne gestern tatsächlich die Fahndung nach Evan ausgelöst hatte. Inzwischen würde sich die Nachricht wie ein Lauffeuer verbreitet haben, daß alle nach einem Hausierer Ausschau halten sollten, der in der Umgebung wohlbekannt war.

Frevisse vermutete auch, daß Meister Payne vor Wut kochte. Er ließ sich nichts anmerken, seine Bewegungen waren so korrekt und förmlich wie immer. Aber seinem Gesicht war die Anspannung anzusehen, die er nur mühsam im Zaum hielt. Und Mistress Paynes besorgte Seitenblicke verrieten, daß sie seine Erregung deutlich spürte.

Weil das Frühstück sehr zwanglos war, saßen Edward und Richard bei Tisch, zur Linken ihres Vaters. Edward schien in den Bann der Gereiztheit seines Vaters gezogen; die verstohlenen Blicke, die er auf ihn warf, waren beklommen und ängstlich. Richard, der sich auf sein Essen konzentrierte, war offenbar gleichermaßen bedrückt, wie auch Katherine und die Bediensteten an den unteren Tischen, doch sie waren wohl nicht so angespannt. Nur Kate und Bartholomew schienen unbekümmert. Und Sir Perys' brütendes Schweigen, so dachte Frevisse, hatte wahrscheinlich mehr mit den bevorstehenden Unerquicklichkeiten des morgendlichen Unterrichts zu tun als mit irgend etwas anderem.

Nach dem Essen bedankte sich Frevisse bei Mistress Payne und versicherte ihr, Schwester Emma ginge es viel besser, aber sie bräuchte viel Ruhe. Sie berichtete, daß Magdalen gut geschlafen hatte und nicht betrübter war, als es den Umständen nach zu erwarten war, und versprach, selbstverständlich Bescheid zu sagen, falls Schwester Emma irgend etwas brauchen sollte.

Sehr erleichtert machte sie sich schließlich aus dem Staube, nur um Adam gegenübertreten zu müssen, der auf einem Schemel vor Magdalens Tür saß. Sie gab sich völlig normal und erkundigte sich: »Hast du schon gefrühstückt? Soll ich dir etwas bringen?«

»Nein. Ich habe gefrühstückt, bevor ich raufgekommen bin, aber danke für die freundliche Nachfrage. Wie steht es mit ihr?« Er wies mit dem Kopf auf Magdalens Tür. »Bess wollte nichts sagen, nur daß es ihr gutgeht und es nicht unsere Sache ist, weil sie nicht unsere Herrin ist. Aber wir mögen sie gern. Alle im Haus haben sie gern.«

Frevisse war erstaunt, wie leicht ihr die Antwort über die Lippen kam. »Es geht ihr recht gut. Es wird besser sein, wenn diese Geschichte vorbei ist.«

»Das wird es«, stimmte Adam zu. »Meister Payne hat in aller Eile dem Sheriff zwei Mitteilungen zukommen lassen und will heute die Gegend im Umkreis von Meilen durchkämmen lassen, um diesen Kerl zu finden. Es wird für alle das beste sein, wenn das erledigt und er tot ist.«

»In der Tat«, pflichtete Frevisse ihm schweren Herzens bei. »Läßt du mich bitte hinein?«

Er hielt die Tür auf und schloß sie hinter ihr.

Vom Bett ertönte Schwester Emmas Stimme: »Da seid Ihr ja. Wißt Ihr eigentlich, daß wir die Prim noch nicht gebetet haben? *Ich* jedenfalls nicht. Wie steht es mit Euch? Nach meinem kleinen Nickerchen fühle ich mich viel besser. Wollt Ihr jetzt das Morgengebet sprechen?«

Frevisse, die mit den Gedanken woanders gewesen war, zögerte und sagte unbeholfen: »Gleich. Ich muß noch kurz mit Mistress Dow sprechen.«

Magdalen saß am Fenster, wo das trübe Tageslicht am besten war, und tat so, als ob sie stickte. Frevisse ging zu ihr, blickte sich dabei rasch im Zimmer um und stellte fest, daß Bess fort war. Sie beugte sich beiläufig über Magdalens Schulter, als ob sie sich für die Stickerei interessieren würde. »Mistress Payne läßt Euch grüßen und alles Gute wünschen.«

»Was gibt es Neues? Geht es allen gut?«

»Es geht allen bestens«, versicherte Frevisse. »Und seit gestern hat sich nichts getan, es ist nur die Nachricht gekommen, daß Colfoots Leute wahrscheinlich am späten Nachmittag hier sein werden, um seinen Leichnam mitzunehmen, sobald der Sheriff und der Crowner damit fertig sind.«

»Sind der Sheriff und der Crowner bereits eingetroffen?«

»Nein. Wir wissen nicht, wann mit ihrer Ankunft zu rechnen ist.« Sie beugte sich weiter vor, um Magdalens Handarbeit eingehend zu betrachten. »Was für feine Stiche Ihr macht. Und die Farben sind so rein. Habt Ihr das Garn selbst gefärbt?« So leise, daß Schwester Emma es nicht hören konnte, fügte sie hinzu: »Bess ist mit dem Brief fort?«

»Es ist Iseults Garn. Sie versteht sich hervorragend aufs Färben und dergleichen.« Flüsternd fügte sie hinzu: »Ja.«

»Ich habe sie gesehen, als wir gerade angekommen waren, nicht wahr?« sagte Schwester Emma vom Bett her. »Mistress Payne, meine ich. Ich erinnere mich, eine kleine Frau. Sehr liebenswürdig. Ich möchte sie gern wiedersehen und ihr für all ihre Freundlichkeit danken. Dankbarkeit ist der Lohn des armen Mannes, und Undankbarkeit ist ...« Sie hielt inne, um zu husten, und schloß matter: »Ich habe es vergessen« – sie hustete wieder –, »aber irgendwas jedenfalls.«

Frevisse blickte beunruhigt zu ihr hinüber, dann fragte sie Magdalen: »Hat sie ihre Arznei schon genommen?«

Magdalen schüttelte den Kopf. »Ich wollte sie ihr gerade geben, aber sie hat sich geweigert. Sie sagt, sie möchte ihre fünf Sinne eine Weile beisammenbehalten, sie hätte das

Schlafen satt.« Mit gesenkter Stimme fügte sie hinzu: »Und ich konnte mich noch nicht um Evan kümmern.«

»Gütiger Himmel«, hauchte Frevisse. Es war höchste Zeit, Schwester Emma durfte nicht länger wach bleiben. Mit vorgetäuschter Gelassenheit ging sie zu ihr und sagte: »Möchtet Ihr jetzt die Prim beten?«

»Ich denke schon. Ich habe in den letzten Tagen so viele Stundengebete versäumt, es ist eine Schande.«

»Ich bezweifle, daß Vater Henry Euch dafür eine Buße auferlegen wird. Ihr wart schließlich krank.«

»Ich bin immer noch krank«, sagte Schwester Emma leicht grämlich. Sie zerrte an der Bettdecke. »Ich fühle mich gar nicht wohl.«

»Möchtet Ihr Eure Arznei?«

»Nein. Ich habe Euch doch gesagt, ich habe genug vom Schlafen.«

Wenn die Rückkehr ihrer üblichen Dickköpfigkeit ein Hinweis war, dann befand sie sich zweifellos auf dem Wege der Besserung.

»Nun, Ihr müßt es ja wissen«, erwiderte Frevisse, aber mit einem Anflug von Skepsis. Prüfend musterte sie Schwester Emmas Gesicht. »Ihr seid sehr blaß jetzt, da Ihr kein Fieber mehr habt. Seid Ihr sicher, daß es Euch bessergeht?«

»Ich fühle mich viel besser. Ich habe nur leichte Gliederschmerzen. Aber das könnte an der langen Bettruhe liegen, meint Ihr nicht auch?«

»Höchstwahrscheinlich«, räumte Frevisse ein und ließ erneut Zweifel durchklingen. »Wollen wir jetzt die Prim beten?«

»Ich denke, das wird mir helfen«, sagte Schwester Emma.

Sie neigten die Köpfe zur Eröffnungshymne, die weniger eindrucksvoll war, wenn sie zügig und mit gedämpfter Stimme hergesagt wurde, anstatt von einem vielstimmigen Chor gesungen zu werden: *Jam lucis orto sidere, Deum precemur supplices, ut in diurnis actibus nos servet a nocentibus.* Der Sonne Licht kommt jetzt herfür, den ewigen Gott, den bitten wir, daß er an diesem neuen Tage uns wohl behüt' vor Sünd' und Plage.

Frevisse, die nur zu gut wußte, welche Verantwortung sie für die Geschehnisse des gestrigen und heutigen Tages trug, betete diese Worte mit geschärftem Bewußtsein.

Nach dem Stundengebet machte Schwester Emma immer noch einen sehr munteren Eindruck. In ihrer Not beugte Frevisse sich über sie, als wäre sie beunruhigt, und sagte: »Ihr seid sehr blaß, als wären Eure Kräfte vollkommen aufgezehrt. Ich bin sicher, Ihr braucht mehr Schlaf, als Ihr denkt. Wollt Ihr Eure Arznei wirklich nicht nehmen? Damit Ihr Euch erholen könnt?«

»Wirklich, ich –«, fing Schwester Emma entrüstet an, aber sie wurde von einem Hustenanfall unterbrochen, und anschließend lag sie erschöpft und atemlos in den Kissen.

Frevisse ergriff die Gelegenheit beim Schopf, nahm einfach den Becher vom Nachttisch, richtete Schwester Emma mit einem Arm auf und hielt ihr den Becher an die Lippen.

Geschwächt vom vielen Husten trank Schwester Emma. Als sie fertig war, ließ Frevisse sie zurück in die Kissen sinken und tätschelte ihr den Arm. »Ihr werdet sehen, wenn Ihr aufwacht, fühlt Ihr Euch besser.«

Schwester Emma seufzte. »Das will ich auch hoffen. Ich komme mir richtig albern vor, so krank, wie ich bin. Das kommt von dem ständigen Regen im Wald. Schrecklich war das. Tropf, tropf, tropf, tropf, alles naß und kalt.«

Ihre Stimme plätscherte weiter. Sie warteten ab, und nach einer Weile verstummte sie, ihre Lider zuckten. Sie warteten noch etwas, bis ihre gleichmäßigen Atemzüge und ihr friedliches Gesicht verrieten, daß sie eingeschlafen war.

»Was hätten wir denn tun sollen?« fragte Magdalen. Doch sie erwartete keine Antwort, sondern war schon im Begriff, das Rollbett hervorzuziehen.

Evan war wach und grau im Gesicht vor Erschöpfung und Schmerzen, aber er umfaßte ihre Hand, eine stumme Versicherung, daß er noch da war.

Die Wunde war über Nacht nicht schlimmer geworden. Als Magdalen vorsichtig den Verband entfernte, kam eine saubere Linie mit häßlichen, offenen Rändern zum Vorschein, die sich aber nicht entzündet hatten. Magdalen säuberte die Wunde noch einmal mit Wein und legte einen neuen Verband an. »Du mußt ganz still liegen, damit die Wunde nicht aufbricht«, sagte sie und küßte ihn auf die Stirn.

Sein verzerrtes Gesicht entspannte sich, und er lächelte. »Stilliegen ist überhaupt kein Problem«, versicherte er ihr.

Dann gab sie ihm zu essen und redete ihm gut zu, soviel wie möglich von ihrem und Bess' Frühstück zu nehmen. Als das geschafft war, gab es nichts mehr zu tun, und sie konnten nur noch warten. Evan nahm Magdalens Hand und zog sie zu sich herunter. Sie sprachen nicht, hielten sich nur bei den Händen. Frevisse, die in der Nähe geblieben war, um Magdalen zureichen zu können, was sie brauchte, setzte sich jetzt an die Tür, für den Fall, daß jemand hereinkam, und versuchte zu beten. Aber sie war in Gedanken mehr bei Magdalen und Evan und horchte angespannt auf jedes Geräusch hinter der Tür.

Dennoch schreckte sie hoch, als es klopfte, machte sogar einen Schritt vorwärts, dann drehte sie sich ruckartig um, um sich zu vergewissern, daß es Magdalen problemlos gelang, das Rollbett unter das Bett zu schieben. Die Hand auf dem Riegel, um jeden aufzuhalten, der hereinkommen wollte, wartete sie ab, bis Magdalen sich vom Bett entfernt hatte.

Dann setzte sie ein gelassenes Gesicht auf und öffnete die Tür.

Adam stand davor und murmelte unschlüssig: »Der Herr hat gesagt, daß keiner reindarf.« Mistress Payne, die schon in der Tür stand, beachtete ihn zwar nicht, aber die Unsicherheit sprach aus jeder Faser ihres Gesichts. Sie rang die Hände, versuchte gleichzeitig, diese Gebärde zu unterdrücken, und sagte zu Frevisse: »Oliver hat gesagt, wir sollen uns von Magdalen fernhalten, bis das alles vorbei ist, aber ich muß doch sehen, wie es Schwester Emma geht.«

Sie hörte sich an, als erwarte sie, sofort wieder weggeschickt zu werden, aber Magdalen rief herzlich: »Iseult, komm herein«, und streckte die Arme aus.

Erleichtert, daß sie willkommen war, warf sie Adam einen beschwichtigenden Blick zu und trat ein. Mistress Payne und Magdalen umarmten sich, und dann trat sie einen Schritt zurück, ohne Magdalen loszulassen, und sah sie an. Frevisse war derweil zur Seite getreten und hatte sich zwischen Iseult und das Bett gestellt.

»Ich habe Oliver gebeten, Gnade walten zu lassen, aber er will nichts davon hören«, sagte Mistress Payne. »Er ist schrecklich wütend. Du triffst dich schon länger mit diesem Mann, nicht wahr?«

»Du weißt es?« fragte Magdalen.

»Ich – dachte mir, daß es – jemanden gibt.« Ihre Schwägerin trat nervös einen Schritt zurück. »Ich – hatte gehofft, daß es jemanden geben würde. Aber ich hätte nie gedacht ... Oh, Magdalen, ein Hausierer? Mußtest du dich unbedingt in einen Hausierer verlieben? Bist du denn so unglücklich hier?«

Magdalen ging ihr nach und nahm sie wieder in die Arme. »Ich war niemals unglücklich hier! Das ist es nicht. Ich wollte mich nicht verlieben, es ist einfach passiert. Und ich schäme mich nicht für das, was er ist. Auch haben wir nichts getan, das Oliver nicht wissen dürfte, aber ich weiß, daß Oliver ihn niemals akzeptieren wird.«

Ernst erwiderte Mistress Payne: »Wie könnten wir ihn akzeptieren, Magdalen? Er ist ein Mörder.«

Magdalen hob herausfordernd den Kopf. »Das ist nicht bewiesen, man hat ihn nur beschuldigt; und es ist nicht wahr.«

»Warum kommt er dann nicht aus seinem Versteck? Er muß doch wissen, daß er gesucht wird. Das ist überall bekanntgegeben worden.«

»Was er weiß, ist, daß Oliver rasend vor Wut auf ihn ist. Nein, er bleibt besser in Freiheit, was auch immer daraus wird. Und selbst, wenn ich ihn nie wiedersehen sollte, genügt mir das. Zu wissen, daß er in Sicherheit ist.«

Mistress Payne, bekümmert über soviel Trotz, rief aus, den Tränen nahe: »Oh, Magdalen!«

Magdalen nahm sie wieder in die Arme und sagte geduldig: »Es tut mir leid, Iseult. Es tut mir so leid. Alles, was geschehen ist.«

Sie hielten sich kurz in den Armen, dann trat Mistress Payne zurück. »Aber ich habe Adam gesagt, ich wollte sehen, wie es Schwester Emma geht. Sie schläft jetzt?«

»Im Morgengrauen ist das Fieber gesunken«, sagte Frevisse. »Sie hat etwas getrunken, ist wieder eingeschlafen und später wieder aufgewacht, und jetzt schläft sie wieder.«

Mistress Payne ging zum Bett, um Schwester Emmas Stirn und Puls zu fühlen. »Sie ist fast fieberfrei«, räumte sie ein. »Aber ihr Puls macht mir Sorgen. Ihr Blut scheint sehr langsam und träge zu fließen. Vielleicht sollte sie zur Ader gelassen werden.«

»Vielleicht«, pflichtete Frevisse ihr bei. »Aber ich würde lieber bis heute abend damit warten. Wäre es nicht ein Risiko, zu früh zu handeln?« Sie wußte nicht, was für eine leidenschaftliche Anhängerin des Aderlassens Mistress Payne war und wieviel Widerspruch sie riskieren konnte.

Nach kurzem Zögern nickte Mistress Payne zustimmend. »Aber laßt es mich wissen, wenn Ihr irgend etwas braucht«, sagte sie und wandte sich wieder Magdalen zu. Diese Sache lag ihr offensichtlich mehr am Herzen. »Sei bitte vorsichtig, wenn Oliver dich holen läßt, um mit dir zu sprechen. Erzürne ihn nicht noch mehr. Sag nichts, was du nicht sagen mußt. Bitte.«

Magdalen brachte ein Lächeln zustande. »Ich werde nichts tun, was sich nicht vermeiden läßt. Ich will Oliver nicht wütend machen. Wirklich nicht.«

Ängstlich und trostsuchend erwiderte Mistress Payne Magdalens Lächeln, dann nickte sie, verließ das Zimmer und schloß die Tür hinter sich.

Magdalen holte tief Luft, als wollte sie aufschreien, und vergrub das Gesicht in den Händen. »Sie wird mich hassen für das, was ich tue! Ich habe ihr gesagt, was sie hören wollte, aber es gibt nichts, was ich nicht tun würde, um Evan zu retten!«

Frevisse, die sich mehr denn je darüber im klaren war, daß sie das Leben aller Beteiligten hoffnungslos zerstören konnten – und daß es ohne ihr Zutun niemals so weit gekommen wäre –, wußte nicht, was sie darauf antworten sollte. Und Magdalen war weder ein Kind noch eine Närrin, sie wußte ebensogut wie Frevisse, was für Folgen ihr Handeln haben konnte. Magdalen hob den Kopf und machte sich wortlos daran, Evan wieder ans Licht zu holen.

Sie hatte es gerade geschafft, als die Tür aufging. Magdalen fuhr mit einem stummen Schrei hoch, und Frevisse drehte sich so ruckartig um, daß Bess vor Schreck in der Tür erstarrte.

»Ich bin's!« sagte sie, dann wurde ihr klar, daß Adam hinter ihr stand, und sie kam rasch herein und schloß die Tür.

Frevisse und Evan entspannten sich wieder.

»Hast du die Sache erledigt?« fragte Magdalen drängend.

»Mit Leichtigkeit«, erwiderte Bess. Sie und Frevisse gingen zum Bett, damit sie leise sprechen konnte, dann fuhr sie atemlos vor Aufregung mit ihrem Bericht fort. »Nick war nicht in der Weizengarbe, aber Cullum war da.«

»Cullum?« fragte Magdalen.

»Einer von uns«, erklärte Evan. »Einer der Anständigeren. Du hast ihm den Brief und alles andere gegeben?«

»Ja. Ich habe ihm gesagt, das wäre für Nicholas bestimmt, und es wäre dringend. Er hat gesagt, er bringt ihm die Sachen. Als ich ging, brach er auf.«

»Auf Cullum ist Verlaß«, sagte Evan. »Er wird Nicholas den Brief sofort übergeben.« Er drückte Magdalens Hand fester. »Vielleicht ist heute abend schon alles vorbei.«

»Heute abend«, sagte Magdalen, als ob sie ein Versprechen daraus machen wollte.

Aber Frevisse wußte, daß noch mehr als Evans Flucht zu organisieren war: Für die Begnadigungen und ihre eigene Rückkehr ins Kloster mußten Vorkehrungen getroffen und Erklärungen gefunden werden. Aber diese Sorgen behielt sie für sich.

Die Mittagszeit kam, und sie ging zum Essen hinunter, um zu hören, was gesagt wurde, aber es wurde kaum gesprochen. Oliver, der zu Hause geblieben war, weil er den Sheriff und den Crowner erwartete, war in ein derart angespanntes Schweigen verfallen, das selbst seine jüngsten Kinder eingeschüchtert waren. Die Bediensteten spürten die üble Laune ihres Herrn und aßen rasch, um das Essen hinter sich zu bringen und gehen zu können.

Als Frevisse wieder in Magdalens Zimmer trat, schlief Schwester Emma noch fest, und Magdalen streichelte Evan die Stirn, damit er sich entspannte und einnickte. Er hatte immer noch leichtes Fieber. Etwas später wachte er langsam wieder auf, und Magdalen sah nach der Wunde. Es gab immer noch kein Anzeichen für eine Entzündung.

Jetzt galt es nur noch den Nachmittag zu überstehen.

Kapitel 19

Nicholas sah die Papiere an, die in seinem Schoß lagen, und blickte dann zu Cullum auf, der neben ihm stand. »Wo hast du das her?«

Cullum wiederholte, was er gerade eben gesagt hatte, auf die langsame, bedächtige Art, in der er Erklärungen immer abgab.

Ein anerkennendes Lachen breitete sich über Nicholas' Gesicht aus. »Meine liebe Cousine ist wirklich schlauer, als gut für sie ist. Also Evan ist endlich doch noch in Schwierigkeiten geraten, stimmt's? Und dann auch noch wegen einer Frau.« Nicholas lachte laut heraus. »Versteckt im Schlafzimmer von Paynes Schwester! Er wird schon zurechtkommen.«

»Er ist verletzt«, sagte Cullum. »Das hat das Mädel mir erzählt. Und daß Eile geboten ist.«

Nicholas blickte an ihm vorbei in den Regen hinaus, der von den Rändern der Zeltplane herabtroff. »Ich hätte nichts gegen einen weiteren Aufenthalt in Paynes Arbeitszimmer. Und seinen Gesichtsausdruck würde ich auch gern sehen, wenn ich ihm mitteile, ich wäre gekommen, um einen meiner Leute aus dem Schlafzimmer seiner Schwester abzuholen, und er sollte ja keinen Ärger machen, denn ich könnte ihn tiefer in die Scheiße reiten als er mich.« Nicholas grinste.

»Dann solltest du dich vielleicht etwas beeilen«, sagte Cullum. »Sie suchen in der gesamten Grafschaft nach Evan, und es wird ihm nicht gut ergehen, wenn sie ihn fangen.«

»Weswegen suchen sie nach ihm? Wie lautet die Anklage?«

»Mord an dem Gutsherren.«

»Evan?« Nicholas fand auch diese Vorstellung komisch. »Ich hab' gar nicht gewußt, daß er so beschäftigt war. Macht Paynes Schwester den Hof und schlachtet Gutsherren ab.«

»Er würde nie jemanden töten«, entgegnete Cullum angewidert. »Evan nicht. Aber er ist in ernsten Schwierigkeiten. Du hilfst ihm am besten bald, hat das Mädel gesagt.«

Nicholas winkte beiläufig ab. »Er ist doch an einem lieblichen Ort untergebracht. Laß sehen, was meine liebende Cousine mir geschickt hat.«

Die Schriftrolle und der Brief, die erst unter Bess' Schürze und dann unter Cullums Hemd transportiert worden waren, hatten etwas gelitten, waren aber trocken geblieben. Nicholas war etwas aus der Übung, was das Lesen anging. Er legte den Brief zur Seite und griff nach der weniger eng beschriebenen und zweifellos interessanteren Aufstellung seiner Geldanlagen. Er lachte in sich hinein, während er sich durch die ersten, in Paynes klarer Hand geschriebenen Eintragungen kämpfte. Er erinnerte sich an einen Fang und dann an den nächsten, während er die Liste durchging.

Cullum, ungeduldig vom Herumstehen, fragte: »Soll ich den Männern sagen, sie sollen sich bereithalten? Gehen wir und holen Evan?«

Nicholas, ganz darauf konzentriert, aus Paynes Eintragungen klug zu werden, winkte mit einer ruckartigen Handbewegung ab. »Demnächst. Ich sage dann Bescheid.« Obwohl es die Sache vereinfachen würde, wenn Evan ergriffen und wegen des Mordes an Colfoot gehängt werden würde. Dann würden sie nach niemand anderem suchen. Aber damit würde er sich das Vergnügen versagen, Payne mit der Sache zu konfrontieren. Und wenige Freuden waren süßer, als die Oberhand zu haben. Es wäre ein großer Spaß, Payne zu demütigen, und Nicholas bezweifelte, daß er es schaffen würde, sich das zu versagen.

Cullum zuckte die Achseln und ging zu den anderen Männern, die unter einer Zeltplane ein Feuer angezündet hatten und versuchten, zwei kleine Tauben als unzureichendes Mittagessen zu braten.

Begierig zu sehen, wie hoch seine Profite mittlerweile angewachsen waren, ging Nicholas zur zweiten Seite über. Als er sich durch das Blatt arbeitete, wurde ihm allmählich klar, daß das, was er las, nicht mit dem übereinstimmte, was Payne ihm erzählt hatte. Irgend etwas stimmte nicht, und nur langsam gelang es ihm, es auszuknobeln. Erst beim dritten Lesen wurde ihm klar, daß die Worte genau das besagten, was sie zu sagen schienen. Payne hatte ihn angelogen. Payne hatte sein Geld verloren.

Nicholas geriet in eine Rage, die er nicht zu beherrschen versuchte. Er sprang auf, stopfte die Blätter vorn in seinen Wams, stürzte in den Regen hinaus und brüllte: »Bringt mir das Pferd, und zwar sofort!«

Schwester Emma schlief weiter. Während des langen Nachmittags, der nicht zu Ende gehen wollte, döste Evan, wachte aber zwischendurch immer wieder auf. Magdalen rührte sich nicht von seiner Seite. Gelegentlich unterhielten die beiden sich leise, aber meistens hielten sie es wie Frevisse und Bess und warteten stumm. Bess versuchte zu nähen, aber sie tat nur so als ob. Frevisse betete, soviel sie konnte, und versuchte, Nicholas herbeizuwünschen.

Sie hörten, wie Jack die Treppe heraufkam, um Adam abzulösen, sie hörten, wie die Kinder unten in der Halle spielten, und einmal hörten sie die zornig erhobene Stimme des Kochs, der in der Küche jemanden anschrie. Aber niemand kam zu ihnen. Sie wurden allein gelassen, und als der Nachmittag fortschritt, versanken sie in eine Art dumpfe Lethargie, so daß es sie unvorbereitet traf, als zwei Kinder die Treppe hochstürmten, ein kleines Mädchen vor der Tür fröhlich kreischte und Jack laut lachte. Frevisse, Magdalen und Bess waren augenblicklich auf den Beinen, aber sie waren zu weit von der Tür entfernt, um sie zuzuhalten, als die kleine Kate in den Raum stürzte, rot im Gesicht vor Lachen und Toben. »Er ist hinter mir her!« quietschte sie. »Er ist hinter mir her!«

»Kate!« rief Bess aus und versuchte, sie abzufangen. Aber Kate wich aus und warf sich in Magdalens Arme. »Rette mich!« rief sie, während Magdalen sich zwischen sie und Evan stellte. Frevisse fing Bartholomew, als er in den Raum stürmte, und Magdalen hob Kate hoch und schwang sie herum, wieder zur Tür hin. Aber Kate verrenkte sich den Hals, guckte über die Schulter ihrer Tante und rief: »Da ist ein Mann!«

»Nein!« rief Magdalen.

»Doch!« beharrte Kate. Und Bartholomew, der immer noch von Frevisse festgehalten wurde, schrie lautstark, ohne irgend etwas sehen zu können, aber froh über das neue Spiel: »Der Mörder! Der Mörder! Tante Magdalen hat den Mörder gefangen!«

»Raus!« schrie Magdalen. »Raus mit euch!« All ihre Sanftheit war verschwunden. Sie setzte Kate hart auf dem Boden ab und schob sie zur Tür. »Verschwindet!«

Verwirrt durch die Wut, die da über sie hereinbrach, zog Kate sich zurück. Frevisse packte sie beim Arm und schob Kate und Bartholomew zur Tür. Da kam Jack herein.

»Hier!« befahl Frevisse und übergab ihm die Kinder. »Schaff sie hier raus!«

Jack, plötzlich behindert durch zwei kleine Kinder, hielt die beiden fest, blickte aber an Frevisse vorbei in den Raum. »Sie haben gesagt –«

»Raus!« schnappte Frevisse.

»Da drüben ist ein Mann!« rief Kate aufgeregt. »Ich hab' ihn gesehen!«

»Ich auch«, schloß Bartholomew sich ihr an.

»Das habt ihr nicht!« brüllte Magdalen zurück. Aber der Schluchzer in ihrer Stimme verriet, was bereits klar war. Jack zerrte die Kinder rückwärts aus dem Zimmer und brüllte bereits über die Schulter hinweg nach Verstärkung, rief alle Bewohner des Hauses herbei.

Bess, blaß vor Schrecken, zog sich in den entferntesten Winkel des Raums zurück, die Hände vor dem Gesicht, als wolle sie sich verstecken. Magdalen wollte die Tür schließen, erkannte aber die Hoffnungslosigkeit dieses Unterfangens und stellte sich neben Evan. Frevisse blieb, wo sie war, zwischen den beiden und allen, die kommen mochten.

Sir Perys war der erste, und hinter ihm kamen Edward und Richard. Sie mußten im Nebenzimmer Unterricht gehabt haben. »Bleibt, wo Ihr seid!« warnte Frevisse in ihrem autoritärsten Ton. Es gab nichts, mit dem sie hätte drohen können, aber Sir Perys trat einen Schritt zurück und nahm die Jungen mit. Und dann schob Jack, der immer noch aus voller Kehle die Treppe herunterbrüllte, die Kinder auf Edward zu, der ihm am nächsten stand, und Edward legte ihnen die Hand auf die Schulter.

Richard, der sich weder leicht einschüchtern ließ noch mit Kindern belastet war, fragte scharf: »Was ist los? *Ist* jemand da drin?«

»Ja, der Mörder!« rief Bartholomew, der sich königlich amüsierte. »Er hat versucht, Tante Magdalen zu ermorden, und wir haben ihn daran gehindert!«

»Halt die Klappe!« zischte Edward grimmig und schüttelte ihn. »Halt die Klappe!«

Und dann waren alle da, die Treppe heraufgeeilt oder aus der Stube kommend. Iseult, die verängstigte Katherine an den Rockschößen, wollte verzweifelt wissen, was denn los sei, aber im Geplapper ihrer Bediensteten und der anderen Kinder achtete niemand auf sie. Nur Edward, der die Kinder eilig in die Obhut von jemand anderem verfrachtet hatte, behielt einen klaren Kopf. Er drängte sich an Sir Perys vorbei, blockierte die Tür und ließ niemanden durch. Dort standen er und Frevisse sich gegenüber, ohne Worte jetzt, im angespannten Bewußtsein, daß keiner von ihnen das verhindern konnte, was jetzt geschehen würde. In diesem kurzen Moment erkannte Frevisse, zu was für einem Mann er heranwachsen würde: Er würde beherrscht und stark sein und mehr verstehen, als er je zu erkennen geben würde.

Dann war sein Vater da. Er kam als letzter, drängte sich durch die Gruppe vor der Tür hindurch und fluchte, sie sollten endlich das Gejaule sein lassen. In der Hand hielt er ein gezogenes Schwert, und sein starres Gesicht verriet Zorn und Entschlossenheit, als er zu Edward sagte: »Edward, geh' zur Seite.«

Langsam gehorchte Edward und löste den Blick von Frevisse.

»Ihr bleibt alle draußen«, befahl Meister Payne und rückte

vor. Einen kurzen Augenblick lang hielt Frevisse stand. Aber es hatte keinen Sinn, sie würde es nicht schaffen, ihn aufzuhalten. Gefangen in einem Gefühl der Hilflosigkeit, wie in einem Alptraum, trat sie zur Seite und ließ ihn passieren.

Evan hatte sich hochgekämpft, bis er halb aufrecht im Bett saß, aber für mehr reichte seine Kraft nicht. Magdalen kniete an seiner Seite und starrte herausfordernd ihren Bruder an, der auf der anderen Seite des Raumes stand.

»Laß uns in Ruhe«, sagte sie mit leiser, befehlender Stimme. »Wir haben niemandem etwas getan. Laß uns in Ruhe.«

»Er ist ein Mörder, Magdalen.«

»Das ist er nicht.«

Wenn es nur eine Frage der Willensstärke gewesen wäre, hätte sie sich vielleicht gegen ihn behaupten können, so sehr glichen sie sich. Aber er hatte das Schwert und seinen gesamten Haushalt hinter sich, und sie hatte nichts als ihre Liebe.

»Magdalen«, sagte Evan sanft und schob sie zur Seite, den Blick auf ihren Bruder gerichtet, in dessen Augen er ebenso deutlich wie sie seinen Tod lesen konnte. »Geh! Laß Schwester Frevisse dich wegbringen. Bleib nicht hier. Du solltest es nicht mit ansehen.«

Magdalen begann lautlos zu weinen. Die Tränen glitzerten riesig in ihren Augen, bevor sie ihre Wangen hinunterrannen. »Nein«, flüsterte sie. »Nein.«

Plötzlich war Meister Payne am Fuß des Bettes, das Schwert immer noch auf Evan gerichtet. Er blieb stehen, tastete nach etwas und zog aus dem Schatten einen langen Ledergürtel hervor, der sich von seiner erhobenen Hand zum Boden schlängelte, als er sich aufrichtete und den Gürtel an der Schnalle hochhielt.

»Nicht gut genug versteckt, Mann!« sagte er triumphierend. Er drehte sich zu seiner Familie um, die sich im Türrahmen drängte, Iseult und Edward ganz vorn. »Das ist der Beweis! Das hier ist Beweis genug. Seht, hier am Ende ist Blut. Frisches Blut. Colfoots Blut.«

An dem Ende, wo die Löcher waren, war der Gürtel dunkel gefleckt und blutverkrustet, das war deutlich zu erkennen.

Meister Payne schleuderte den Gürtel zu Boden, weg von sich, und fuhr Evan an: »Kannst du nicht wenigstens aufstehen, du Feigling? Versteckst dich im Bett meiner Schwester, hinter ihren Röcken. Allein deswegen hättest du es verdient zu sterben!«

»Er ist verletzt!« rief Magdalen und versuchte, sich zwischen ihren Bruder und Evan zu stellen.

Aber Evan hinderte sie daran und flehte verzweifelt: »Schwester Frevisse, bringt sie von hier fort!«

Frevisse wollte handeln, aber ihr blieb keine Zeit. Meister Payne war bereits auf der anderen Seite des Bettes und holte mit dem Schwert zu einem Hieb aus, dem Evan nicht würde ausweichen können.

»Payne!«

Das wütende Brüllen von der Tür her ließ Payne auf dem Absatz herumwirbeln, instinktiv geduckt, um der neuen Bedrohung zu begegnen.

Nicholas drängte sich an Edward vorbei in den Raum. »Payne, du verlogener Hund! Wo ist mein Geld?« Er zog die zerknitterten Kontoblätter aus dem Hemd und schleuderte sie auf den Boden. »Du hast mein ganzes Geld verloren! Ich bin jetzt nicht besser dran als zu Anfang!«

»Nicholas, das ist nicht ganz –«, begann Frevisse.

Aber Payne, dunkelrot im Gesicht vor neu entfachter Wut, schnitt ihr das Wort ab. »Da hast du recht! Du hast als Schweinehund angefangen, und ein Schweinehund bist du immer noch!«

»Du verlogener Betrüger!« brüllte Nicholas, zog sein Schwert und ging auf Payne los. »Ich will mein Geld! Und wenn ich das nicht haben kann, werde ich dein Blut dafür nehmen!«

Auch Payne hob das Schwert. Der ganze Haß aufeinander, den sie unterdrückt hatten, da die Verbindung für beide Seiten profitabel war, lag jetzt offen zu Tage.

»Nicholas, deine Begnadigung!« rief Frevisse. »Hör mir doch zu!«

Nicholas griff an, ohne auf sie zu achten. Payne, kampfbereiter, als Nicholas erwartet hatte, fing den Hieb mit seiner Klinge ab. Mistress Payne schrie auf und hätte sich zwischen die Kämpfenden geworfen, wenn Edward sie nicht am Arm und um die Taille gepackt und zurückgehalten hätte. »Nein, Mutter!«

Frevisse schob sich in den engen Zwischenraum zwischen Evans Bett und der Wand, so daß Magdalen hinter ihr gefangen war.

Der Raum war zu klein für einen richtigen Schwertkampf. Payne und Nicholas konnten nur kurze Ausfälle machen. Sie hielten ihre Schwerter mit beiden Händen, gleichzeitig als Schild und Waffe. Keiner der beiden focht sonderlich gut, und beide waren offensichtlich lange aus der Übung. Aber Payne hatte den Umgang mit dem Schwert mehr nebenbei gelernt, weil er Schutz auf seinen Reisen brauchte, während Nicholas in seiner längst vergangenen Jugend zumindest richtigen Fechtunterricht gehabt hatte. Das zeigte sich, wenn er Paynes schwere Hiebe parierte. Er schaffte es auch nicht, einen Treffer zu landen, aber er konnte sich besser verteidigen.

Schwerfällig bewegten sie sich mit holprigen Angriffen und Rückzügen durch den Raum, bis sie wieder in der Mitte des Gemachs standen. Die Zuschauer waren wie betäubt, niemand ging dazwischen. Selbst Mistress Payne schrie nicht mehr auf; sie drängte sich an Edward, die zusammengeballten Fäuste an den Mund gepreßt.

Dann verkantete sich Nicholas' Schwert in Paynes Klinge. Nicholas riß sein Schwert mit einer heftigen Drehung herum, und die Klinge wurde Payne aus der Hand gerissen und schepperte über den Boden, weit weg von ihm. Payne sprang mit erhobenem Kopf zurück, immer noch wütend, aber mit ausgebreiteten Händen. Er ergab sich. Ohne zu zögern sprang Nicholas vor, und seine Klinge drang links unterhalb des Brustbeins in Paynes Körper ein. Er riß das Schwert wieder heraus, und Blut sprudelte hervor und durchnäßte Paynes Gewand. Payne versuchte noch, den Blutfluß zu stoppen, aber er stürzte bereits. Er war tot, bevor er am Boden angekommen war.

Kapitel 20

Nicholas trat schwer atmend zurück. Mit einer Geste der Befriedigung senkte er das Schwert, so daß die Spitze zu Boden zeigte. Edward schrie gequält auf, und ehe Nicholas sich versah, stürzte er vor, packte das Schwert seines Vaters, das zu seinen Füßen lag, und griff an. Nicholas schaffte es gerade noch rechtzeitig, seine eigene Klinge hochzureißen, um den Schlag zu parieren. Aber es steckte so viel Kraft dahinter, daß er nach hinten taumelte, und Edward setzte ihm derart ungestüm nach, daß es zu einem Handgemenge kam.

Iseult, die in der Tür stand, drehte sich wild zu den Männern hinter ihr um und schrie: »Gebietet ihnen Einhalt!«

Befreit von der Lähmung des Schocks drängten Adam, Jack und Tam in den Raum. Bevor Nicholas sich aus Edwards Griff befreien konnte, waren sie bei ihm. Tam zog Edward weg, Jack und Adam ergriffen Nicholas von hinten, entwanden ihm die Waffe und verdrehten ihm die Arme auf dem Rücken.

Nicholas wehrte sich, aber sie hatten ihn fest im Griff. Sie zwangen ihn auf die Knie und rissen ihn wieder auf die Beine, als Edward befahl: »Schafft ihn hier raus. Bringt ihn in die Scheune. Fesselt ihn und bewacht ihn.«

»Du Welpe eines Hundes!« tobte Nicholas. »Ich werde dich töten und jeden andern, der zwischen mir und dem Meinen steht!«

»Schafft ihn raus!« brüllte Edward.

Sie gehorchten; und nach der Tatsache zu urteilen, daß Nicholas' Gebrüll draußen plötzlich abbrach, hatte einer von ihnen ihn bewußtlos geschlagen.

Mistress Payne kniete bereits neben ihrem Mann, sie hatte sich über ihn geworfen und weinte. Richard, der ebenfalls in Tränen ausgebrochen war, versuchte, die Arme um sie zu legen. Die drei kleineren Kinder, die noch nicht recht begriffen, was sie nur halb gesehen hatten, standen hinter Sir Perys und den Dienerinnen in der Tür und starrten an ihnen vorbei in den Raum.

»Bringt sie von hier fort«, sagte Frevisse ruhig zu jedem, der sich angesprochen fühlen mochte; und zwei der Frauen zogen die Kinder sanft zurück und brachten sie fort.

Hinter ihr war Magdalen neben Evan niedergesunken und klammerte sich an ihn, das Gesicht an seiner Schulter vergraben, während er sie so fest hielt, wie er konnte.

Edward stand immer noch an demselben Fleck in der Mitte des Raumes, wo Tam ihn hatte stehenlassen, und starrte mit trockenen Augen auf die Leiche seines Vaters herunter, die Hände ausgestreckt und leer.

Der einzige Laut, der zu hören war, war das Weinen von Iseult und Richard, und Sir Perys eilige Gebete von der Tür her.

Dann kehrten Jack und Adam zurück. Frevisse riß sich aus der Lähmung los, die sie befallen hatte, da sie wußte, daß noch einiges getan werden mußte. Als die Männer zögernd hinter Sir Perys stehenblieben, befahl sie ruhig: »Am besten legt ihr Meister Payne auf sein Bett. Bess, hilf Mistress Payne.«

Auf einen direkten Befehl hin war Bess fähig, sich zu rühren, aus ihrer Ecke hervorzukommen und Mistress Payne mit Richards Hilfe aufzurichten, so daß die Knechte die Leiche ihres Mannes behutsam aufheben und aus dem Raum tragen konnten. Mistress Payne, Richard und Sir Perys folgten ihnen.

Edward blieb, wo er war; er hob nicht einmal den Kopf, um ihnen nachzusehen. Hinter ihm hob Frevisse den vergessenen Gürtel auf, rollte ihn zusammen und schob die Hände in den Ärmel, den Gürtel immer noch fest in der Hand.

»Edward«, sagte sie.

Er drehte sich langsam um und sah sie an, als wäre er nicht sicher, ob er noch immer fähig war, sich zu bewegen und zu sehen. Sie ging zu ihm und stellte sich vor ihn.

»Edward, der Sheriff und der Crowner werden kommen. Bald wahrscheinlich.«

Edward versuchte zu antworten, aber keine Worte kamen; der Schock saß noch zu tief.

»Wollt Ihr, daß ich erst mit ihnen rede?« bot sie an. »Und ihnen erkläre, was geschehen ist?«

Er gab sich Mühe, sich zu konzentrieren, und erwiderte vage: »Ich muß selbst mit ihnen sprechen. Ich sollte –«

Frevisse packte ihn am Arm, damit er sie ansah. »Nein. Das solltet Ihr nicht.« Sie hielt seinen Blick fest und sagte sehr langsam und eindringlich: »Edward, hört mir zu. Ihr wißt, daß Evan Colfoot nicht getötet hat.«

Edward erstarrte und machte eine Bewegung, als wolle er

ihre Hand abschütteln. Dann beruhigte er sich und sagte mit verzweifelter Stimme, als wäre er sich endlich ihrer Gegenwart voll bewußt geworden: »Ich weiß.«

»Denn Ihr wißt, daß Euer Vater es getan hat.«

Edward öffnete den Mund, und jede Faser seines Körpers zeugte von Protest. Frevisse grub ihre Finger fester in seinen Arm und wiederholte mitleidlos: »Ihr wißt, daß Euer Vater es getan hat. Kein Hausierer hat je so einen Gürtel getragen wie jenen, den Euer Vater uns gezeigt hat. Das war der Gürtel eines reichen Mannes. Euer Vater hat dieses angebliche Beweisstück bewußt hierhergebracht, um Evan anzuklagen. Aber es war Euer Vater, der Colfoot getötet hat.«

Edward begann abwehrend den Kopf zu schütteln. Wieder schnitt Frevisse ihm das Wort ab, hämmerte mit ihren Worten auf ihn ein. »Edward, Euer Vater ist tot. Was wir sagen, kann ihm nicht mehr schaden. Keine Anschuldigung kann ihn mehr berühren. Glaubt Ihr ernsthaft, er würde es anders haben wollen, jetzt wo er tot ist?«

Edward schauderte zusammen und sah weg. »Nein. Das würde er nicht.«

»Dann werde ich das dem Sheriff und dem Crowner sagen, wenn sie kommen. Daß Euer Vater Colfoot wutentbrannt nachgegangen ist und ihn getötet hat. Ihr selbst habt nichts davon gewußt, Ihr habt es erst jetzt erfahren. Danach werden sie nicht mehr allzu viele Fragen an Euch haben. Versteht Ihr mich?«

Edward nickte; sein ganzer Körper war steif vor Schmerz.

Im Bett regte Schwester Emma sich. Bald würde sie aufwachen. Frevisse, die sich bewußt war, wieviel einfacher wenige Fragen sein würden – und daß Edward etwas zu tun haben mußte und er nicht wie erstarrt und gefangen in seinen Gedanken hier stehenbleiben durfte –, sagte zu ihm: »Evan sollte nicht hier sein, wenn Schwester Emma aufwacht. Es würde sie arg betrüben, einen Mann in ihrem Zimmer vorzufinden. Würdet Ihr Magdalen helfen, ihn auf Euer Bett zu legen?«

Edward, jetzt bereit zu tun, was ihm gesagt wurde, nickte wieder. Gemeinsam halfen er und Magdalen Evan auf die Beine und brachten ihn hinaus, wobei der größte Teil seines Gewichtes auf Edward lastete.

Schwester Emma wachte auf und bekam einen heftigen Hustenanfall. Bevor Frevisse ihr etwas zu trinken geben konnte, hatte sie sich aufgesetzt, beugte sich über die Bettkante und begann, sich zu übergeben.

Frevisse griff sich ein Becken, das auf dem Tisch stand und hielt es für sie, bis sie fertig war. Dann half sie ihr, sich in die Kissen zurückzulegen und wischte ihr das Gesicht mit einem feuchten Tuch ab.

»Ich fühle mich gräßlich«, stöhnte Schwester Emma. »Einfach gräßlich.«

»Ihr werdet Euch bald besser fühlen, nachdem das heraus ist«, sagte Frevisse. Sie hoffte, daß sie recht hatte, aber Schwester Emmas Blässe war beunruhigend.

Bess war zurückgekehrt und war wartend stehengeblieben. Jetzt kam sie zu ihnen hinüber, und nachdem sie Schwester Emma die Hand auf die Stirn gelegt und an ihrem Brustkorb gehorcht hatte, erklärte sie: »Das Fieber ist nicht zurückgekehrt, und die Lunge ist nicht verschleimt. Die Arznei in ihr bewirkt, daß sie sich schlechter fühlt. Es wird ihr bessergehen, wo sie jetzt wach ist und aufsitzen kann.«

»Und wenn ich etwas esse«, krächzte Schwester Emma. »Ich bin am Verhungern.«

Frevisse und Bess tauschten einen Blick. »Sie wird wieder gesund«, sagte Bess und ging in die Küche, um zu sehen, was dort an Eßbarem aufzutreiben war.

Frevisse blieb bei Schwester Emma, und als Bess mit Brühe, Brot und Bier zurückkehrte, übernahm sie die Aufgabe, Schwester Emma zu füttern, während Bess, ohne ein Wort zu sagen, das Blut vom Fußboden aufwischte, dort, wo Meister Payne gefallen war. Schwester Emma konnte die Stelle vom Bett aus nicht sehen, und Frevisse wandte das Gesicht ab. Sie war nicht fähig, es mit anzusehen.

Als beide Aufgaben erledigt waren, überließ Frevisse es Bess, sich um Schwester Emma zu kümmern, und verließ ohne Erklärung den Raum. Wie sie Edward bereits gesagt hatte, würden der Sheriff und der Crowner wahrscheinlich bald eintreffen, und davor mußte sie noch einiges erledigen.

Zuerst ging sie zu Magdalen und Evan, die allein in der Kammer waren, die Edward und Richard sich teilten. Magdalen hatte geweint, aber jetzt war sie ruhig. Evan sah so weiß und eingefallen vor Erschöpfung aus, wie Frevisse sich fühlte. Keiner der beiden sagte etwas, als Frevisse eintrat. Sie war sich nicht sicher, ob sie schwiegen, weil es nichts mehr zu sagen gab oder weil es zuviel gab, was gesagt werden mußte. Durch die Wand hörte sie Schwester Emmas ahnungsloses, unverständliches Geplapper.

»Habt Ihr gehört, was ich zu Edward gesagt habe?« fragte Frevisse. »Über Colfoot?«

»Daß Oliver ihn getötet hat«, sagte Magdalen mit gebrochener Stimme. »Ist das wahr?«

»Wie sollte er sonst zu dem blutverschmierten Gürtel gekommen sein? Ihr wißt so gut wie ich, daß er nie im Leben Evan gehört hat. Warum sonst sollte er so versessen darauf gewesen sein, Evan den Mord in die Schuhe zu schieben, wenn er nicht den Verdacht von sich selbst ablenken wollte?«

»Und das wollt Ihr dem Sheriff sagen?« fragte Evan.

»Das werde ich, und ich werde ihm von dem Streit zwischen Oliver und Colfoot erzählen und von Colfoots Drohungen, die Oliver dazu getrieben haben, ihn zu töten.«

»Was werdet Ihr über Evan sagen?« fragte Magdalen.

»Daß er ein Hausierer ist und Euer Liebster und daß Oliver vorhatte, ihn als Sündenbock für den Mord an Colfoot zu benutzen.«

»Und wenn Nicholas ihm erzählt, daß ich einer seiner Männer bin?«

»Ich habe Nicholas einiges zu sagen, das ihn bewegen wird, in diesem Punkt Stillschweigen zu bewahren«, erklärte Frevisse grimmig. »Und wenn er nicht schweigt, werden wir es leugnen und wieder leugnen und noch einmal leugnen. Wir werden sagen, wir hätten ihm die Kontoblätter geschickt und ihm eine Belohnung versprochen, wenn er Meister Payne damit zwingt, Euch unverletzt gehen zu lassen. Wir waren verzweifelt, und das schien uns die einzige Hoffnung zu sein. Das werde ich dem Sheriff erzählen, und Ihr werdet das ebenfalls tun, und das ist das einzige, was wir ihm erzählen werden. Unser Wort wiegt in jedem Fall weit schwerer als das von Nicholas. Und wenn wir ihn nicht überzeugen können, habe ich noch ein anderes Mittel. Da sind immer noch die Begnadigungen, um die ich meinen Onkel gebeten habe.«

»Ihr wollt Euch immer noch dafür einsetzen, daß Nicholas begnadigt wird?« fragte Evan.

»Nein.« Es war doch kein Streben nach dem Guten in Nicholas; abgesehen von allem anderen, die Tötung Paynes war eindeutig Mord gewesen, denn der hatte sich bereits ergeben. »Für Nicholas wird es keine Begnadigung geben. Aber Ihr und die anderen werdet eure bekommen, denke ich. Ich werde mich bei meinem Onkel dafür einsetzen.«

Magdalen begann offen zu weinen. Frevisse ließ sie in Evans Armen zurück und ging hinunter, um mit der einzigen Person zu sprechen, der sie noch weniger gegenübertreten wollte als dem Sheriff und dem Crowner.

Nicholas war in der Scheune. Sie hatten ihm ein Seil um den Bauch gewunden und ihn damit an einen Pfosten gefesselt. Ein zweites Seil war über einen der Balken geworfen worden und hielt seine Arme über dem Kopf zusammen, so daß er voll aufgerichtet dastand, unfähig, sich hinzusetzen oder auch nur in sich zusammenzusinken. Aus einer Schnittwunde über dem Ohr rann Blut über seinen Hals, und unter einem Auge hatte er ein sich allmählich verfärbendes Veilchen. Seine Augen waren geschlossen, aber Frevisse dachte, daß er bei Bewußtsein war.

Die Scheune war düster und warm, voll Tiergeruch und Stroh. Der Stallknecht Tam erhob sich von dem umgedrehten Eimer, auf dem er gesessen hatte, als Frevisse eintrat. Ein Dolch lag deutlich sichtbar auf dem Stroh neben ihm, aber er hielt ein Pferdegeschirr in der Hand, als hätte er es gerade geflickt. »M'lady?«

»Ich möchte mit ihm sprechen«, sagte Frevisse. Tam blickte zweifelnd auf Nicholas, der die Augen geöffnet hatte und Frevisse anstarrte. »Er hat gesündigt«, sagte sie. »Ich möchte ihm beten helfen.«

»Ah. Klar.« Das konnte Tam nachvollziehen. »Dann geht zu ihm.«

»Könntest du ...« Sie wies auf den hinteren Teil der Scheune. »Damit er freier beten kann? Nur ein wenig weiter weg. Nicht außer Sichtweite.«

Auch das konnte Tam verstehen. Er hob seinen Dolch auf und ging etwa fünfzehn Fuß weiter weg. Frevisse stellte sich dicht vor Nicholas.

»Ich hoffe, du hast einen Dolch im Ärmel versteckt, Cousine«, sagte er. »Diese Position ist verdammt unbequem, und ich will hier raus.«

»Kein Dolch, Nicholas. Kein Entkommen.«

»Dann bist du zu nichts nutze!« knurrte er. »Und ich will

deine verdammten Gebete nicht. Verschwinde, verdammt sollst du sein!«

»Der Sheriff und der Crowner werden bald hier sein. Wir müssen uns unterhalten.«

Mißtrauische Hoffnung machte sich auf seinem Gesicht breit. »Du hast einen Plan? Die Begnadigung vielleicht?«

»Die Begnadigung hängt von meinem Onkel ab. Was du tun mußt, ist, Stillschweigen über Evan zu bewahren.«

»Evan? Warum sollte er als freier Mann gehen können, während ich vor Gericht komme? Ich werde alles sagen, was mir so einfällt, und meinetwegen kann er direkt neben mir hängen.«

»Evan hat nicht vor Zeugen einen Mann getötet«, sagte Frevisse mit zusammengebissenen Zähnen.

»Er hat es herausgefordert!« entgegnete Nicholas. »Es war ein fairer Kampf; er hatte ein Schwert.«

»Sprich leise. Laß Evan aus der Sache raus, dann werden die Leute denken, er sei nur ein Hausierer, und sie werden ihm nur die Fragen stellen, die sie einem Hausierer stellen würden. Aber wenn du sagst, daß er einer deiner Männer ist, werden sie ihm andere Fragen stellen. Fragen, die er beantworten wird, um seine eigene Haut zu retten. Willst du, daß Evan alles erzählt, was er über dich weiß? Daß er ihnen jede Geschichte über deine Taten erzählt, die er kennt?«

Nicholas blickte sich finster in der Scheune um, als suche er nach einer besseren Antwort als der, die sie von ihm forderte, aber es gab keine. Er weigerte sich, sie anzusehen, als er sagte: »Ich werde Evan aus der Sache herauslassen.«

»Magdalen und ich werden sagen, wir hätten dir die Kontoblätter geschickt, die beweisen, daß Meister Payne dich betrogen hat, weil wir wollten, daß du uns halfst, ihren Geliebten aus dem Haus ihres Bruders herauszuschaffen. Wir hätten dir eine Belohnung versprochen. Das werden wir sagen, und das wirst du besser auch sagen.«

»Er hat etwas Schlimmeres getan, als mich zu betrügen. Der verdammte Narr hat mein Geld verloren!«

»Er hat dein Geld nicht verloren. Wenn du dir die Mühe gemacht hättest, den Brief zu lesen, den wir mitgeschickt hatten, oder wenn du auch nur halb so guten Gebrauch von deinen Augen gemacht hättest wie von deinem Mundwerk, wüßtest du, daß die zweite Seite gefälscht war. Payne hatte Angst, du würdest deine Begnadigung bekommen und verlangen, deinen Profit und deine Einlagen ausgezahlt zu bekommen. Er hat das Blatt neu geschrieben, weil du denken solltest, du hättest kaum mehr, als du eingezahlt hattest. Er hat dich betrogen, aber das Geld war noch da!« Frevisse verlor die Kontrolle über ihre Stimme und sprach lauter und lauter, aus Wut und Schmerz und vor Scham über ihren eigenen Anteil an dem, was geschehen war. »Wir haben dir die Beweise gegeben. Du hättest Payne zwingen können, dir dein Geld zu geben, aber statt dessen hast du ihn umgebracht!«

Sie konnte es nicht mehr ertragen, ihn nicht mehr und ihre zerbrochenen Hoffnungen für seine Erlösung nicht. Sie drehte ihm den Rücken zu und ging.

Eine verstörte und verängstigte Lovie fing sie in der Vorhalle ab. »Mylady, sie sind da! Sie reiten gerade in den Hof. Der Sheriff und der Crowner und all ihre Männer! Was sollen wir tun?«

»Wir führen sie in den Wohnsaal und teilen Mistress Payne und Meister Edward mit, daß sie gekommen sind und ich mit ihnen sprechen werde, wie Meister Edward und ich es abgesprochen haben.«

»Das wollt Ihr tun?« Lovies Stimme klang ehrfürchtig. »Ganz allein?«

»Ganz allein«, sagte Frevisse müde. Allein sein – das war es, was sie wirklich wollte, und leugnen, daß es die letzten vier Tage je gegeben hatte. Aber es war noch nicht zu Ende. Erst mußte sie mit diesen Männern sprechen, die ihr Fragen stellen würden, die sie nicht beantworten wollte. Erst mußte sie sie dazu bringen, die Mischung aus Lügen und Wahrheit zu glauben, die sie ihnen erzählen würde.

Sie wartete im Wohnsaal auf sie, äußerlich weit beherrschter als innerlich. Sie kamen, mit Lovie an ihrer Seite, die die königlichen Beamten hastig vorstellte. Zu Frevisses Erleichterung kannte sie keinen der Männer. Wenn es sich bei dem Crowner um Meister Montfort aus ihrem Teil von Oxfordshire gehandelt hätte, hätte er höchstwahrscheinlich versucht, andere Antworten zu finden als jene, die sie ihm gab, und sei es nur wegen der tiefen Abneigung, die er für Frevisse empfand. Eine Abneigung, die aus ihren früheren Begegnungen erwachsen war. Aber dieser Crowner war ein älterer Mann mit einem beherrschten Gesicht, der sich eine verantwortungsbewußte Beschreibung der Fakten anhören und seine Schlüsse daraus ziehen würde.

Der Sheriff war jünger und hatte scharfe Augen. Nachdem die Vorstellung beendet war und Frevisse die beiden mit einem Knicks begrüßt hatte, fragte er: »Ist Meister Payne wirklich tot?«

Zwischen Tür und Wohnsaal hatte Lovie also Zeit genug gefunden, ihnen zumindest soviel zu erzählen.

»Ja«, erwiderte Frevisse und zwang ihre Stimme zur Ruhe. »Er wurde vor unser aller Augen getötet. Wir haben den Mann, der es getan hat, gefesselt und in die Scheune gesperrt.«

»War es der Hausierer? Der, nach dem Payne wegen des Mordes an Colfoot suchen ließ?« fragte der Sheriff.

»Nein. Der Hausierer hat Colfoot nicht getötet.« Ihre Hände, die sie in die Ärmel ihres Ordensgewandes geschoben hatte, umklammerten ihre Unterarme so fest, daß es schmerzte, aber es gelang ihr, ihre Stimme ruhig zu halten. »Meister Payne hat Colfoot getötet. Meister Payne wurde dann von einem Vogelfreien erschlagen, mit dem er Geschäfte gemacht hatte. Den haben wir in der Scheune in Gewahrsam.«

Sie hatte sich so sehr auf den Sheriff und den Crowner konzentriert, daß sie ihre Männer, ungefähr ein halbes Dutzend, nur am Rande bemerkt hatte. Jetzt sagte eine vertraute Stimme: »Frevisse? Meinst du Nicholas?«

Sie wagte ihren Ohren kaum zu trauen, schwankend zwischen Erleichterung und Beunruhigung. Sie blickte an Sheriff und Crowner vorbei und sah, wie Thomas Chaucer auf sie zukam. Eine elegante Erscheinung in seinem blauen Reitmantel, dem pelzbesetzten Hut und den hohen Stiefeln, vermittelte er wie stets den Eindruck, als gehöre er hin, wo immer er gerade war, und erwarte, daß ihm gehorcht wurde. Obwohl er seit Jahren konsequent die Ehre des Adelsstandes abgelehnt hatte, die ihm von der Krone angeboten wurde, der er diente, besaß er soviel Reichtum und Macht, daß es ihm nicht an Autorität mangelte, sollte er wünschen, sie geltend zu machen. Und er war der beste Freund, den Frevisse hatte.

Dem Sheriff und dem Crowner war er jedenfalls bestens bekannt. Er streckte Frevisse die Hand hin, und sie ergriff sie dankbar, während er sie mit den Worten vorstellte: »Das ist meine Nichte, von der ich Euch erzählt habe. Ist es Nicholas, den ihr in der Scheune festhaltet?«

Frevisse nickte.

Chaucer nahm Abstand davon, das auszusprechen, was ihm, wie Frevisse wohl bemerkte, durch den Kopf ging. Statt dessen erklärte er: »Hier ist noch jemand. Du wirst froh sein, ihn zu sehen«, und wies auf Meister Naylor, der sich aus der Gruppe der Männer gelöst hatte und auf sie zukam.

Eine Erleichterung, die ebenso groß war wie die Angst, die sie im Geheimen mit sich herumgetragen hatte, seit die Geächteten ihn aus dem Lager im Wald geführt hatten, überflutete sie. »Oh, ich bin froh, daß es Euch gutgeht!« rief Frevisse aus. »Ich war mir nicht sicher ...«

»Mir geht es gut«, sagte er und verbeugte sich vor ihr.

»Aber ich denke, alles, was berichtet werden muß, sollte in einem etwas privateren Rahmen erzählt werden«, sagte Chaucer. »Und, wie ich hoffe, in größerer Bequemlichkeit. Geoff? James? Seid ihr einverstanden?«

Der Sheriff nickte. »Es klingt, als gäbe es eine Menge zu berichten.«

»In einem so prachtvollen Haus gibt es doch bestimmt ein Wohnzimmer«, schlug Chaucer vor. »Oder ein Arbeitszimmer? Und vielleicht etwas zu trinken.«

Frevisse führte die Männer in Paynes Arbeitszimmer und erzählte ihnen alles, was erzählt werden mußte, damit die Geschehnisse ein Ende fanden, wobei sie jedes Wort sorgsam abwog.

Blasses, wäßriges Sonnenlicht fiel schwachgelb durchs Fenster und auf den Fußboden. Während sie sprach, beobachtete Frevisse, wie der Schatten eines geschnitzten Hokkers langsam über den Teppich wanderte, denn der Schatten hatte mit alldem, was wichtig war, nichts zu tun. Er spürte keine Leidenschaften, keine Liebe, keinen Haß, keine Gier. Und diesen Mangel fand sie im Augenblick sehr tröstlich.

Sie redete, und die Männer hörten zu; und als sie fertig war, dankten der Sheriff und der Crowner ihr, weil sie alles so einfach und klar gemacht hatte, und dann gingen sie, um die Haushaltsmitglieder und Nicholas zu befragen.

Erschöpft sank Frevisse in ihrem Sessel zusammen, ohne

den Blick von dem Schatten des Hockers zu wenden. Sie bezweifelte, daß die königlichen Beamten etwas erfahren würden, das ihrer Geschichte widersprach. Sie wünschte, es wäre nicht notwendig gewesen, auch nur ein Wort davon zu sagen.

Ruhig und gelassen sagte Chaucer: »Gut gemacht, Frevisse. Und jetzt erzähl' mir das, was du ihnen nicht erzählt hast.«

Frevisse stieß einen tiefen, zittrigen Seufzer aus. »War das so offensichtlich?«

»Nicht für jemanden, der dich nicht sehr gut kennt. Was ist sonst noch geschehen?«

Sie warf einen Blick auf Meister Naylor, der ruhig und unauffällig in einer Ecke stand. Sein Gesicht war gezeichnet von Müdigkeit und Anspannung eines Mannes, der seit Tagen nicht geschlafen hat. Sie wich der Frage ihres Onkels aus. »Meister Naylor, ich muß Euch um Vergebung bitten, weil ich im Lager der Geächteten gegen Euch Partei ergriffen habe.«

Der Verwalter lächelte selten, aber in seinen Augen zeigte sich eine schemenhafte Belustigung. »Daß Ihr mich von dort fortgeschafft habt, bevor Nicholas die Geduld mit mir verlor, hat mich wahrscheinlich vor dem Schicksal bewahrt, das Meister Payne getroffen hat.«

»Außerdem hast du ihm so ermöglicht, zu mir zu kommen«, warf Thomas Chaucer ein.

»Ihr seid nicht zu Priorin Edith gegangen?« fragte Frevisse.

»Ich bin erst zu Schwester Emmas Familie geritten und dann sofort zu Priorin Edith«, versicherte Meister Naylor. »Und sie hat mich zu Meister Chaucer geschickt. Ich kam gerade dort an, als Euer Brief eintraf.«

»Habt Ihr einen Boten geschickt und ihr das mitgeteilt?«

fragte Frevisse, der wieder einfiel, daß sie den Brief an ihre Priorin nie geschrieben hatte.

»Das haben wir, und wir haben ihr versichert, daß wir dich abholen und nach Hause bringen würden«, erklärte Chaucer. »Sie ist so beruhigt, wie sie nur sein kann, bis du in den Klosterhof reitest. Also, was hast du uns verschwiegen?«

Chaucer war kein Mann, der sich leicht von etwas abbringen ließ, weder im Parlament noch im Privatleben. Gewissenhaft erklärte Frevisse, daß Evan kein bloßer Hausierer war, sondern zu Nicholas' Gesetzlosen gehörte. Sie schilderte, wie sie Magdalen geholfen hatte, ihn zu retten und zu verstecken, und zwar ausführlicher als in ihrem Bericht vor dem Sheriff und dem Crowner. Erst ganz am Schluß, als sie eingestand, Schwester Emma vorsätzlich betäubt zu haben, senkte sie den Kopf und zeigte ihre Scham über ihr Verhalten. Sie hatte gewußt, was sie tat, und war bereit gewesen, die Schuld auf sich zu nehmen. Aber laut ausgesprochen klang es schlimmer, als es ihr gestern und heute vormittag erschienen war. Fast alles, was sie in den letzten paar Tagen getan hatte, klang übler, wenn man es ausführlich vor Zuhörern erzählte. Der Mißbrauch von Schwester Emmas Vertrauen war nicht ihre einzige Sünde. Sie hatte wiederholt gelogen. Sie hatte die Menschen verraten, die sie aufgenommen hatten. Sie hatte zu Meister Paynes Tod beigetragen. Sie schien jeden hintergangen zu haben.

»Es ist vorbei, Frevisse«, sagte Chaucer und legte ihr die Hand auf den Arm.

Ihre in den Ärmeln verborgenen Hände verkrampften sich. Sie brauchte jetzt kein Mitgefühl, sie wollte Buße tun. Müde erklärte sie: »Wegen dem, was ich getan habe, hat Nicholas einen Mord begangen und sitzt jetzt gefesselt in der Scheune, und ein Mann ist gestorben, der noch leben würde, wenn ich mich nicht eingemischt hätte.«

»Du konntest nicht voraussehen, was für Folgen deine Handlungen haben würden.«

»Vielleicht hätte ich das, wenn ich es versucht hätte. Aber das habe ich nicht. Und was immer daraus geworden wäre, ich habe gesündigt. Und dahinter steckt die schlimmste aller Sünden. Der Hochmut. Mein Hochmut, der mich glauben ließ, ich sollte mich einmischen, weil ich es besser wüßte als alle anderen.«

»Wirklich nur Hochmut, Frevisse?« Chaucers Stimme war warm vor Sympathie und Mitgefühl. »Nicht auch Zuneigung? Nicht der Wunsch, denen zu helfen, die dringend Hilfe brauchten, die sich an niemand anderen wenden konnten als an dich? Wirklich nur Hochmut?«

»Ich weiß es nicht«, flüsterte sie. »Ich kann das jetzt nicht beurteilen. Ich weiß es nicht.«

Chaucer ließ das Thema fallen. Die beiden kannten sich sehr gut; wenn die Lage anders gewesen wäre, würden sie fröhlich bis weit in die Nacht über dieses Thema diskutieren, aber momentan war keine Fröhlichkeit in ihr. So ging er statt dessen auf die Anspannung ein, die er in ihrer Stimme hörte. »Möchtest du lieber sofort aufbrechen? Sobald wie möglich? Ich kenne Leute, die nicht weit von hier wohnen. Zu denen könntest du gehen.«

Frevisse wünschte mit verzweifelter Dringlichkeit, aus diesem Haus wegzukommen, aber sie antwortete, ohne den Kopf zu heben: »Schwester Emma kann heute noch nicht reisen. Sie hat immer noch starken Husten. Morgen.«

»Also morgen. Und wenn es nötig ist, bleiben wir länger. Wir bleiben hier, bis sie reisefähig ist.«

»Wird der Crowner Euch gestatten abzureisen, bevor er seine Untersuchung beendet hat?« fragte Meister Naylor.

»Warum sollte er nicht«, erwiderte Chaucer. »Frevisse hat ihm alles gesagt, was sie ihm sagen kann. Und wenn ich

James nicht überzeugen kann, bürge ich eben für sie. Ich werde dafür bürgen, daß Frevisse nirgendwo hingehen wird, wo er sie nicht finden kann. Ich denke, soweit wird mein Einfluß schon reichen.« Er lächelte. »Gibt es irgend etwas, das ich für dich tun kann, Frevisse?«

Sie schüttelte den Kopf. »Sei einfach nur da. Es tröstet mich, zu wissen, daß du da bist.« Zu wissen, daß sie ihn um Hilfe bitten konnte, wenn sie nicht fähig war, die Sache zu Ende zu bringen. »Ich gehe besser und sehe nach, was Schwester Emma macht.«

Sie fand Mistress Payne mit ihren Kindern – Katherine, Kate und Bartholomew auf einer, Richard auf der anderen Seite – im großen Schlafzimmer, wo sie vor der Leiche ihres Mannes betete. Die Familie trug noch keine Trauerkleidung, aber alle knieten mit gesenktem Kopf auf dem Boden, stumm bis auf ein gelegentliches, zittriges Schluchzen eines der kleinen Mädchen.

Magdalen war ebenfalls dort, aber sie kniete auf der anderen Seite des Bettes, getrennt von ihnen, tief ins Gebet für die Seele ihres Bruders versunken. Sir Perys stand am Fuß des Bettes und las Gebete für den Toten, und Lovie und Maud standen bereit, falls irgend jemand etwas brauchen sollte.

Nur Edward fehlte. Aber der war jetzt Meister Payne, das Familienoberhaupt und Herr des Hauses, und redete wahrscheinlich mit dem Sheriff und dem Crowner. Vor ein paar Tagen hatte er noch den Erwachsenen gespielt, jetzt war das Spiel viel zu früh Realität geworden.

Schließlich zwang Frevisse sich, Oliver Payne anzusehen, der auf dem Bett aufgebahrt lag. Seine Frau und ihre Dienerinnen hatten ihn bereits gewaschen und ihn in das rote Gewand gehüllt, das er getragen hatte, als Frevisse ihn kennengelernt hatte. Im Tod besaß sein Gesicht wieder das gelassene

Selbstvertrauen, das er an diesem Abend gezeigt hatte. Frevisse sah ihn lange an, unfähig, den zerbrechlichen, bedrückenden Frieden der Szene zu stören. Sie wollte nicht tun, was sie jetzt tun mußte.

Aber die Not war stärker als ihr Wunsch. Sie sprach ein kurzes Gebet, bekreuzigte sich, ging zu Mistress Payne und legte ihr die Hand auf die Schulter.

Mistress Payne blickte auf, und Frevisse sah, daß ihre Tränen für den Augenblick erschöpft waren. Der erste Schock hatte nachgelassen; die lange und tiefe Trauer war noch nicht gekommen. In dieser Pause zwischen dem ersten Ansturm und der Flut der Pein war sie betäubt, aber nicht blind vor Schmerz. Und sie wußte noch nicht, welche Rolle Frevisse beim Tod ihres Mannes gespielt hatte.

Also war ihr Blick lediglich fragend. Und als Frevisse ihr mit einer Kopfbewegung bedeutete, daß sie unter vier Augen mit ihr sprechen wollte, nahm sie sich die Zeit, noch ein Gebet zu murmeln, bekreuzigte sich und stand auf.

Frevisse war kein Ort eingefallen, an dem sie ungestört sprechen konnten, ohne daß jemand es merkwürdig finden und Fragen stellen würde, wenn er sie sah. Also stellten sie sich einfach oben vor die Treppe, wo niemand ihr Gespräch belauschen oder sie überraschen konnte.

Kurz erklärte Frevisse, daß ihr Onkel gekommen sei und daß sie und Schwester Emma so bald wie möglich aufbrechen würden, wahrscheinlich morgen, um die Bürde der Familie zumindest ein wenig zu erleichtern. Mistress Payne antwortete nicht, sie nickte nur. Ihre Worte waren momentan ebenso versiegt wie ihre Tränen. Sie war eine so kleine Frau und so in ihrem Kummer versunken, daß sie kaum mehr als ein Kind zu sein schien, wie sie da mit gesenktem Kopf und abgewandtem Gesicht vor Frevisse stand.

Aber Frevisse fuhr fort: »Ich habe mit Edward gesprochen.

Hat er Euch das erzählt? Hat er Euch gesagt, was wir dem Sheriff erzählen wollen? Daß nicht Magdalens Evan Colfoot getötet hat. Daß Euer Mann es war.«

Mistress Payne zitterte. Und blickte noch immer nicht auf. Aber sie nickte.

Frevisse zog die rechte Hand aus dem linken Ärmel, wo sie die ganze Zeit verborgen gewesen war, und zeigte Mistress Payne den blutbefleckten Gürtel, den sie in Magdalens Zimmer vom Fußboden aufgehoben hatte. Mistress Payne wandte ruckartig den Kopf ab. »Der Sheriff wird Euch fragen, ob dieser Gürtel Eurem Mann gehörte. Werdet Ihr sagen, ja, er gehörte ihm?«

Mistress Paynes heftige Kopfbewegung lag irgendwo zwischen einem Nicken und einem Kopfschütteln. Aber sie sagte mit vor Schmerz brechender Stimme: »Er ist tot. Ich werde es sagen. Es kann ihm jetzt nicht mehr weh tun.«

»Aber Ihr wißt, daß der Gürtel nicht ihm gehört, nicht wahr?«

Endlich hob Mistress Payne den Kopf. Sie sah Frevisse mit großen Augen an, sagte aber nichts.

Sanft, sehr sanft, sagte Frevisse: »Er gehört Edward, nicht wahr?«

»Nein.« Die Stärke, von der Magdalen behauptet hatte, ihre Schwägerin besäße sie, zeigte sich jetzt. »Nein. Das ist der Gürtel meines Mannes. Das habe ich Euch doch schon gesagt. Das werde ich auch dem Sheriff und dem Crowner sagen, wenn sie mich fragen. Das ist der Gürtel meines Mannes.«

»Man kann die abgenutzte Stelle sehen, dort, wo der Gürtel immer geschlossen wurde.« Frevisse hielt Mistress Payne den Ledergürtel hin. »Die Taille des Trägers muß sehr viel schmaler gewesen sein als die Eures Mannes. Es war die Taille eines Jungen. Edwards.«

Mistress Payne riß ihr den Gürtel aus den Händen. Mit schnellen, ruckartigen Bewegungen rollte sie ihn mit der Schnalle nach innen zusammen, so daß die Markierung nicht mehr zu sehen war. Das blutige Ende hing offen herunter. »Das war der Gürtel meines Mannes«, wiederholte sie.

»Das ist es, was Ihr sagen müßt«, versicherte Frevisse ihr. »Aber ich möchte wissen, wie es zu dem Kampf zwischen Edward und Colfoot kam. Hat er Euch das erzählt?«

Mistress Payne schwieg einen Augenblick, aber vielleicht war es eine Erleichterung für sie, aussprechen zu können, was sie nie zu jemand anderem würde sagen können. Eine Erleichterung, auszusprechen, was sie geglaubt hatte, für alle Ewigkeit in sich verschließen zu müssen. Oder vielleicht gab sie einfach nach, weil sie keine andere Wahl hatte. »Er hat den Streit zwischen seinem Vater und Colfoot mit angehört, und er hat gehört, wie Colfoot uns und Magdalen drohte. Als Colfoot ging, folgte Edward ihm. Er nahm nicht einmal ein Pferd. Er nahm einfach die Abkürzung durch die Wälder und fing ihn auf der Straße ab. Edward wollte ihm nichts tun, er wollte nur mit ihm reden oder versuchen, ihm die Sache auszureden. Aber Colfoot war immer noch rasend vor Wut. Für ihn war Edward nicht mehr als ein lästiges Kind. Er beschimpfte ihn, zog sein Schwert und versetzte ihm mit der flachen Seite einen Hieb ins Kreuz. Edward verlor die Beherrschung. Er hatte nur seinen Dolch, aber die beiden standen so eng zusammen, und Colfoot hat nicht erwartet, daß er sich wehren würde. Ich glaube, Edward hatte ihn getötet, bevor einer der beiden begriff, was geschah. Edward rechnete nicht damit, daß er Colfoot getötet hatte, er dachte nur, er hätte ihn irgendwie vom Pferd gezogen. Aber als er neben ihm niederkniete, war Colfoot schon fast tot, und er starb, noch während Edward ihn ansah. Da bekam er Angst. Er säuberte seinen Dolch im Gras und kam nach Hause. Er hatte solche Angst. Er wußte nicht, daß sein Gürtel blutbefleckt war. Ich sah es sofort, als er hereinkam. Es muß Gottes Gnade gewesen sein, daß ich die erste war, die ihn zu Gesicht bekam. Er sah so zerrissen und gepeinigt aus. Wir wußten nicht, was wir tun sollten. Ich konnte nicht zulassen, daß sonst jemand ihn sah. Und ich mußte etwas wegen des Gürtels unternehmen, aber ich wußte nicht was. Also gingen wir zu seinem Vater, in sein Arbeitszimmer, wo niemand hereinkommt, wenn Oliver ihn nicht dazu auffordert. Das schien der einzige sichere Platz zu sein. Wir hatten alle solche Angst.«

Ihre Stimme erstarb, als sie sich nicht nur an ihre eigene Angst erinnerte, sondern auch an die Angst, die ihr Mann um Edward ausgestanden hatte.

Sanft sagte Frevisse: »Und dann hat Euer Mann den Gürtel versteckt, bis er die Chance sah, ihn gefahrlos loszuwerden?« Mistress Payne nickte stumm. »Und Edward hat sich umgezogen, damit das Fehlen des Gürtels nicht so auffiel. Und beim Nachtmahl an diesem Abend kam Meister Payne der Gedanke, den Verdacht auf den Fremden im Obstgarten zu lenken.«

Mistress Payne seufzte. »Das schien uns das einfachste und sicherste zu sein. Wir wußten nicht, daß er Magdalens Geliebter war.«

»Und als Ihr es wußtet, spielte es auch keine Rolle, denn er war nur ein Hausierer, und niemand außer Magdalen würde es kümmern, wenn er starb.«

»Es war … notwendig«, bestätigte Mistress Payne leise. Sie ließ die Erinnerungen und wandte sich den praktischen Erfordernissen zu. »Werdet Ihr zulassen, daß wir unser Geheimnis bewahren?«

Lügen. Betrug. Mißbrauch von Vertrauen. Hier waren sie alle, vereint in einer einzigen Handlung. Dafür, mehr als für alles andere, würde sie so tief in ihrem Herzen Buße tun, daß sie vielleicht nie wieder davon frei werden würde. Aber die Entscheidung war bereits getroffen worden.

Ruhig sagte Frevisse: »Auch ich habe dazu beigetragen, daß es zu diesem Geheimnis kam. Ich werde Euch helfen, es zu bewahren. Sagt Edward, ich werde ihn täglich in meine Gebete einschließen, sein ganzes Leben lang.«